唐家三少 著
斗罗
终极
27
斗罗大陆
第四部
唐门荣耀◆终极降临◆鸿篇巨制◆热血重燃
新一代史莱克七怪霸气登场
定价
32.00
元/册
全国热销中
浑水摸鱼悄然突破 危急关头龙神守护
援军抵达强者交手 轩宇出手自暴身份
《斗罗大陆 第四部 终极斗罗28》2021年3月全国上市！敬请关注！

神澜奇域 幽冥珠 2

Shenlanqiyu Youmingzhu

唐家三少 著

时代出版
时代出版传媒股份有限公司
安徽文艺出版社

图书在版编目（CIP）数据

神澜奇域. 幽冥珠. 2 / 唐家三少著. — 合肥：安徽文艺出版社, 2021.2

ISBN 978-7-5396-7110-9

Ⅰ. ①神… Ⅱ. ①唐… Ⅲ. ①长篇小说－中国－当代 Ⅳ. ①I247.5

中国版本图书馆CIP数据核字(2020)第249722号

SHENLANQIYU YOUMINGZHU 2

神澜奇域 幽冥珠 2

唐家三少 著

出 版 人：段晓静
责任编辑：宋潇婧　　王　涛
装帧设计：杨　洁　　曹希予

出版发行：时代出版传媒股份有限公司 www.press-mart.com
安徽文艺出版社 www.awpub.com
地　　址：合肥市翡翠路1118号　邮政编码：230071
营 销 部：(0551)63533889
印　　制：湖南天闻新华印务有限公司　　电话：(0731)88387856

开本：710 mm × 1000 mm　1/16　印张：18　字数：290千字
版次：2021年2月第1版
印次：2021年2月第1次印刷
定价：34.80元

目录

CONTENTS

目录

CONTENTS

第54章

幽灵青海大陆

从青一岛出发，向西航行不久，北月殇晨便遇到了幽灵青海的船只。他们的船只也是实物，不过风格比较古怪，像混合了各域各族的特点。

北月殇晨远远地看到了一些站在甲板上的灵体，但没有主动与他们接触。

灵体们当然也注意到了乘小船独行的北月殇晨，但没有将他当作敌人，因为早在出发时，北月殇晨就利用灵识之力包裹全身，将自己假扮成了一名灵体。而且在刻意的控制下，他显露于外的实力是六阶。

继续西行，北月殇晨遇到的船渐渐多了起来，在那密集的船只尽头，有一道狭长的海岸线，海岸线上的风光正是北月殇晨从众多灵体记忆中看到的景象。

那里就是幽灵青海大陆，对活着的生灵来说，那里是法蓝星极可怕的地方之一，但那里也是北月殇晨的希望之地。

望着那片陆地，北月殇晨眼中闪烁着久违的明亮光芒。

幽灵青海大陆一共有十八层，形似一个倒扣的金字塔。

此时，呈现在北月殇晨眼前的陆地，正是幽灵青海大陆的第一层。

在幽灵青海大陆的近海区域，灵体族成百上千艘巨大的船在穿梭着，如果从天空俯瞰，它们如同一颗颗流星，在蓝色的“夜空”划过，留下长长的白色尾焰。

在“流星”之间，有无数的“萤火虫”，那是天生便具备飞行能力的灵体。

幽灵青海大陆上的灵体和法域人一样，再不济也有一定的实力，不像蓝域人，只要没有觉醒元素能力，就只是一个普通人。

抵达那片船只密集的区域后，北月殇晨腾空而起，精神力涌动，排布元素组合，使空中显现一团浓稠的黑色液体，将自己的船包裹住。

片刻后，那艘船化作一团浓稠的黑色液体，沉入了海底。北月殇晨确定没有留下线索后，这才转身向幽灵青海大陆飞去。

身体表面包裹着一层稀薄的灵识之力，这让北月殇晨的身体带有灵识之力的气息，他轻易便融入了灵体群中。

跟着那些灵体，北月殇晨成功踏上了幽灵青海大陆，远远地看见了一座巍峨的海滨城市。

这座海滨城市的规模极大，甚至超过了诺亚城，城中建筑物的风格似乎融合了全法蓝星各处的风格。

根据北月殇晨灵识匹配到的那些灵体的描述，这座城市名为万族城，是幽灵青海大陆最大的城市之一，也是幽灵青海大陆最重要的对外港口，无数灵体自此外出，无数信息在此汇聚。

北月殇晨来到万族城近处时，感觉天上传来了一股强大的气息，给了他沉重的压力，他不得不落到地面，和其他灵体一起步行入城。这是禁空灵术。

城中很是繁华，除了行走在街道上的灵体、售卖的物品，以及灵体们口中发出的语言不同之外，其他方面几乎和法蓝星其他各域一模一样，幽灵青海大陆的灵体们简直是足不出户，就能感受到浓厚的异域风情。

入城后，北月殇晨有目的性地往城北的方向走去。

万族城作为幽灵青海大陆最重要、最繁华的城市之一，每一名灵体都对它有所了解，而根据灵识匹配到的灵体们给予的信息，北月殇晨知道幽灵青海大陆也有类似于人族三域的酒馆、俱乐部一样的地方——灵识阁。

在幽灵青海大陆，灵识之力无处不在，是帮助他们修炼、成长的东西。

灵识碎片同样无处不在，它们大都来自大灾变时死亡的生灵，但也有后来被幽灵青海大陆从法蓝星各处吸收而来的。

灵识碎片是灵体们的“食物”。不过灵识碎片也有低等、高等之分，这取决于聚识法阵的规模。

除了灵识碎片之外，直接从活着的生灵身上提取出来的灵识，也是灵体们的

"食物"——一种比较高档的食物。

根据产出灵识的生灵的种类，那些"食物"又有不同的食用价值、味道等等。其中，无尽蓝海产有一种名为鲁娜鱼的生物，其灵识抽取出来后，可以制作出类似于人族世界中一种叫作"酒"的东西。

灵识阁正是专门售卖鲁娜鱼灵识的地方，灵体们都爱聚集在那里，吃鲁娜鱼的灵识，聊些闲事。

万族城最大的一家灵识阁叫御霄，是公认的消息集散中心，但需要一定的智商才可以分辨那里传出的消息的真伪。

北月殇晨来到御霄的时候，正是傍晚，夕阳的光芒穿过幽灵青海大陆青色的云雾，洒落在街道和御霄的窗沿棱角上，竟折射出翡翠一样晶莹剔透的光。

御霄有十层楼高，看上去像是一座塔，层数越高，消费水平越高。幽灵青海大陆的货币是由冥廷发行的信用货币，面值从小到大，分为青灵币、黄灵币和红灵币，三种灵币之间的兑换比例都是一比十。

在来之前，北月殇晨将自己从诺亚城、鸦羽城以及童青他们那里得到的所有灵币都带在了身上，因此他不用担心自己来到幽灵青海大陆后会囊中羞涩。

此时此刻，御霄内热闹非凡，每一层楼都坐满了灵体，他们有的刚从幽灵青海大陆其他地方来，有的则是从幽灵青海之外回来，正在呼朋唤友。

北月殇晨的到来让现场热烈的气氛为之一滞，因为即便他再怎么压抑自己的灵识气息，他也有六阶巅峰的修为，位于强者之列。对于强者，低阶灵体天生就有着恐惧感。

不过北月殇晨没有在第一层停留，而是直接走到了高层。高层的气氛比低层的气氛冷淡不少。

由于拥有神阶灵识之力，他能听到的灵识振动之音极为清晰。他听到有一些灵体在聊关于诺亚城的事。

诺亚城是幽灵青海大陆在蓝域远海最大的一处基地。诺亚城的毁灭，在整个幽灵青海大陆都是一件大事，即便到现在依旧有不低的热度。

灵体们讨论的内容，无外乎诺亚城毁灭的原因，鸦羽冥子因此受到的惩戒，以及冥神夜御受到牵连后的处境。

近来，幽灵青海大陆有意重建蓝域远海的基地，但一如既往地遭到了原灵会的强烈反对。根据从御霄内听来的信息，北月殇晨得知原灵会是幽灵青海大陆一个反对灵造灵体计划的组织。

原灵会的成员全是纯种灵体，他们坚持一个理念，只承认由大灾变时的灵识碎片凝聚而成的灵体是纯种灵体，而灵造灵体是异端，绝不能出现，否则幽灵青海将受到污染，使他们不再高贵。

他们当然也知道如果不研究出新灵体，幽灵青海大陆会渐渐走向衰落，可即便如此，他们仍然极力反对灵造灵体计划，甚至不惜诉诸武力。

除了原灵会，还有许多同样反对灵造灵体计划的组织，他们各有诉求和目的。其中一个与原灵会规模相同的组织——天弓，是前任冥王的属下组建的组织，他们致力于反对现任冥王的一切指令和计划。

原灵会和天弓两大组织联手，成了现任冥王最大的敌对势力，也是北月殇晨认定可以拉拢和合作的对象。

不过现任冥王之所以可以成为冥王，当然不只是因为实力强，还因为他得到了大多数灵体和势力的支持。从幽灵青海大陆目前的大环境来看，百分之八十以上的灵体都希望灵造灵体计划能够成功。

这个计划一旦成功，幽灵青海大陆便可以大规模扩张，成为法蓝星上顶尖的种群和势力。

这无疑会侵犯其他种群的利益，但现在幽灵青海大陆内部对外敌对情绪高涨，根本不惧战争。

北月殇晨在御霄听到的信息越多，心越发凉。

按照这样的趋势下去，少则几年，多则十几年，幽灵青海大陆必然会与外族开战，人族三域必定难以置身事外。

只用了很少的时间，北月殇晨就搞清楚了灵造灵体计划的来龙去脉。这个计划开始于新任冥王即位的第一年，是全幽灵青海大势力共同的目标。

如此想来，无论是诺亚城还是鸦羽岛，以及蓝域近海失踪的人们、散落的异人，全都是灵造灵体计划中的一部分。

这些都是比较明显的信息，北月殇晨冒着巨大的风险来到幽灵青海大陆，可不仅仅是想得到这些消息，而是更多、更具体的信息。

他希望知道目前幽灵青海所有反对灵造灵体计划的势力，他们的领袖是谁，他们的规模有多大，冥廷在幽灵青海外的所有布置，目前幽灵青海的具体局势以及破坏灵造灵体计划的突破口。

这些信息，北月殇晨得和一些灵体进行深入的交流后才能知晓。

加入一个反对灵造灵体计划的组织！

北月殇晨的脑海中冒出了这样一个念头，紧跟着他开始思考该如何将这个想法付诸行动。

因为是相较于冥廷弱小很多的反对势力，这些组织内部必然很团结，警惕外来者，想要加入这样的组织，需要有一块敲门砖才行。

在思考如何加入那些组织的同时，北月殇晨也在继续“收听”信息，希望可以知晓凝聚出万灵珠的方法。

不过，北月殇晨并没有再得到太多有用的消息，灵识阁毕竟是公共场所，不会有人聊什么隐秘之事。北月殇晨也不着急，他有秘密武器幽冥珠，而且马上又到了可以进行灵识匹配的日子。

此时的他身处幽灵青海，百分之百可以匹配到灵识强度较高的灵体，说不定能帮他达成目的。

三天后。

北月殇晨盘坐在住处内的聚识法阵中心，灵识出窍，进入幽冥珠内，开始搜索可能会给他带来帮助的对象。

但是，离他近又明亮的光点实在是太多了，多到他不知道该怎么选择，最终只能碰运气。

灵识光点相触后，四周光芒散去，只余一片白光，以及迅速浮现的画面。

这是一个名叫夏楮的邪灵，组成他的灵识碎片全都来自邪恶之人。邪灵的本性就是邪恶的，是公认的最不可靠的灵体。

夏楮的天赋不高，前半生都很平常，直到几年前，他的人生迎来了转折点——一名重要的九阶灵体找到他，要求他去做一件事。

第55章

际风岛

那名重要的灵体名为落羽冥子，他将夏楮收为手下，对夏楮讲了自己掌握的冥廷信息，并让夏楮通风报信给天弓组织，以此获取天弓组织成员的信任，其目的是让夏楮打入天弓组织内部。

时至今日，夏楮已经潜入天弓组织三年之久，在此期间，他帮助天弓组织破坏了冥廷多次重要的行动，借此成了天弓组织的资深成员。

按照天弓组织的内部规定，如果他再做出突出贡献，将会晋升为中高层成员，拥有更多的权限，而两天后将会发生的大事件，正是落羽冥子为夏楮制造的晋升机会。

按照落羽冥子的讲述，两天后，将会有一支隐藏真实目的的船队途经际风岛，在那里略作休整。这支船队对外宣称要前往妖域远海，为那里的一座岛屿城市送去大量补给，实际上是前往蓝域远海，寻找合适的地址，意图再建一座诺亚城。

原本的诺亚城刚刚被毁，幽灵青海便迫不及待地要再建一座，说明灵造灵体计划已经到了关键期，即便很冒险，冥廷的高层也在所不惜。

在落羽冥子看来，这支船队携带着重要的物资，必然可以引出天弓组织的重要成员，而经过这次重要行动的铺垫，夏楮就可以成为天弓组织的重要人员，在天弓组织内部埋下一颗定时炸弹。

至于生性邪恶的夏楮究竟是怎么取得天弓组织信任的，这不是北月殇晨需要考虑的事情。北月殇晨相信，既然落羽冥子给夏楮下了令，夏楮就肯定能完成任务，所以北月殇晨要做的事很简单，只需在夏楮与天弓组织抵达指定位置前，完美解决或者解决部分麻烦，就能获取天弓组织的好感和信任。

夏楮带天弓组织成员去指定位置的时间是在四天后，北月殇晨正好有充足的时间探察、做准备。

灵识匹配到夏楮，让北月殇晨越发觉得幽冥珠有他不知道的奇特之处，但现在他没空去深入挖掘。

有了目标后，北月殇晨立刻行动起来。他从西城门出城，顺着一条由黑石铺成的道路走到东海岸一座名叫清灵的城镇，找了一处海滩出海。

出海后，北月殇晨化身黑暗元素体，向东北方向飞了约莫三个小时，终于看到了一座大型岛屿。在这座岛屿上，古树茂盛，遮挡住了视线，北月殇晨从空中看不清上面的情况。

这就是际风岛。

看到际风岛以后，北月殇晨再度用灵识之力包裹全身，然后一头扎入海中，潜藏于海底的阴影中，引神阶灵识之力入眼，开启灵视，观察起四周以及际风岛的情况来。

几乎是立刻，北月殇晨就发现了一处不对劲的地方。

在际风岛北部的沙滩上，有东西阻挡了他的目光。但他没有第一时间游过去，而是继续环视观察，直到确定四周没有埋伏，这才赶过去。

北月殇晨并没有放松警惕，他潜伏在岸边崖壁的阴影中，挨近了去看方才那处异常的地方。

此时，他通过灵视可以清晰地看见一个透明的光罩将一整片沙滩包裹得严严实实，光罩上波光流转，隐隐散发出与神阶灵识之力气息相似的气息，但要比神阶灵识之力的气息弱很多。

这让北月殇晨不难推断出这光罩的核心能源正是灵识之力，只不过是较为低阶的灵识之力。

在以低阶灵识之力为核心能源形成的光罩下方，是一个由八十一处阵枢组成的灵体召唤仪式。

之前鸦羽冥子所布置的灵体召唤仪式，只有三十六处阵枢，便可以召唤出八阶英灵，那八十一处阵枢的灵体召唤仪式呢？能召唤出九阶冥皇还是十阶冥神？

应该是九阶巅峰冥皇，因为即便是冥廷，也不可能拿一个十阶冥神来当炮灰，让夏楮取信天弓组织，毕竟无论在哪里，十阶都是高阶的存在。

远远地看着那灵体召唤仪式，北月殇晨的心情有些复杂。

怎么就这么巧？他原本打算先来际风岛，看看有没有机会让自己加入天弓组织，完全没想到竟然发现了一个有八十一处阵枢的灵体召唤仪式。

就算是天公作美也不可能这么巧吧？

北月殇晨想了想，伸出右手，召出幽冥珠来看了许久，最终接受了现实。他将目光再度转向灵体召唤仪式时，有些心痒难耐。他很想知道自己如果将那灵体召唤仪式改为英灵仪式，可以召唤出历史上哪一名伟大英灵。

他没有妄动，只静静地等待，默默地观察，不放过任何细节，直到最终确定目前的际风岛是真的没有危险。

北月殇晨猜测这是因为落羽冥子对自己与夏楮的交流方式很自信，认为自己的秘密不会泄露出去，所以没有在际风岛上留下什么保护措施。

确定没有危险后，北月殇晨这才走到那个光罩前，伸出右手，灵识之力涌动，在他的指尖形成了一柄灵识短刀。

他将那柄灵识短刀轻轻地在光罩上划过，像划破光洁的纸张一样，灵识短刀没有遇到任何阻碍。

一分钟过去了，北月殇晨走入光罩内。

在他充满神阶灵识之力的眼中，一块又一块用作阵枢的墨绿色石头星罗棋布地铺陈在海滩上。

这些墨绿色石头蕴含着浓郁的灵识之力，虽然比不上魂晶，但也差不多。

这由一块块墨绿色石头组成的仪式巨大而雄伟，让北月殇晨沉醉其中。在他的眼中，每块石头之间的距离、那些连接它们的灵识丝线、与它们产生共振的灵识之力，一切一切，尽皆呈现。

在北月殇晨的脑海里，这些关键信息分裂重组，渐渐有了新的模样。

约莫五个小时后，北月殇晨终于回过神来，下一刻，他毫不犹豫走向其中一块墨绿色石头，伸出被灵识之力包裹住的右手，轻轻取下它。

“轰隆！”

整座际风岛似乎震动了一下，还有道道闪电自墨绿色石头中迸发，但没有伤到北月殇晨分毫。

将这块墨绿色石头取下后，北月殇晨从自己的空间储物戒指天圆里取出一件提前准备好的灵识元器，轻轻地放在原本放着那块墨绿色石头的地方。

“啪！”

隐约间有轻响声传出，但没有什么异象出现。

下一步，北月殇晨开始置换一个个阵枢。

在置换的过程中，整个灵体召唤仪式在飞快地发生变化，但北月殇晨利用灵视看到那或大或小的变化后，总能做出相应的改变，让其保持稳定。

转眼间三天过去了。

在这三天里，北月殇晨每三小时便能感觉到一股气息横扫而来。这股气息强大、磅礴，北月殇晨判断它来自一名九阶冥皇，但那并不足以穿透光罩，因此他在里面倒是安然无恙。

他已将灵体召唤仪式改为英灵仪式，接下来，只要往其中注入灵识之力，便可以召唤出英灵。

万事俱备，只欠东风。

北月殇晨钻出光罩，融入阴冷的黑暗中，一边等待，一边研究起幽冥珠来。

在无垠的青色海洋上，一支由十艘巨型货船组成的船队在夜色中平稳地航行。

这支注定将沦为炮灰的船队载满了无数重要的物资，船队的总指挥是九阶冥皇东鸿，他手下的七阶、八阶冥皇加起来超过二十个。

如果是在人族三域，这样一支船队已经可以为祸一方，然而在幽灵青海，它却只是用作炮灰，冥廷所谋之大，以及人族三域的弱小，不言而喻。

夜幕降临，这支船队从远处渐行渐近。

北月殇晨引神阶灵识之力入眼，以灵视望向远方，可以清晰地看见在那十艘货船上，有着无数散发灵识之力气息的物资和强者。

看到那些强者，北月殇晨的心情很复杂。如果没有岛上的英灵仪式作为底牌，他肯定没有办法面对那些强者，而即便现在有英灵仪式，他也不确定自己能否解决他们。

不过，值得庆幸的是，北月殇晨不用解决所有的灵体，他只需坚持到天弓组织的成员到来即可。

北月殇晨伏击那支船队的目的，是为了让天弓组织看到自己的实力、自己的作用，以及自己不满冥廷的心。

看到那支船队越来越近，北月殇晨反而渐渐地平静了。

没多久，船队停靠在岸边，船员们三三两两地下船上岸，开始在海边建立营地，布置临时的聚识法阵。

法阵既成，灵体们或闭目修炼，或沉睡休息。

船队的总指挥东鸿坐在一处聚识法阵内，双目紧闭，心情平静，但他的灵体内部却像是沸腾的水，在咕咕冒泡。他运转灵识之力，竭力压制自己的伤势。

作为“际风计划”的实施者，东鸿是现场唯一一个知晓此行内情的灵体。他很清楚自己的任务和结局，但本就命不久矣的他不害怕，已经安排好了自己的后事。自己的理想会得到承继，既然如此，那死又有什么可怕的？

不过，让东鸿没想到的是，计划出现了意外。

夜本如深潭一样死寂，空中却有几乎低不可闻的嗡鸣声响起。

东鸿猛地睁开眼睛，望向不远处的沙滩，那里本有由灵识之力组成的结界，忽然间，那结界上浮现细密的裂纹，而后裂纹迅速蔓延，有强烈的白色光芒从中迸发，扭曲着，形成一扇巨大的光门。

这扇光门高十米，宽四米，门中隐约传出优美的歌声，一条纤细的手臂从光门中缓缓伸了出来。

瞬间，整座际风岛都安静下来了，风停了，元素不再流动，一股恐怖至极的气息向四面八方扩散开来。

所有灵体都陷入了不可抑制的恐慌情绪中，哪怕是东鸿，也感受到了莫大的压力。他缓缓站起身，已经完成意志统一的灵格释放威压，聚集四周的灵识之力，飞快组成灵术。

与此同时，那条纤细的手臂的主人从光门中走出来，然后腾空而起，显露了真容。

这是一名身穿短裙和战袍的绝色女子，皮肤白皙，双腿修长，一头秀发几乎长过膝盖，在空中飘扬。

在看到那名女子的一瞬间，北月殇晨愣在了原地，因为几乎所有蓝域人都认识眼前的绝色女子。她就是大灾变时期，蓝域赫赫有名的大英雄——碧钰。

碧钰出生于蓝域火城，是大灾变时期火城的城主。她的名气之所以那么大，是因为她不仅貌美，而且实力非常强大，是毫无疑问的九阶巅峰强者，而且是最接近十阶星神的那一种。三百多年后的今天，被召唤出来的碧钰依旧有九阶巅峰实力。

她悬在空中，低头望向沙滩上的灵体们，也不见她有任何动作，空中忽然燃起了熊熊大火。

第56章

北月冥子

“轰！”

火焰如同海啸一般向着沙滩席卷而去，将无数来不及做出反应的低阶灵体吞噬，源自灵识的痛苦让他们发出惨叫。

东鸿见状，神色不变，受灵格引导的灵术应声而出。

“苍灵坠！”

在碧钰的上空，一个圆形的黑洞显现，从中涌现苍白色的火焰。那些火焰吞吐着，纠缠着，形成一条巨龙，咆哮着向碧钰冲去，带起强烈的灵识之风。

碧钰抬起头看了那火焰之龙一眼，右手抬起，轻轻一指。

“轰！”

拇指粗细的刀状火焰飞斩而出，吸收着她体内的灵识之力以及天地间的灵识之力，顷刻便形成一把巨刃，斜劈而过，将火焰之龙斩成两截。

火焰爆炸间，化作漫天的火矢流星坠落，融入先前的火海里，让中高阶的灵体们也丧失了抵抗力。

火焰之龙被一刀斩断后，东鸿的面色顿时变得苍白。他感觉对方的实力明显高出他一截，如果他处在巅峰状态倒也没什么，可他此时身受重伤，已是将死之身。他是来做炮灰的，不是来进行生死厮杀的。

望着对面那冷酷的身影，东鸿的心情极度复杂。计划有变，他该怎么做?

在短暂的思考后，东鸿不再管自身的伤，而是调动自己可以调动的所有灵识之力，动用自己最强的灵术。

“灵识禁断。”

“轰！轰！轰！”

只听见震耳欲聋的爆炸声响起，一堵堵由精纯的灵识之力形成的高墙从天而降，形成一个多边形的棺椁，将碧钰封在其中，将她与外界的一切联系都隔绝了。

然而，东鸿紧跟着便发现自己的灵识禁断并没能阻断碧钰与构成她灵体的灵识之力的联系。原因很简单，他的灵识之力太低级了。

东鸿发现这点后，脸色越发苍白了。

与此同时，在约莫两百海里外的海域上，一道道流光划破了夜空。

这些流光中，隐约可以看见一个个人影。从他们的气势来看，竟无一不是八阶乃至九阶的强者。如果北月殇晨在的话，一定可以通过灵视判断出，在场一共有三名九阶冥皇和十七名八阶冥皇。

如此多的冥皇，又是冲着际风岛而去的，自然是天弓组织的成员。

在这众多的冥皇中，有一名长相偏向岩浆赤海火黎族的血灵。他全身通红，额头上长了一对弯弯的角，面容有些狰狞，看上去像一个恶魔，但他神色平和，似乎又没有那么疯狂。

这名血灵是天弓组织此次行动的首领，九阶巅峰冥皇——赤鬼。在赤鬼的左手边，是另外两名九阶冥皇，皇旌和翼虎。

幽灵青海的灵体全都是由大灾变时期的灵识碎片凝聚而成的，无父无母，自然也没有血脉传承，所以都是自己给自己取名字。他们的名字通常与自己的出生地、长相特征、人生经历、能力个性等相关。

组成皇旌的灵识碎片应该多数来自人族，他表面上看起来像是一名英姿飒爽的将军。

组成翼虎的灵识碎片则多是兽人族的，他长得很像一只老虎，背上虽然无双翼，却有两个不小的凸起。

在赤鬼的右手边，则是一名八阶冥皇。在场众多的冥皇里，他的气息算是最弱的，但他既然能飞在赤鬼身旁，地位必然不低。

他就是夏楮，近年来天弓组织内部名气最大的成员之一。因为他提供的信息，天弓组织曾经多次成功地阻止了冥廷的阴谋和计划。

天弓组织出动的所有人都知道这次冥廷那边领头的是东鸿，一名近九阶巅峰的冥皇。按照惯例，他手里应该执掌着一件威力极强的冥器，他手下的灵体也不是吃素的。他们是冥廷内部一支隐秘部队的成员，结阵之后，即便是九阶中段冥皇也要谨慎对待。

这还不算完，在整个实力加起来算作两大九阶巅峰战力的同时，冥廷方面还准备了可以召唤出九阶巅峰冥皇的灵体召唤仪式等着天弓组织的成员，其他大大小小的埋伏也有不少。

总的来说，这将是一场恶战。不过赤鬼、皇旌和翼虎倒一点儿都不担心，他们既然敢来，自然已经做了充分的准备。

天弓组织一行渐行渐近，另一边，在际风岛上，北月殇晨、碧钰与冥廷船队之间的战斗已经到了最关键的时刻。

东鸿发现自己的最强手段也没有起作用时，当即拿出了九阶冥器空无之镜。

空无之镜与他的灵识禁断的能力相辅相成，结合之下，甚至可以限制十阶冥神的灵识之力。但此时东鸿也没有信心能限制碧钰，因为他隐约察觉到构成碧钰的灵识之力的品阶比十阶还要高。

事实也正如他所感知的那样。即便加上空无之镜，他仍然没能限制住碧钰。构成碧钰的神阶灵识之力源源不断地从英灵仪式中传输而至，东鸿甚至没有时间和机会去寻觅源头。

在碧钰的突然袭击下，只是片刻，低于七阶的灵体便折损过半。在她没有尽头的灵识之力的爆发下，灵识之火燃烧在际风岛上，那些本该结阵发挥出九阶巅峰冥皇实力的中阶灵体根本难以站立，疲于抵御，更遑论结阵。唯有七、八、九阶冥皇一级的强者才能略作坚持和抵抗。

北月殇晨一方可以说是势如破竹，摧枯拉朽。

北月殇晨也没想到战局会发展成这样，只能说他运气好，召唤出来的英灵碧钰曾是火元素裁决者。如果是其他元素的裁决者，配合灵识之力，不可能爆发出这样强的群体伤害能力。

赤鬼、皇旌、翼虎一行赶到时，正看到际风岛上燃起滔天的灵识之火，东鸿面对碧钰的攻击，狼狈不堪。

赤鬼他们忍不住感到震惊。他们是九阶冥皇，自然可以看得出也感受得到，那滔天火焰是以灵识之力为燃料的。

赤鬼、皇旌、翼虎是天弓组织的高层，经常可以接触到十阶冥神级的强者，他们敢拿自己的身家性命来发誓，十阶冥神的灵识之力绝不可能如此精纯且丰沛。

不过看样子，它的源头是某种冥器，否则如果真的是十一阶月神降临，哪还用得着这样费神？直接一个眼神，以东鸿为首的灵体们便会死绝。

在惊骇的同时，赤鬼、皇旌和翼虎全都将目光转向同样一脸惊诧的夏楮。

夏楮是此次行动的信息来源，他曾多次向天弓组织证明过他的忠诚以及他的信息的真实性。开展这次行动之前，他向天弓组织高层保证过，这条消息极为隐秘，绝不会有第二个组织知晓。那眼前的景象怎么解释？

尽管情势不对，但赤鬼、皇旌、翼虎在思考后，还是做出了正确的决定。他们下令冲向际风岛，包围冥廷残余力量，将其一举歼灭。

对突然出现的陌生强者，赤鬼、皇旌和翼虎都是警惕的，但他们不傻，能够判断眼下的局势，因为陌生强者对冥廷势力的无情攻击是事实，再加上陌生强者背后的神秘操纵者和可以释放出大量灵识之力的冥器，他们心里都有了决断。

天弓组织成员的到来无疑让冥廷势力感到绝望，他们连逃亡的机会都失去了。

东鸿也感到绝望，但不是因为自己会死，而是认为命运不公，造化弄人。此前他根本没想过计划失败会怎么样，但现在只是想一想，他都觉得自己会死不瞑目。

事已至此，他只能燃烧自己的灵识，爆发最后一丝力量，尽可能地杀伤对手，可这些都是徒劳。

在战斗期间，赤鬼、皇旌和翼虎三名九阶冥皇不时观察碧钰，试图找出召唤出她的人。

渐渐地，他们发现了下方的灵识之力结界。此时这灵识之力结界在大战中已经接近破损，毕竟它蕴含的灵识之力本就不怎么强大。

只见北月殇晨浑身都包裹着灵识之力，端坐在英灵仪式中央。他身上的灵识之力稀薄但十分精纯，即便是十一阶月神的灵识之力都难以媲美。这让赤鬼、皇旌和翼虎的心都颤了颤。

他们继续观察，又发现了令他们震惊的地方。

北月殇晨身上散发着令他们感到熟悉的气息，他们仔细回味、思考，最终震惊而狂喜地互相对视了一眼。

在确认那股气息之后，赤鬼、皇旌和翼虎放弃了对北月殇晨的防备，而是全力出击，在短短几分钟之内，便配合碧钰将九阶冥皇东鸿击杀了。

在操控碧钰时，北月殇晨渐渐发现赤鬼、皇旌、翼虎三名九阶冥皇不再防备自己，反而很信任自己，这让他感到不解，毕竟他是第一次来到幽灵青海大陆。

不过，他确信这三名灵体对他的善意不是因为幽冥珠，因为幽冥珠的气息已经被神隐法阵隐藏了。

那是因为什么呢？北月殇晨心里面在琢磨，嘴上却什么都没说，偶尔会看一眼夏楮。

此时夏楮神色平静，心里却异常慌乱，他不知道到底是哪里出了问题，导致消息泄露，是他的问题还是落羽冥子的问题？

如果是落羽冥子的问题，那自己现在究竟处于什么境地？

他越想越惶恐，如果有肉体的话，恐怕已经流下了冷汗。

约莫三分钟后，收尾的战斗也已经结束了，以东鸿为首的船队成员被全歼。

北月殇晨停止向英灵仪式注入神阶灵识之力，那刚刚奋力厮杀过一阵的英灵碧钰，自然在阳光的照耀下缓缓消散。

在彻底消散之前，碧钰竟然不受北月殇晨控制地转头望向蓝域的方向。

北月殇晨有些诧异，心中产生了一个疑惑。

在碧钰消散时，赤鬼、皇旌、翼虎三名九阶冥皇飞到北月殇晨的身前，没等北月殇晨开口，三名灵体竟齐齐拜倒。

“参见冥子殿下。”

“什么？”

北月殇晨看着跪拜在自己面前的三名冥皇，听着他们恭敬的称呼，直发蒙，但表面上不动声色。

“你们是如何识破我的身份的？”

“我等虽从未见过冥王陛下，但长期拜祭陛下圣物，怎能分辨不出陛下的气息？您身上的气息鲜活、浓郁，显然是才见过陛下。再结合您的诸多特异之处，属下才判断出您是冥子。”模样狰狞、头上长角的冥皇赤鬼恭敬地道。

“我也没见过冥王啊……”

北月殇晨犯嘀咕，但紧跟着反应过来，赤鬼口中的冥王显然不是现任冥王，而是前任冥王。

自己什么时候接触过前任冥王？自己甚至不认识什么强大的灵体。

等等！北月殇晨的脑海中忽然闪过了一个名字。

冥一！

如果非要找出一个他认识的幽灵青海高层的话，极大可能是冥一。

在特殊的时刻，在特殊的环境下，仅这一个名字，便代表了许多东西。

真的是他吗？

北月殇晨深吸了一口气。

第57章

天弓城

当初北月殇晨刚刚结识冥一的时候，冥一自称将死之人，这很符合前任冥王的特征。

如果不是生命即将走到尽头，或是内心受到重创，自甘如此，即便是全幽灵青海的高层加起来，恐怕也无法让前任冥王退位。

要知道，前任冥王可是公认的十二阶大天神，而且自他修成大天神至今，已经有三百多年，他绝对是法蓝星最强大的大天神之一。

诸多念头在北月殇晨的脑海中一闪而过，他渐渐平静下来。冥一是前任冥王也好，不是也罢，既然赤鬼、皇旌、翼虎三名九阶冥皇认定自己是冥子，自己就要好好利用这一身份来达到目的。

但北月殇晨不会完全相信他们，毕竟自己此时身处异域，对方底细不明，不只是他们，冥一也一样。

自从北月殇晨灵识匹配到冥一，他只跟冥一建立了两次联系。因为冥一品阶太高，哪怕只是交流，也需要消耗大量的灵识本源作为代价，这对他来说得不偿失。而且以他目前的实力和学识，很难从一名大天神那里收获到有价值的东西，即便可以，也难以消化，所以他并没有经常和冥一联系。

不过下一次，北月殇晨决定壮起胆子问问冥一，问他到底是不是前任冥王。

“起来吧。”北月殇晨心中思绪万千，神色却很平静。他抬了抬手，算是默认了自己“冥子”的身份。

在赤鬼、皇旌、翼虎三名九阶冥皇拜倒，称北月殇晨为冥子的时候，他们身后天弓组织的那些灵体，全都露出震惊的表情。

须知，自从被现任冥王逼得退位后，前任冥王已经几十年没有任何消息传出了。原本为他行走世间的冥子们也死的死，散的散，隐的隐，北月殇晨是近二十年来，第一次出现的冥子。

“难怪他知道冥廷的计划。”夏楮恍然大悟，与此同时，他的心都颤抖了起来。北月殇晨乃前任冥王的冥子，又知晓冥廷的秘密，那会不会知道自己是内鬼？

只是想想，夏楮都忍不住恐惧起来。

不过北月殇晨暂时没有理会他，而是看向赤鬼、皇旌、翼虎三名九阶冥皇，道：“你们可以称我为北月。”

“北月冥子。”这次不只是赤鬼、皇旌、翼虎三名九阶冥皇，在场所有的灵体都向北月殇晨行了跪拜礼。

“不知北月冥子是否才与冥王陛下见过面？”为首的赤鬼从震惊、狂喜中平静下来后，忍不住问道。

“嗯。”北月殇晨神色未变，点了点头，心里却产生了疑惑：为什么这三名九阶冥皇可以从自己身上感受到冥一的气息？假如冥一是前任冥王的话，就算要殒灭，也依旧是世间有数的强者之一，不可能无意间残留他的气息，那么，很大可能是他故意那样做的，他这样做的目的是什么呢？

命运给予的馈赠，早在暗中标注了价码。北月殇晨不相信一域之主会是一个心地善良之辈，他必然有所图谋。

“陛下可有降下谕旨？”赤鬼期待地问道。

“暂时没有。”北月殇晨答道。

赤鬼、皇旌、翼虎三名九阶冥皇都面露失望之色，但很快又露出了兴奋之色。既然前任冥王让自己麾下的冥子行走世间，必然是有所行动。更何况，北月冥子代表着前任冥王的意志，他的一举一动都有着深刻的意味，比如说此时此刻，他摧毁了冥廷再建诺亚城的阴谋。

“冥子殿下，此地不宜久留，咱们还是先离去再细谈吧。”经过最初的兴奋，赤鬼渐渐恢复了理智。

“也好。”北月殇晨点了点头。

接下来，一行人迅速收拾残局，然后朝来时的方向飞去。

来的时候，夏楮是跟在赤鬼、皇旌、翼虎三名九阶冥皇身旁的，但回去的时候，他们身旁则是北月殇晨。夏楮有心凑过去，却被赤鬼轻轻地“看”了一眼，夏楮就自动回到了属于自己的位置。

“冥子殿下，冥王陛下近来还好吗？”在飞行期间，赤鬼靠近北月殇晨，一脸关切地问道。

“不太好。”北月殇晨犹豫了一下，答道。

“唉……”尽管那是意料中的答案，但赤鬼还是忍不住叹了口气，很快他又振作起来，道，“那我们更要做出点成绩来。”

“嗯。”北月殇晨点了点头，陷入沉默。

过了好一会儿，他才转头看向赤鬼，问道：“你知道哪里有万灵珠吗？”

“您要聚魂吗？”赤鬼下意识地反问了一句后，陡然醒悟，而后道，“万灵珠虽然叫万灵珠，但想要凝聚它，至少需要数以万计的灵识碎片。此时没有大规模战争，很难产出那么多灵识碎片，而且我们天弓一直以来都是隐秘行动，所以没有。目前整个幽灵青海，要说一个完全能确认有，或者可以凝聚出万灵珠的灵体，只有伪王的冥子真央。”

北月殇晨闻言沉默了一会儿，这和他之前得到的消息是吻合的。他想了想后，转头看了一眼夏楮，又看了看赤鬼，道：“夏楮是个内鬼，你知道吗？”

“不确定，但组织内部一直很怀疑。”赤鬼道。

“一直以来，落羽冥子都在利用他向你们提供真实消息，目的我不说，你们应该也猜得出来。”北月殇晨道。

“嗯，我们没有尽信他，他提供的任何消息我们都会严格审核，而且派出的力量远超他的想象。我们知道即便如此也有可能遇险，不过，为了冥王陛下的大业，这些险值得冒。”赤鬼道。

“刚才你们在他面前叫我冥子，想过后果吗？”北月殇晨瞥了赤鬼一眼。

“方才我实在是过于震惊，所以脑子不清醒，还请冥子殿下责罚。”赤鬼有些惶恐地道。

“没事，你做得很好，正好可以借他来达成我的目的。”北月殇晨朝赤鬼笑了笑。

赤鬼的眼睛都亮了起来：“您有什么计划吗？”

在赤鬼、皇旌、翼虎三名九阶冥皇的带领下，北月殇晨在一片峡谷区域左转右转，不知道穿越了多少隐秘地带以及掩人耳目的迷雾，才最终抵达了一处峡谷中的巨大城市。

从夏楮震惊的眼神来看，他应该也是第一次来这里。不只是他，另外许多八阶冥皇也都是第一次来这座城市。

“这里是天弓城。”赤鬼向北月殇晨介绍道，“伪王夺位后，冥王陛下的旧属和一些支持他的灵体便在此生活。我现在要带您去见天戈冥神大人，他是天弓城的副城主。城主大人是冥王陛下的传人，是幽灵青海最有可能突破成为十二阶大天神的存在。他已经闭关十五年之久，我们一直都很期待他出关。”

北月殇晨边听边点头。之后，赤鬼又向北月殇晨介绍了天弓城的主要组成部分、势力、各大派别、诸多九阶冥皇和十阶冥神强者。

在北月殇晨的询问下，赤鬼也透露了许多有关幽灵青海的重要信息。

对于北月殇晨似乎什么都不懂、什么都不知道的状态，赤鬼并没有怀疑或觉得惊讶，因为北月殇晨身上冥王的气息让他绝对信任北月殇晨，同时他也知道许多从沉睡中苏醒的灵体，都会丧失一部分记忆。他从不认为北月殇晨只是五六阶，而是觉得北月殇晨至少是十阶，那覆盖全身的稀薄神阶灵识之力便是佐证。

片刻后，北月殇晨来到了天弓城的城北。天弓城形似一张满月状的弓，城北则在“弓身”的最上侧。

赤鬼也不知道用了什么办法传递消息，当北月殇晨来到天弓城城北的时候，副城主天戈已经站在崖边静候。

天戈的住处在一座山上，站在崖边远望，可以将整座天弓城都收于眼底。他身材高大，笔直地站立在那里，像是一杆锋利的戈。

从表面上看，构成天戈的灵识碎片中最大的那一块，应该是来自海龙族，这一点从他额头的龙角可以看出来。天戈远远地看见北月殇晨时，原本严肃的脸上渐渐浮现笑容。

那是激动的喜色。他也感受到了北月殇晨身上冥王的气息，他很确定那的确是冥王的气息，而且绝对是近期的。

作为前任冥王的部下，天戈知道冥王的虚弱状态，而冥王留在北月殇晨身上的气息显示冥王更加虚弱了。

“冥子殿下。”天戈向北月殇晨拱手问好。

北月殇晨落地后，忙抬起天戈的手。从出生到现在，北月殇晨还是第一次被一名十阶星神如此郑重地对待，但他没有露怯，抬起天戈的手后，平静地向天戈问了声好。

“不知道冥子殿下此次现身，是冥王陛下安排了什么任务吗？”天戈问。

“说实话，我也不知道。”北月殇晨实话实说。

“没关系，陛下做事必有深意，既然陛下没有安排任务，那冥子殿下的意志就是我们天弓城的意志。”天戈道。

北月殇晨闻言沉默了一下，然后道：“天弓城有万灵珠吗？”

“没有。”天戈没有犹豫。

“那你知道有其他方法可以凝聚出万灵珠吗？除了以数万灵体作为代价外。”北月殇晨问道。

“没有。”天戈回答得同样很快，“据我所知，目前只有冥廷才有万灵珠。可能凝聚出万灵珠的，只有一些特定的冥神器物，除此之外，应该只有真央的噬魂刀。”

“我想夺取噬魂刀。”北月殇晨坚定地道。

天戈闻言，深深地看了北月殇晨一眼，道：“好，那我们就来商量看看怎么才能夺取噬魂刀。”两人从见面到一方离去，商议了许久，终于初步定下了计划。

与此同时，初次来到天弓城的夏楮心中忐忑不安。他此刻不清楚北月殇晨现身的意义，也不知道自己目前在天弓城的地位，以及安全与否，所以在犹豫了许久后，他最终决定再做最后一票便及时抽身。他将前任冥王的冥子重现世间的消息传递给了落羽冥子。

第58章

前任冥王

北月冥子驾临天弓城的消息很快便“人尽皆知”，将天弓城近年来低迷不振的气氛一扫而空，取而代之的则是欢腾与兴奋。冥子的降临意味着前任冥王的觉醒，这群坚信冥王可以带领他们重归荣耀的子民们又一次有了活力。

在与天戈商定完计划后，北月殇晨便在专人的安排下，住进了城主府名下一栋临街府邸。

他的冥子身份引来前任冥王无数虔诚的信徒参拜，整条街几乎都被灵体们占据了，一些强大的冥皇也托各种关系前来拜见。

对于这些强者，北月殇晨当然是来者不拒，须知他前来幽灵青海可不单单是为了万灵珠，他还要收集资料反馈给大长老。

不过天弓城内冥皇们知晓的信息很快便被北月殇晨“榨干”了，于是北月殇晨闭门谢客，专心修炼，以及研究起灵体召唤仪式来。在他看来，以他目前的实力以及对幽冥珠的了解程度，灵体召唤仪式是他最强的手段和最大的底牌。

正如元素法阵一样，灵体召唤仪式也需要一步步试错，逐渐地完善，因此每一种灵体召唤仪式都很珍贵，绝大多数都是秘术。

可天戈是什么地位？他是天弓城的副城主，是前任冥王在位时期的冥神级强者，他知晓的灵体召唤仪式远超寻常灵体的想象。又因为北月殇晨的冥子身份，他对北月殇晨几乎没有任何隐瞒，北月殇晨要知道什么他就讲什么，甚至到后来，北月殇晨都觉得有些不好意思了，还有些忐忑。因为北月殇晨的冥子身份是前任冥王带来的，如果冥一真的是前任冥王的话，自己从冥一那里得了好处，又要付出些什么呢？

在忐忑和激动中，北月殇晨埋头研究灵体召唤仪式，意图凭借自己的力量布置出超高难度的灵体召唤仪式，继而将其转换为英灵仪式。

这不是一件易事。

布置一个灵体召唤仪式，最重要的自然是材料。材料包括当作阵枢的冥器，以及连接冥器的辅助材料。在布置它们的时候，需要根据地势找出准确的位置，不能有一丝一毫的差错，与此同时，还需要注入磅礴的灵识之力。

正常来说，一个灵体要学习布置灵体召唤仪式，如果家里富有的话，可以省去炼制冥器的部分，直接买就行；但如果没有，则需要学习制器，然后学习辅助材料的具体布置、阵枢的沟通以及如何灌注灵识之力，最后一项也可以花钱请人来帮忙。

但北月殇晨和寻常的灵体不同，他还需要匹配合适的灵识元器，需要稍微调整或更改辅助材料的构造。

其实他之前两次改变灵体召唤仪式，在灵识元器的适配和辅助材料布局的微调上，做得并不是很完美。他之所以能召唤出女英雄碧钰，主要是因为灵识之力——充足而精纯的神阶灵识之力。

为了让自己布置的英灵仪式更完美、更强大，北月殇晨整天都跟在天戈的身边学习、探讨。天戈没有丝毫的厌烦，而是竭尽全力地配合、教导，直到北月殇晨学会为止。

没多久，北月殇晨的灵识本源得到恢复，他怀着忐忑的心，在幽冥珠内的漫天灵识光点中，再次联系到了冥一。

面对璀璨瑰丽的灵识星空，北月殇晨沉默了许久，才鼓起勇气问道：“冥一前辈，您就是冥王吧？”

“我是。”冥一闻言没有犹豫，笑呵呵地答道。

“呼……”虽然内心已经有了七八分的把握，但得到确切的答案后，北月殇晨还是非常震惊。他居然与前任冥王，一名十二阶的大天神强者，交谈过两次，这是多么不可思议的奇遇啊！

“您……”北月殇晨有太多的问题想问，但又不知道该如何开口。面对一名十二阶大天神，他的压力实在是太大了。

“有什么想问的你就直接问吧。”冥一倒是很和蔼，这反倒让北月殇晨内心觉得不安。前任冥王这是图什么？自己身上除了幽冥珠，还有什么？

一想到幽冥珠，北月殇晨不由得产生了警惕之心。想了想后，他出声问道："我想问您为什么如此看重我？"

"你不用担心，我知道幽冥珠在你身上。"冥一像是可以看透一切一般，毫不避讳地道出了北月殇晨心中最大的秘密。

北月殇晨闻言倒是没有太过惊讶，因为冥一知道他拥有幽冥珠的事，他早有猜测，只是不敢确认，但他相信冥一对他没有恶意。否则的话，他现在在天弓城，冥一动个念头就能将他关押起来。冥一没有这么做，反而很和蔼，想必是只有幽冥珠在他身上时才能获得好处。

北月殇晨沉默了片刻，道："我想知道为什么您明确反对灵造灵体计划，却还不站出来。"

"因为我真的快要死了。"冥一的语气里流露出一丝悲伤。

北月殇晨再度沉默了一会儿，才道："您需要我做些什么吗？"

"幽灵青海正走在错误的道路上，而且已经无法停下，所有幽灵青海的生灵都将为此付出代价。我只希望将来你如果有能力的话，可以帮我庇护幽灵青海，至少是好的那部分。"

北月殇晨听完冥一的话，觉得有些荒谬。要知道冥一可是十二阶大天神，哪怕要死了，也是大天神。可自己呢？只不过五阶而已。他居然向自己托付后事，这简直是玩笑中的玩笑，但偏偏自己觉得他很认真，非常认真。他是有多看好自己？有多看好人族？

北月殇晨脑子里的念头千回百转，但他没有问出来。就像天戈说的那样，冥王这等强者行事，必有其道理。

于是，北月殇晨道："我答应您。"

顿了顿，他又道："另外就是，我想跟您学习如何布置灵体召唤仪式。"

"可以。"

话音才落，北月殇晨眼前忽然浮现一个诡异玄奥的符文，由淡转浓，与此同时，冥一的声音响起："你把这个符文给天戈看，让他帮你开启第九冥宫，里面有我收藏的一些灵体召唤仪式的资料。”

在冥一说这番话的时候，北月殇晨已经有虚弱感，显然是灵识本源消耗过大的缘故。

“谢谢冥王陛下。”北月殇晨道。

“没事，去吧，成长吧。”冥一说完后，两人之间的联系骤然就断了，北月殇晨陷入了昏迷。

北月殇晨醒来时，发现自己躺在床上，天戈坐在床边，神色平静。

“您与冥王陛下联系了？”

“对。”北月殇晨点了点头。

说话间，北月殇晨伸出右手，用灵识之力凝聚出冥一在幽冥珠内展示给他的符文，道：“冥王陛下让你用它帮我开启第九冥宫。”

看着北月殇晨展现出来的符文，天戈沉默了许久才缓缓起身，道：“走吧。”

北月殇晨此时仍然有些虚弱，但他强撑精神，跟在天戈的身后。

冥宫是前任冥王冥一的宝库，也是天弓城目前最大的底蕴，里面藏有大量的冥器、灵识秘术、灵体召唤仪式资料等等。其中第九冥宫曾是藏放灵体召唤仪式资料和少量配套冥器的地方，但所有冥宫都被冥一上了锁，必须用他的符文钥匙才能开启。

此时正是深夜，但路上灵体仍然不少。两人走在街上，却仿佛没人能看见他们。两人来到城中一座报时用的钟塔前，钟塔门口坐着一个年迈的灵体。天戈和北月殇晨过来时，他也没有睁开眼睛。

走进钟塔，两人绕台阶走到地下。天戈轻轻拨动机关，打开岩壁之门，门后有通向地底深处的台阶，长达数公里。在台阶的尽头，是一个广袤的地底空间。放眼望去，一座座倒金字塔形状的冥宫不规律地分散着。

在天戈的带领下，北月殇晨来到了第九冥宫前。远远看去，倒金字塔形的冥宫尖端处细得像根针，但来到近处却发现它的尖端处也要数十人才能合抱。

来到第九冥宫前，天戈开始凝聚符文。在符文凝聚出来的那一瞬间，倒金字塔上浮现密密麻麻的玄奥纹路，散发出慑人的绿光。伴着灵识之力的注入，符文飞快地扩大，而后印在那些玄奥的纹路中，与其交相辉映。

片刻后，“咔咔咔”的沉重开门声响起，塔尖处的岩壁缓缓开启，露出一扇大门，门内阴沉黑暗。

北月殇晨跟在天戈身后走入金属大门，眼前豁然开朗。一个比肉眼看见的冥宫更大的空间呈现在北月殇晨的眼前，一个个巨大的金属架子上，摆放着一卷卷隐隐散发着灵识之力的卷轴。

在天戈的示意下，北月殇晨走到一个金属架子下，拿起其中一卷翻看起来。卷轴内记载的自然是幽灵青海三百年来最珍贵的灵体召唤仪式。这些灵体召唤仪式有不同的分类，简单的、困难的、不同属性的、召唤不同类别灵体的、各种不同奥义的等等，让北月殇晨沉醉其中。

与此同时，在天戈的有意放纵和夏楮的泄露下，冥廷知晓了北月殇晨的存在，具体地说，是北月冥子的存在。

诸多冥皇甚至是冥神因此而感到震怒。在高层会议上，不止有一个声音传出，要尽快杀死北月冥子。最终冥廷发布了什么任务、做出了什么计划，夏楮不知道，他只知冥廷要他随时传递消息，等待机会，配合冥廷杀死北月冥子。

第59章

神圣时刻

一转眼已是两个月后。

得益于天生的黑暗元素体以及七阶的精神力，只用少量时间按部就班地修炼元素之力的北月殇晨，成功提升到五阶高段，距六阶只有一步之遥。

在这两个月里，由于“北月冥子”的出现，天弓组织成员和冥廷频频发生碰撞。部分支持前任冥王或企图借势壮大的组织也纷纷冒头，在各地挑起战火，使得冥廷高层空前愤怒，内心积攒着怒火。

这些都在北月殇晨和天戈的计划中。在两个月的时间里，两人不断地修订计划，暗中埋下伏笔，一步步地将敌方引入瓮中，眼看着收网的时机终于到来。

计划开始实施的前一天晚上，北月殇晨和天戈在两人初见面时的断崖再见。

“准备好了吗？”天戈问道。

“嗯。”北月殇晨点了点头。

这两个月里，天戈几乎是无限放权给北月殇晨。北月殇晨利用超高的权力做出了诸多布置，只求毕其功于一役。

“要小心。”天戈最后叮嘱了一句。

“放心吧。”北月殇晨道。

与天戈告别后，北月殇晨回到天弓城，吩咐这段时间做他助手的八阶冥皇元陌为他找来八名九阶冥皇，外出执行任务。

这段时间以来，北月殇晨经常带着冥皇、冥尊们外出，许多冥尊、冥皇已经把这件事当作常态，没有谁会为此感到意外。这八名九阶冥皇里，包括才晋升不久的邪灵夏楮。

夏楮也不是第一次跟北月殇晨外出了。因为北月冥子行事向来神秘，很少对外说出自己的目的和目的地，所以夏楮也不知道大部队要去哪里，只能等到地方了再通知冥廷，如往常一样。

一行九人，出城后向东北方向行去，路上没怎么停留，花费足足两天，终于来到了天罗山。

幽灵青海的前任冥王冥一，据传是大灾变时期，时空扭曲，异星入侵，幽灵青海诞生成形时，法蓝星孕育出的第一个灵体。因世界本源更替而生的他初始便为神，而且只花费短短数年便修成了十二阶大天神。他使幽灵青海地位大大提高，面积迅速扩张，成为法蓝星一大至强势力。

在幽灵青海的传说中，天罗山正是冥一的孕育诞生地。原本它是幽灵青海的圣地之一，但新任冥王上台后，改朝换代的冥廷开始大肆污蔑前任冥王，篡改历史，用了几十年的时间将前任冥王塑造成一个反面形象，天罗山也因此被无数灵体们唾弃，现在已经是一座荒山。

抵达天罗山后，北月殇晨立刻带领众多九阶冥皇开始选择位置，规划阵枢点。与此同时，在确认大部队最终目的地是天罗山后，夏楮立刻用隐秘渠道将消息传给冥廷，然后装作什么事都没发生过，暗中观察北月殇晨的一言一行。他在心中揣测：难不成传言为真?

须知，冥一自天罗山孕育而生。对寻常灵体来说，那可能只是一个传说，但对诸多大势力和八九阶的冥皇强者而言，这是一件已经得到确认的事。

在过往的几十年里，现任冥王的下属们多次组织人马前来天罗山，想要从山中找出有价值的信息或物品，但全都空手而回。即便如此，依旧有数不清的冥廷强者认为天罗山中藏有至宝。

此次，前任冥王几十年来未履尘世的冥子前来天罗山，就是从侧面证实了冥廷强者们的猜想。可以想象，为了北月冥子，为了天罗山中的至宝，冥廷定会派出不少强者，甚至会派出十阶星神。

这里很快就会爆发一场大战，自己该怎么从中谋取最大的利益呢？夏楮心思飞快转动。他一边思考，一边和其他冥皇一起完成北月殇晨安排的任务，将北月殇晨给予的冥器放置在相应的阵枢点，形成英灵仪式。

这次北月殇晨来幽灵青海，在空间戒指中携带了大量的灵识元器，但对眼前需要布置的英灵仪式来说，还是远远不够。幸好前任冥王冥一的冥宫内藏有不少大灾变时期其他域境遗落在幽灵青海的器物。

为了夺取噬魂刀，天戈将它们全都取了出来。北月殇晨又为它们赋予了相应的灵识元纹，将它们制作成灵识元器，用来布置英灵仪式。

八名九阶冥皇再加上北月殇晨，在短短几小时内，便将一个个位阶不等的英灵仪式给布置出来了。在此期间，北月殇晨为这些英灵仪式注入了大量的灵识之力。

看到那浩瀚如海的灵识之力被一一注入，夏楮暗自心惊，在心中估算着。按照一个星神级强者体内蕴含的灵识之力数量来算，北月殇晨消耗的灵识之力已经有十个星神那么多，可他竟然没有疲惫感，显然那些灵识之力不是从他体内流出的，而是源自某种宝物。

那得是什么级别的宝物啊？夏楮在揣测北月殇晨身怀至宝的同时，也在思考北月殇晨布置这么多仪式的用意，难道是为了防备可能发生的危险？

有点过头了吧！北月殇晨倒像是要主动出击，可这不大可能，因为没必要。即便他是前任冥王的冥子，在目前统治幽灵青海的冥廷中，他又算得了什么呢？他又能得到什么好处呢？

在夏楮思绪万千之时，关于北月殇晨现身天罗山的消息也被落羽冥子上禀冥廷。冥廷方面经过紧急的讨论，将这件事交给冥神蒙特处理。

十阶冥神蒙特常居于幽灵青海大陆，直属于冥廷净灵处，掌握极大特权。他的主要灵识构成来自兽域，长相极似牛头人，体形庞大，脾气火爆，晋升过程常常伴着血雨腥风。在他成长的诸多城市中，他都是恶鬼般的传说。

从冥廷接到消息后，蒙特当即结束与灵体兽的厮杀，组织人手前往天罗山。为掩人耳目，杜绝消息泄露，他从净灵处调来了十几名九阶冥皇，加上追随他的十几名冥皇，以及一百多名八阶冥皇，一行灵体浩浩荡荡地向天罗山而去。但在蒙特部队行军时，来自幽灵青海大陆第十八层数不清的灵体已经向天罗山包围而去。正如冥廷有间谍在天弓城一样，作为前任冥王的直属势力，天弓组织在冥廷内部又怎么可能没有布置眼线呢？事实上，在以蒙特为首的冥廷强者动身前，北月殇晨便源源不断地接到了消息。

在幽灵青海大陆第十八层，消息更是分秒不停地传来。

北月殇晨立刻通知同行的赤鬼，让他按照既定部署行事，北月殇晨自己则走向诸多英灵仪式指向的中心位置。

此时这里早已被挖出一个深入山体的坑洞，北月殇晨沉入里面，隐藏在黑暗中。他有些紧张，毕竟敌人中不仅有数十名九阶冥皇，还有一名十阶强者。

一想到前不久他还在与六七阶的修炼者争夺三域大比冠军，现在已经要与九阶冥皇、十阶冥神对阵，他的心里便一阵恍惚。

他注意到自己的状态有点不对，赶忙深吸了几口气镇定下来，接下来的计划容不得他有丝毫的错漏。

在北月殇晨深入山体后不久，以蒙特为首的一众强者和黑压压一片的冥廷官方执法者便将天罗山团团围住了。

赤鬼、皇旌、翼虎等八名九阶冥皇站在山崖边，遥遥望着不远处的冥廷强者，双方之间没有语言交流，眼神也都很平静，但那种“不是你死就是我亡”的对峙杀气已经弥漫在空中。

感受到外界如山如海一般的压力，北月殇晨开始从幽冥珠中吸取神阶灵识之力，再通过自己散发出去。灵识之力如同涨潮的潮水一般渗入沙滩，纷纷灌注到英灵仪式中去了。下一秒，大地震颤，一束束光芒从英灵仪式中迸射，像是初升的朝阳，在天空中织成一扇又一扇巨大的光门，里面散发出强大无比的气息。

每股气息都远不如蒙特的气息强大，但数量奇多，让蒙特变了脸色，但他早就预料到此次会遭遇陷阱，因此很快便镇定了下来。

他带来的手下却都有些发慌，从他们的角度来看，根据目前天罗山中爆发的气息和声势，那里起码有上百名九阶冥皇。他们感到疑惑：天弓组织什么时候有这么多冥皇强者了？

“轰隆隆！”空中的气流像是暴风雨下的大海，掀起了激烈的浪潮。那些巨大的光门中，走出一个又一个大灾变时期的人族英灵。

只不过，这次的英灵和北月殇晨之前召唤出来的有些不一样。他们身上全都笼罩着一层雾，让灵体们看不清他们真实的模样，哪怕冥神蒙特也一样。

这是冥一教给北月殇晨的秘法，可以有效地遮掩召唤出来的英灵的模样，能够隐藏北月殇晨的真实身份。否则的话，低阶灵体们看不出来，高阶灵体们肯定能辨识出那些英灵，继而猜测出幽冥珠的主人北月殇晨来到了幽灵青海。

此时此刻，天罗山光芒闪耀，上百名体形或大或小的英灵悬浮在空中。

北月殇晨的精神力感知着他们，一一辨认出了他们，脑海中浮现一个又一个英灵的伟大事迹。北月殇晨忍不住心潮澎湃，对人族来说，这简直是一个神圣的时刻！

但冥神蒙特显然不这么认为，面对上百名九阶英灵，他毫无惧色，直接下令全力攻击。

第60章

灵识场域

“轰！”

澎湃的灵识之力从诸多冥皇体内爆发，灵压如同无形的浪潮席卷着天地间的灵识之力，将它们组成一个个奥义灵术——灵识之手、灵识印珠、堕落之魂。

九阶冥皇级别的强者尽皆完成了灵识统一，形成了灵格，在自身的修炼方向上走得很远。他们精通的灵术无不蕴含奥义，再进一步便是神灵术，威能恐怖到极点。

数十个奥义灵术或显现，或诡异地隐藏着，向着天罗山的方向铺天盖地而来，赤鬼、皇旌、翼虎等八名九阶冥皇纷纷开始反击。

他们的反击之法不是同样施展奥义灵术，毕竟他们才几个人，怎么可能是敌人的对手？他们纷纷站在事先布置好的仪式中，大量灵识之力从脚下涌出，渗入大地，汇入那如血液般流淌的灵识之力的轨迹中去。下一刻，少量存在于幽灵青海的各系元素开始沸腾。

幽灵青海毕竟存在于法蓝星上，地、水、火、风、光明、黑暗、空间又是构成世界不可或缺的元素，幽灵青海上的这些元素即便再少，也会有一些。而且这些元素平时根本就没人使用。

那些原本立于空中毫无生气的英灵纷纷受到激发与控制，开始施展同级别的奥义元术，又因为冥皇的灵识之力，他们的元术带着强大的灵识攻击之能。

当英灵们的奥义元术形成之时，蒙特察觉到有些不对劲。按道理来说，哪怕上百名九阶冥皇都不会给他带去死亡威胁，可当这群英灵施展元术时，他感受到了死亡的威胁。

他集中注意力去观察，很快就发现这群英灵本质上竟全都是高阶的灵识之力！

他作为十阶冥神，自然知道十一阶、十二阶的灵识之力是什么品质、什么浓度，因此他可以判定，组成眼前这些英灵的能量，绝对是大天神级的灵识之力，高了他整整两个级别！他感受到了强烈的寒意。

难道前任冥王将死的消息是假的？他正式回归了？否则的话，天弓组织哪里来这么多精纯的大天神级的灵识之力？按照冥廷的推算，前任冥王应该越来越虚弱才对啊！这个陷阱，恐怕不好踏出去了啊！

蒙特神情微惧。

天罗山。

天地间，到处都有精纯的灵识之力在涌动。上百名笼罩在迷雾中的英灵在八名九阶冥皇以及北月殇晨的控制下，齐齐施展奥义元术，声势比冥廷一方更加浩大。如果不是冥廷一方有大量中低阶灵体在后面支撑着，可能一两轮便会败下阵去。

当诸多前所未见的灵识秘术在天地间涌现时，北月殇晨的心情是激动的。作为幽冥珠的执掌者，利用灵视以及超强的感知能力，他可以清晰地捕捉到那些秘术在天地间引动的具体位置、灵识之力的具体构成等等。久而久之，他从中找出了不少灵识元纹，将来回到蓝域后可以传授给齐彧等人，让他们研究出新的灵识元器。

在现场混乱的战局中，北月殇晨最关注的自然是冥神蒙特。他还是第一次亲眼看到十阶强者战斗。作为法蓝星强大的阶层，十阶强者与九阶强者有着本质的差别，其中最主要的差别就是神体。

神体是修炼者根据自身修炼法则感悟出的场域凝聚而出的，极为困难、复杂。

所谓法则，即构成法蓝星世界的本源，常见的有水之法则、火之法则、雷之法则、大地法则、木之法则、风之法则、生命与毁灭法则、光明与黑暗法则。

无论什么种群，想要从九阶突破成为神，都必须参悟法则，而场域就是法则的表现方式之一。参悟法则成为十阶星神级强者后，绝大多数人都能使用场域。突破到十一阶，成为月神级强者，则百分之百会使用场域，动用部分法则之力。

眼前这名十阶巅峰冥神蒙特眼见局势失控，立刻启动了自身的场域。

在北月殇晨的灵视视野中，一道透明波纹以蒙特为中心，向着四面八方扩散，眨眼间便笼罩了半径两公里的范围，将上百名英灵都给覆盖了。

近段时间以来，北月殇晨在天弓城学到了许多关于灵识战斗的知识，因此他分辨得出，蒙特的场域只是最寻常的灵识场域。可即便如此，在蒙特这名资深冥神的手下，这个场域也不亚于一些强大的场域。

在场域形成的那一瞬间，北月殇晨与众多英灵之间的联系便减弱了许多。就连北月殇晨为他们补充灵识之力也变得困难了不少。幸好幽冥珠里蕴藏的是十二阶大天神级的灵识之力，否则蒙特只要一开启场域，北月殇晨就会彻底失去与英灵们的联系，而后那些英灵便会在战斗中迅速消耗灵识之力，直至溃散。

蒙特也料到了自己的场域不会对英灵们造成毁灭性的影响，因此他的神情没有变化。与此同时，大量灵识之力在空气中凝聚，最终凝成一柄长满尖刺的狼牙棒。

蒙特一手握住狼牙棒，径直冲入战场。狼牙棒挥动间，低于九阶的英灵顿时化成漫天的灵识之力碎片，散落四方。即便是九阶英灵，也挡不住他胡乱挥抡的狼牙棒攻击，基本上挨上两三棒便会溃散。

冥神蒙特亲自下场，飞快扭转了战局，但英灵的数量奇多，本身又是神阶灵识之力凝聚而成的，即便是蒙特，也不可能次次棒杀这些英灵，更不可能一鼓作气棒杀上百名英灵。

战局一时间僵持起来。

与此同时，在冥廷一方的九阶冥皇中，有一个长相寻常的人形灵体，他的目光一直在转动，眼神冰冷，像是一柄锋利的长刀，随时准备插入敌人的心脏。

他看似全力应战，实际上则是游刃有余，一直都在找机会。他在思考突围方向、路线，以及突围后的奇袭手段，其目标直指身处仪式正中央的北月殇晨。

在他观察北月殇晨的时候，凭借着幽冥珠赋予的敏锐感知，北月殇晨也注意到了他，并将命令传向自己左前方不远处的九阶冥皇贝宁。

贝宁是一个主要灵识构成为光明族的善灵，在接到北月殇晨的命令后，他便小心翼翼地向那名相貌寻常的九阶冥皇靠近。

可他才移动了一下，那名九阶冥皇便知道自己的身份暴露了，索性不再隐藏自身。下一秒，他已然消失在原地，等再次出现时，他已经来到了英灵仪式中央的空洞位置。在急速前冲的同时，他右手一探，也不知道从哪里摸出了一柄长刀。长刀通体发黑，刀背极厚，刀刃锋利，闪烁着光芒，有哀号声从刀中传出。

在他拿出长刀那一瞬间，四面八方响起了此起彼伏的倒吸凉气的声音。

“真央冥子！”

作为幽灵青海赫赫有名的行刑者，真央冥子所过之处必有灾祸发生。他本身就已经是九阶巅峰冥皇，再加上冥王亲赐的噬魂刀，俨然已有几分冥神的威势，实力恐怖至极。

在他动身的刹那，贝宁亦闪身而出，拦在真央冥子的面前。直面真央冥子，即便贝宁是九阶冥皇，也免不了隐现惧色，但他依旧挡在了真央冥子的面前。

真央冥子看也不看他，右手挥动间，噬魂刀劈斩而下，一道刺眼的灵识刀光破空而出，天地间有震耳欲聋的轰隆声响起。

如果贝宁有实体的话，此时恐怕已经寒毛竖起，冷汗直冒。在生命受到威胁的情况下，贝宁爆发出修成九阶冥皇以来的最强实力，尽全力闪躲那道刀光。

那道刀光本来是要杀北月殇晨的，所以也没有理会贝宁的闪躲，更没有理会他闪躲时动用的诸多灵物和灵术。

刀光斩落，山体震颤，由磅礴灵识之力构成的诸多英灵仪式散发出隐隐的光芒。紧跟着，诸多九阶冥皇操纵漫天英灵回归，齐聚在天罗山上，形成了一个防御阵形。

上百名由神阶灵识之力构成的英灵组成的阵形，即便是冥神蒙特和持有噬魂刀的真央冥子也无法率众突破。

这不禁让蒙特和真央冥子都有些疑惑。按道理来讲，这次天弓组织的行动是一次陷阱，他们应该能料到自己会面对何等强大的对手，也会做出应对，可现在的情况有些奇怪，天弓组织在这里组了个“龟壳”。他们的目的是什么？

正当两人心中不解时，眼前忽然绽放出太阳爆炸似的璀璨光芒。那一名名由神阶灵识之力构成的英灵竟开始了自爆！

震耳欲聋的爆炸声和铺天盖地的灵识之力让天地颤动，让冥廷的强者们根本无法靠近，也让天弓组织的成员有了安全撤离的机会。

他们撤离的方向不是来时的方向，而是天罗山中。

爆炸声连绵不绝，场面一度十分震撼。爆炸持续了足足两分钟，这片天地充满了带着敌意的灵识之力，阻拦着冥廷强者前进的步伐。

看着眼前的一片狼藉，冥神蒙特和真央冥子心中隐隐有些不安。

天弓组织的成员们来也匆匆，去也匆匆，搞出如此大的声势，似乎什么都没有做成。这不合常理！

第61章

冥王神殿

天罗山地底深处。

冥廷曾经派遣诸多强者寻觅了千百次的区域竟然有隐藏的空间。这片空间的大地上呈现出一座魂穿祭坛。来自天弓城的冥皇强者们在北月殇晨的带领下，纷纷站在其上，都有些吃惊，显然他们事先也不知情。

在八名冥皇强者中，尤其以夏楮心情最为复杂。他原本打算借战斗乱局逃出天弓组织，但刚才突然发生的情况让他失去机会，于是他被迫跟到了此地。他心知等回到天弓组织后，内部肯定会彻查泄密者，因此心中极为忐忑。

九人全站上魂穿祭坛后，北月殇晨将自己的灵识之力注入其中，蒙蒙的雾气升腾而起，将众人包裹，眼前也被迷雾所遮挡了。

等视野再度恢复清晰时，他们已经被传送到了距天罗山数千里外的区域。这附近没有冥廷的兵马，众人得以按原路线返回天弓城。

回到天弓城后，北月殇晨第一时间去断崖处见天戈。

“成功了吗？”天戈目不斜视地问道。

“成功了。”北月殇晨点了点头。

“那就等待时机吧。”天戈也点了点头。

“嗯，夏楮怎么办？”北月殇晨问道。

“已经没有作用了。”天戈语气平淡，将夏楮的命运给定了下来。

对此，北月殇晨自然没有多说什么，之后两人又就天罗山之战聊了一阵，分析得失，英灵交由冥皇们控制的临场情况等。

傍晚，北月殇晨回到府邸。他走到修炼室盘坐于地上，双目紧闭，眼前已经多出了一个视角。这视角处于一个血红色的世界内，四面八方到处都是在疯狂哀号、尖啸的魂体。它们在这片血红的世界内飞舞撞击，始终困于其中。

借助这一视角望向血红色世界，是被折射得光怪陆离的世界，剔除那些繁杂的事物，便可以看见一张平凡的面孔。这张面孔的主人，北月殇晨前不久才见过，正是真央冥子。

此时此刻，这一视角正处于噬魂刀中！这便是北月殇晨与天戈实施这次行动的主要目的！

两人都知道真央冥子实力强大，而且行踪不定，要想杀死他夺取噬魂刀，必须了解他本人、了解他的行踪才行。经过商议，两人最终决定利用北月殇晨灵识寄生的手段，将灵识寄生碎片送入噬魂刀中，以此达到监视真央冥子的动向、搞清楚他弱点的目的，最后再从他那里夺取噬魂刀，凝聚出万灵珠。

耗费大量的大天神级的灵识之力和数不清的远古器物，只为将一个小小的灵识寄生碎片送入噬魂刀中，换了谁也料不到。

这是一个很不划算的计划，但北月殇晨坚持如此，天戈身为前任冥王冥一的部下，自然要完成前任冥王当世唯一冥子“北月冥子”的意愿。

直到现在，冥廷方面仍然很不解，完全不知道天弓组织玩这一出是要干什么。但经此一战，冥廷也知晓了许多事，比如说大量的十二阶灵识之力、那铺天盖地的灵识召唤物、前任冥王的遗留，无疑都证明了一件事——前任冥王的回归！

带着种种疑惑，真央冥子加大对天弓组织的打压力度，从各方收集信息，想要推算出前任冥王回归的完整计划。而这一切，都被北月殇晨利用转生的游魂看在眼里，听在耳中。

真央冥子在幽灵青海的地位极为特殊，他虽然不是十阶冥神，但受到的关注比寻常十阶冥神还要高。因为他有噬魂刀，是现任冥王行走幽灵青海的“行刑者”。他所到的地方，必然会有大事发生，有大事发生的地方，也必然会有他的身影。

正因为这一规律，北月殇晨才敢断定，只要身为前任冥王冥子的自己率领天弓组织的成员出现在天罗山，真央冥子就一定会出现。

事实也正如北月殇晨所料。

幽灵青海虽然只是七海之一，但面积巨大，而且冥廷有不少十阶强者、十一阶强者，甚至有一名十二阶大天神级强者，因此倒是建造出了不少魂穿祭坛。

在天罗山中的战斗结束后，真央冥子穿梭于幽灵青海大陆各大城池、秘密组织基地，搜集情报，斩杀天弓组织的成员。几天后，手中握有充足证据的他终于返回了幽灵青海大陆的第一层。

幽灵青海大陆第一层很小，只相当于一座岛屿，但这座岛屿上有着极为充沛的灵识之力。它们甚至凝聚成一片片流动的灵识之云，云团中隐约可见一块块透明的结晶体。

在幽灵青海大陆的正中央，有一座高耸入云的山峰，山巅矗立着一座宫殿。这座宫殿由巨石垒成，并不显得多么雄伟，但它坐落在那里，就给人一种无法撼动的感觉。它正是幽灵青海大陆冥廷的中心，也是冥王居住的神殿。

北月殇晨这段时间居于天弓城，哪能不知道这种常识？他当即有些心惊胆战。灵识寄生虽然玄妙，但他即将面对的可是冥王，十二阶的大天神强者，灵识寄生仍然可以起作用吗？

其实早在计划将灵识寄生碎片寄生于噬魂刀中时，北月殇晨和天戈便考虑过真央冥子会去见现任冥王的可能性，但没想到会来得这么快。北月殇晨脑海中思绪万千，最终决定按照和天戈商定的一样，继续监视真央冥子。

灵识寄生碎片虽然是他所创造的，但跟他的本体没有任何关系，哪怕是冥王，也不可能跨越十七层大陆杀伤他。

真央冥子来到幽灵青海大陆第一层后，便步行向山巅走去，其间不敢动用一丝一毫的灵识之力。

在北月殇晨的监控下，真央冥子足足徒步了五小时，终于攀至山巅。他一步步走到冥王神殿前，跪在殿外，低着头，谦卑地道："参见冥王陛下。"

话音落下，一股强横无匹的气息从宫殿中横扫而出，来到真央冥子的上空，仿佛一个真实的存在低头俯瞰着他。

忽然间，真央冥子的身体剧烈地抽搐起来，平淡无奇的脸上露出痛苦的神色，一幅幅鲜活的画面从他的眼中呈现，被冥王所知。

片刻后，真央冥子的身体停止抽搐，痛苦之色渐渐敛去，但原本凝实的灵体变轻了，像是一朵被风吹散的云。他显然受到了不小的创伤，但他呼吸着四周的灵识之力，很快就恢复到先前的状态。

“冥一，幽冥珠。”在真央冥子恢复自身的同时，一个洪亮的声音在真央冥子的脑海响起。

“此事我自有安排，你现在去中心议会，参与起源计划一事。”

“是，陛下！”真央冥子低头，虔诚地回答了一句，而后一步步向后退走，直到远离冥王神殿，这才转过身下山。

远在幽灵青海大陆第十八层的天弓城内，灵识出窍于幽冥珠里的北月殇晨屏住呼吸看着噬魂刀外显现的一幕幕，连念头都不敢动，生怕泄露了自己的气息，被冥王感知到，借此找到他的本体。

但值得庆幸的是，直到真央冥子走下冥王神山，冥王仍然没有察觉到他的存在。这让北月殇晨长长地舒了口气，心想即便是十二阶大天神也有忽略之处，并非全知全能。当然，也是由于幽冥珠的品阶相当高。

从冥王神山离去后，真央冥子通过魂穿法阵，来到了幽灵青海大陆的第二层。

直到这时，北月殇晨这才敢转动思绪，回忆刚才的所见所闻。

冥王说他自有安排，肯定不是不信任真央冥子，而是觉得事关冥一和幽冥珠，必须得更加慎重。真央冥子虽然地位特殊，但毕竟只是九阶巅峰的冥皇。

北月殇晨有理由相信，在被冥王知晓并注视的情况下，自己接下来极有可能面对十阶乃至于十一阶强者的追杀，所以自己必须尽快夺取噬魂刀，否则恐怕有性命之忧。另外，起源计划是什么？

北月殇晨抱着疑惑，紧跟真央冥子的步伐，继续观察着噬魂刀外发生的事。

真央冥子回到幽灵青海大陆第二层后，直接腾空而起，向中央冥廷所在的方向疾驰而去。

幽灵青海大陆的第二层比第一层大了五十倍不止，但由于魂穿祭坛位于中央冥廷外不远的地方，所以真央冥子很快便抵达了中心议会。

幽灵青海的冥廷相当于一座城市，其中坐落着无数的官方机构，管辖着整个幽灵青海的灵体，而中心议会则是冥廷掌权者们商议重大事件的地方。

按道理来讲，只有十阶及以上的强者才有资格进入中心议会，但真央冥子是唯一的例外。

中心议会位于冥廷中心的位置，那里同样是一座山峰，在山峰最平整的位置，矗立着数十根石柱，上面刻画着繁复玄奥的花纹。

在石柱的顶端，有一个高台，高台平整如刀削，上面同样有许多玄奥、复杂的纹路。在纹路的中央，则有一把把高大的座椅，此时上面坐了许多十阶、十一阶的灵体。

真央冥子的到来吸引了一道道目光，但没有强者理会他。他径直飞向属于自己的那一座高台落座，然后静静地等着他们商议大事。

第62章

起源计划

“灵体的制造，已经有了最终方案。”

片刻后，一名身材矮小，长相颇像猴子的十阶冥神的第一句话，便让北月殇晨心中一紧。

“我们先前之所以次次都失败，是因为缺少一个关键的变量，那就是惊天的怨气、凶气、死气、杀气等等。如果我们可以制造出大灾变时的情境，就能成功地再造灵体。”

这名十阶冥神说完后，激烈的议论声立刻响了起来。

“如果制造出大灾变时的情境，必然会引发巨大的反响和动乱，我们能够承担后果吗？”

“无论是什么后果，总要有灵体来承担，不是你我，也会是别的灵体。你真的愿意将幽灵青海崛起的荣耀拱手让给其他灵体吗？”

“不成功便成仁！为了幽灵青海的未来，我支持！”

“我也支持！”

“我也支持！”

一声声回应响起，大多数灵体都支持或同意，因为不支持或不同意的灵体大都湮灭在历史的深处或者被驱逐了。

在大部分灵体同意制造大灾变情境之后，众多十阶、十一阶强者便开始商议起具体的方案来。

北月殇晨通过真央冥子的噬魂刀听见幽灵青海众多强者的讨论，内心震惊，他不敢想象这件事如果成功，法蓝星的格局将会发生什么样的变化。

他第一时间起身冲出大门，向城外断崖飞去。见到盘坐于地的天戈后，他将先前看到的画面和听到的内容告知了天戈。

天戈闻言同样震惊，却什么也做不了，因为北月殇晨才是那个可以联系上前任冥王的人，他只能倾听北月殇晨的诉说，然后帮北月殇晨理清思路。因为所谋甚大，计划自当周全完备。

这些冥廷掌权者在接下来的几天时间里，一直都在中心议会议事。

渐渐地，北月殇晨和天戈初步总结出了他们的计划。

冥廷掌权者们会选择一个合适的时间，派遣大量八阶、九阶冥皇，以及十阶、十一阶的冥神强者前往圣、法、蓝、妖、兽、魔六域，以及岩浆赤海、生命绿海、神圣澄海、污浊黄海、无尽蓝海等五海，制造大灾变时的惨景。他们现在在做的事，是选出负责相关事宜的灵体，制订备选方案等。

毫无疑问，这是一个会波及整个法蓝星的大行动，稍有不慎，幽灵青海便会堕入万劫不复之地。但按照他们的想法，如果不行动，幽灵青海迟早会消亡，不如放手一搏。

冥廷的疯狂计划让北月殇晨产生了立刻将消息传递给法蓝星各域各族的念头，特别是人族三域，特别是蓝域！

按照幽灵青海的计划，妖域、蓝域、圣域和法域是首先受到攻击的域境，而蓝域首先被屠灭的城池，肯定是西海岸的沿海城市。

一想到那一条条鲜活的生命可能会因此而逝去，北月殇晨便觉得难以呼吸。

他和天戈都没有想到，原本只是猎杀真央冥子的伏笔，却意外引出了一个恐怖的计划。

返回刻不容缓！

“走吧，我这边会尽可能地拖延时间。如果殿下能看到更多画面，拜托告知我们。”天戈看着北月殇晨，认真地道。

“我尽量！”北月殇晨点了点头。

“这件事关系到幽灵青海的命运，关系到全法蓝星未来的走向，光凭我们，光凭一域两域根本没用。”天戈道。

“我明白！”

“如果有可能的话，请帮我们问问陛下该怎么做。”天戈恳切地道。

“我尽量。”北月殇晨没办法帮冥一保证任何事，只能尽力而为。

答应天戈后，北月殇晨最后朝他点了点头，随即化身黑暗元素体，向无尽蓝海的方向飞去，转眼便消失得无影无踪。

天戈望着流光消失的远方，神色凝重，转身跳下断崖，向天弓城的方向飞去。接下来，天弓组织必须竭尽全力拖延，为其他域境争取足够多的反应时间。

因为是利用黑暗元素飞行，穿梭在海洋深处阴影地带，北月殇晨只花费一天时间便成功抵达了青一岛。

来到岛上后，北月殇晨第一时间去见了负责人何翊，将自己在幽灵青海大陆的所见所闻告知于他。

作为前线联络地的负责人，何翊经过初时的震惊后，立即调动可以调用的一切资源，将消息传向其他联络点。

由于离与火离姬约定的时间尚早，北月殇晨也不能转头去岩浆赤海找她，只能嘱咐何翊，等火离姬回到青一岛后，让她立刻返回蓝域。

之前从法域西滨城出发航行到青一岛，北月殇晨和火离姬足足耗费了三个月时间，但北月殇晨返回时，几乎是在损伤自身天赋的情况下，在海底阴影中穿梭，以至于他到达西滨城的时间比之前减少了一半。

在此期间，北月殇晨一直在利用噬魂刀视野关注真央冥子的动向，对幽灵青海的起源计划有了更深的了解。

而让北月殇晨感到有些惊恐的是，冥王竟然下令在幽灵青海境内建立大量的魂穿祭坛，不惜一切代价也要让起源计划成功。如此一来，留给法蓝星七海六域的时间更少了。

北月殇晨抵达法域前，距离青一岛较近的岩浆赤海、妖域西部联络点，以及一些强大的海洋种群纷纷收到了北月殇晨传递的消息。但他们大都置若罔闻，因为他们根本不相信幽灵青海会做出如此疯狂的举动，这可是站在了整个法蓝星的对立面，包括魔域，灵体族是在找死。

在横跨无尽蓝海返回蓝域期间，北月殇晨不断利用自己的灵识匹配之能，将从噬魂刀内得到的消息传递给瀚海枪骑的大统领。大统领作为三域高层，自然有信誉也有能力将北月殇晨的所见所闻告知其他高层。

人族三域的高层虽然不相信北月殇晨，但相信大统领，而大统领选择相信北月殇晨，他们自然只能相信北月殇晨，于是人族三域开始做起准备来。

经过短暂的商议后，三域高层得出了一个惊人的结论。

即便所有域境的强者集体出动，对幽灵青海发起灭绝战争，他们也不会惧怕，反而乐在其中，因为一旦发生那样的战争，正好符合了灵体诞生的条件。

即便有数名大天神出手，直接抹消他们的灵识，可但凡有一些漏网之鱼，也会在七海六域制造出无数恐慌事件。按照冥廷高层的想法，有那么多愤怒冤屈的灵识，灵体族迟早会卷土重来。

要想避免这样的结局，必须一开始就断绝幽灵青海的念想，让他们的起源计划失败，但这需要七海六域的诸多生灵齐心合力才行。

从法域西滨城出发返回蓝域，北月殇晨同样只耗费一个半月时间。在此期间，反复的消耗与恢复过程让他的实力直接攀升至五阶巅峰，只差临门一脚便可以成为六阶黑暗元素操纵者。

在这一个半月里，诸域大都接到了北月殇晨的警示，蓝域亦然。

按理说北月殇晨没必要紧赶慢赶回蓝域，但他是蓝域人，当危机发生时，他希望自己身处蓝域。毕竟越早得到消息，越能减少损失。

第63章

战前准备

距离幽灵青海越远，寄生时间越久，在噬魂刀中的灵识寄生碎片便也越微弱，直至最终彻底消散了。在消散之前，北月殇晨看到冥廷高层做出了一个决定。

由于起源计划的泄漏，导致全法蓝星其他各域各族产生了警惕，冥廷高层决定提前开战，即拟定首先摧毁的诸多城市名单，沿海城市月阳城正巧在其中。

北月殇晨得知此消息时，根本来不及传递消息，毕竟灵识匹配的人选也不是他定的。按照消息传递的速度，那时候月阳城估计已经被摧毁了。

想到月阳城中熟悉的街道、城民以及朋友，北月殇晨心急如焚，可以他最快的速度前往月阳城同样来不及。情急之下，他加大了吸收、转化和使用黑暗元素的频率，以损伤自身为代价再度提速。

这段时间以来，北月殇晨不停地飞行，又要监视真央冥子，灵识和身体虽然没有超负荷，但精神状态已经虚弱至极，可他不敢休息。

终于在两天后，北月殇晨遥遥看见了蓝域大陆的海岸线。因为北月殇晨调整了方向，此时他所处方位的正前方，正是被冥廷高层列为首批攻击目标城市之一的月阳城。

“嗖！”北月殇晨所化的黑暗元素体在无月的黑夜中飞快地穿行，像是一道黑色的闪电。

一小时过去，北月殇晨降落在城主府内。当他落到地面，显现出真身的那一瞬间，城主府内的操纵者们立刻将他团团围住了。他们看清北月殇晨的模样时，都露出了惊喜的神色。毕竟北月殇晨是月阳城的大恩人，正是他的出现，才化解了月阳城被灵识之疫困扰的危机，也是北月殇晨，让月阳城成了蓝域大陆，甚至三域人族中首屈一指的“灵识之城”。

所谓灵识之城，即指那些在灵识层面具有研究、反击、进攻能力的城池。目前月阳城的灵识护卫队在整个蓝域都排得上号。

“我要立刻见徐策城主！”被一群老熟人包围着，北月殇晨却没有心情叙旧，而是急切地道。他的声音沙哑，像是几个月都没有喝过水一样。

北月殇晨话音未落，在场的众多操纵者已经从他虚弱的精神状态看出不对劲来。不过还没等他们去找城主徐策，徐策就已经来到了北月殇晨的面前，他手掌轻轻地按在北月殇晨的肩膀上，神色有些凝重地道：“你怎么这么虚弱？”

说话间，一道蓝色的光芒从他的手掌迸发，瞬间钻入北月殇晨的体内，消失不见。这是一个六阶水系治疗元术。

这本该很有用的手段对北月殇晨却没有丝毫的作用，他依旧虚弱到了极点。

北月殇晨也没空恢复自身的精神状态，他直接利用幽冥珠，将月阳城被列为第一打击目标的消息呈现在徐策的脑海中。

徐策看完北月殇晨的信息，神色大变，甚至不再搀扶虚弱至极的北月殇晨，匆匆忙忙地离去了，同时吩咐手下传递消息，做好战前准备。

城主徐策的失态顿时让在场众多高层意识到了事态的严重性，他们刚想询问北月殇晨具体发生了什么，北月殇晨便身体一歪，直接栽倒在了地上。

幸好在场的都是元素修炼方面的强者，他们忙扶起北月殇晨，利用水元素能力对他的身体和精神状态进行检查，很快便发现他的精神状态已经差到了极点。

如果说正常人的精神世界是一个盛满湖水的湖，那么此时此刻，北月殇晨的那片精神力湖泊已经彻底干涸。

在场的操纵者只得将北月殇晨送到专门的休息室，然后安排人手，轮流用水元素元术对他的精神状态进行治愈。

也不知过去了多长时间，北月殇晨终于悠悠醒转。在睁开眼睛那一瞬间，他脑海中顿时浮现诸多念头，忙转头去看床边有没有人。

发现没人，他立刻强撑着虚弱的身体，穿上鞋子推门而出。

门外，正有一名六阶的水元素操纵者要来给北月殇晨施以治愈元术，看见北月殇晨跌跌撞撞地走出来，忙上去搀扶住了他。

“我昏迷了多久？”北月殇晨没空说那些虚话，直接焦急地问道。

“正好两天。”这名水元素操纵者答道。

“幽灵青海要提前发动战争，我们只剩下两天时间了，要快点行动起来。”

听了北月殇晨的话，这名水元素操纵者没有惊讶，而是点了点头，道：“月阳城已经是战争状态了。”

尽管有大统领帮忙传递消息和大长老直接下令，整个蓝域的沿海城市以及内陆的大城市飞快动员起来，但做好一场生死存亡战的战前准备，还是需要很多时间，月阳城现在根本还没准备好。

按照原来的计划，内部的大多数九阶强者都会前来沿海城市坐镇，可那是在一个月之后。起源计划的开启时间本来也是在一个月后，但由于计划泄漏，冥廷改变了计划，竟然将时间提前到两天后。两天的时间，蓝域内陆的九阶强者根本赶不过来，而一些位于沿海地带的九阶强者也有自己的要务。

许多城市的重要程度都比月阳城更高，也是幽灵青海的袭击目标！换言之，两天后，月阳城很可能会在无强者、无支援的情况下，面临幽灵青海毁灭性的攻击！

来者必然会有九阶强者，而且不止一名！

值得庆幸的一点是，北月殇晨回到了月阳城，这可能是月阳城最后的机会。

不过北月殇晨这么着急赶回蓝域，原本的计划不只是帮助月阳城一城，而是想要在大长老的帮助下，尝试能不能更高效地利用幽冥珠帮助蓝域，帮助人族抵挡这次灾劫。但冥廷的决定让他的这些想法变成了妄想，他暂时只能留在月阳城，只能帮助月阳城一城。

“唉！”北月殇晨忍不住叹气。

他恨自己实力不够强，不能发挥出幽冥珠的全部威能；恨自己回来得太慢，恨自己得到幽冥珠的时间太晚，可是他知道，悔恨是没有用的，自己必须振作起来。

站在原地休息了会儿，北月殇晨走出休息室的院落，走出了城主府。此时城主府内一团乱麻，根本没人理会他。

一路走出去，北月殇晨来到月阳城北部一个地势较高的位置，居高临下俯瞰全城，在开启了灵视的状态下，他的眼前浮现了一个又一个可以安放冥器和灵识元器的阵枢点。

他先前准备天罗山之战时，已经将从天弓城拿出的所有远古器物都消耗完了，自身携带的灵识元器也仅剩寥寥数件。对一场灭城之战来说，这自然是杯水车薪。但他相信，这半年多以来，月阳城内齐彧等人肯定制作了不少灵识元器，可以用来布置英灵仪式。

在观察完地势后，北月殇晨找到了齐彧。齐彧见到北月殇晨恢复了，喜不自胜，但两人没空叙旧。

“把所有灵识元器都拿来，我要布阵。”

齐彧没有犹豫，作为月阳城灵识方面的权威人员，他很快便将所有灵识元器调集来了。

北月殇晨便开始以城区为单位，布置起一个又一个英灵仪式。在布置期间，北月殇晨还将在幽灵青海感知到的灵识元纹一一告知了齐彧。

齐彧如获至宝，在分享给同伴们后，开始做起研究来。

整座城池热火朝天。一个又一个英灵仪式被布置好，一件又一件灵识元器被发放到自由者和操纵者们的手中。

北月殇晨还在城主徐策的帮助下聚集了一批六阶操纵者，为他们布置仪式，让他们具备操控英灵的能力。这些都是他在天弓城学来的。

天色渐渐暗了下去，又亮了起来。

城内的普通人在城主府工作人员的指挥下飞快撤离，但也有不愿意撤走的人。他们聚集在城墙下，站在众多自由者和操纵者的身后，准备和他们一起御敌，与月阳城同生共死。

在月阳城匆匆忙忙准备好应战的同时，其他一些及时得到了消息的城池也都在全力备战。

蓝域准备得还算充分，法域、圣域也还可以。北月殇晨只希望其他五海和兽、妖、魔三域不要给幽灵青海太多的机会，让他们诞生过多的灵体。

时间很快便到了两天后。

天刚蒙蒙亮，北月殇晨便察觉到，在距离月阳城四百多海里的西边，忽然涌现出大量强大的灵识之力。经过他的初步感知和判断，确定来者中有三名九阶冥皇、二十名八阶冥皇、五十名七阶冥皇，以及数不清的冥尊和更低阶的灵体，可即便是四阶冥尊，在月阳城都不算弱者。

这让北月殇晨心一沉。一座月阳城就让幽灵青海的冥廷如此对待，想必幽灵青海的起源计划应该会让冥廷倾巢而出！

四百多海里，看似很远，实际很近。只不过三小时，数量庞大的灵体们就已经来到了月阳城近海的区域。

经过近一年时间的发展，月阳城早已制作、淬炼出可以让普通人看见灵体的魂镜、魂灰。

魂镜是嵌入眼睛的镜片，可以使佩戴者时时刻刻看见灵体，制作精良、工艺复杂，所以产量较小。魂灰则是可以撒入眼中的灰尘，可以使人看见灵体，会有异物感而且持续时间较短，优点是造价低、产量大，可以大规模地使用。

两天前，一名风元素操纵者利用元术将魂灰播撒全城，因此所有市民都可以看见灵体。

此时此刻，站在城墙上的守军们可以远远地眺望到灵体们，他们握住灵识元器的双手止不住地颤抖。

这不怪他们。人族三域承平日久，人们早已忘记了战争的味道。更何况，那些有经验的军人也从未面对过灵体这样的生物。好在哪怕是恐惧，月阳城的人们依旧坚定地站在自己应该在的位置上，静静地等待。

第64章

选择的机会

片刻后，在阳光照耀下呈透明状，好似出海水母的灵体大军终于来到了月阳城近处。为首的自然是三名九阶冥皇，其中赫然有当初主导蓝域近海灵造灵体计划的鸦羽冥子。他此时站在三名九阶冥皇的中央，显然是领头人。

他远远地看见了站在城楼上的北月殇晨，脸上不由得露出了复杂的神情，有些疑惑，又有些释然，但旋即便收敛了神色。

“他不是被发配到了第九冥狱吗？”北月殇晨看见鸦羽冥子后，同样很惊讶。

惊讶归惊讶，一点也不妨碍双方行动。

来到月阳城下，看到防备森严的城池，鸦羽冥子第一时间下达了进攻命令。

天地间的灵识之力立刻剧烈地翻涌起来，成千上万的灵术在天穹凝聚而出，显现不同的形态，疾风骤雨般地冲向月阳城。

月阳城内的人们面色苍白，心生恐惧，对无缘无故向他们发起攻击的灵体们更有深深的怨恨。这正是冥廷高层所需的情绪。

“轰隆隆！”成千上万低中高阶的灵识秘术落下，彗星似的撞击在月阳城上一百米的高空。下一秒，仿佛巨石坠入湖中，掀起道道涟漪，涟漪逐渐扩大，化作波纹向四面八方扩散。

城内的人们抬起头，发现不知何时，月阳城的上空竟有一个半圆形的透明护罩，将整座城池牢牢地盖住了。

北月殇晨见此一幕，心中毫不惊讶。

齐彧等人是灵识研究层面的天才，北月殇晨走时留下的那些物件和知识足以让他们在灵识这条路上走出很远。

看到灵识护罩后，以鸦羽冥子为首的众多灵体略感惊讶，但旋即便开始了第二轮更加凶猛的攻击。

此次起源计划涉及幽灵青海全境，为了这次计划的成功，他们已经做好了一切打算，其中自然有被袭击一方的激烈抵抗。但这不要紧，为了顺利达成目标，幽灵青海每一支队伍的强者数量都远超对方。

一轮又一轮的冲击从天而降，很快便让防护罩淡了下去。但此时此刻，月阳城中的人们的心态已经缓和了许多。因为他们之中大部分人在两天前根本对灵识层面的东西一无所知，根本不知道城主府下发的灵识元器有用与否，而天空上的灵识护罩给了他们信心。人族三域三百多年以来的危机教育让每一个人都有着充足的勇气，他们不怕死，只怕死得不值得，死得不明不白。

北月殇晨抬头看了一眼正在不断承受攻击的灵识护罩，心中大概推断出其彻底破碎的时间，然后转身走向诸多英灵仪式的中央位置。他站在仪式中央，唤出幽冥珠，开始从中汲取出大量的灵识之力，而后让其从他的身体流向双脚，再从脚掌渗入大地，最终传导向四面八方。在灵识之力的引动之下，一个又一个英灵仪式爆发出惊人的光芒。

下一秒，整片天地都被照亮了！一个又一个英灵从英灵仪式中或走出来，或飞出来，显现在天地间。

远方，月阳城外的鸦羽冥子远远地看见这一幕，神色平静。

城中，大量城民看见高空中的英灵，一个个都觉得不可思议，叫着英灵们的名字，而他们看见所有英灵仪式中央的北月殇晨时，更是惊讶得说不出话来。

与此同时，鸦羽冥子也发出了声音。他的声音穿透灵识护罩，传入北月殇晨的耳中：“你之前去幽灵青海，拿到万灵珠了吗？”

北月殇晨闻言神色不变。

“失败了没关系，你也不需要再那么麻烦，我给你带来了。”鸦羽冥子的声音再度传入北月殇晨耳中，“只要你撤除灵体召唤仪式，交出幽冥珠，并告知我关于前任冥王的一切消息。”

北月殇晨听完鸦羽冥子的话，忍不住冷笑。

正当他冷笑之时，却见鸦羽冥子伸手从空中抓出一个透明的布满不规则凸起的圆球。圆球中有雾气在流动，像是从天空俯瞰法蓝星时，海面中飞快凝聚的巨大风暴。这风暴中蕴含着大量的能量，似乎有着神异的威能。

“你不答应也行，我可以帮你凝聚你母亲的灵识，然后把它摧毁，你看如何？”鸦羽冥子的语气冰冷而平静，让北月殇晨的心一沉。

北月殇晨神色依旧没变，内心却挣扎起来。该怎么办？是放弃月阳城的城民还是放弃幽冥珠？是放弃前任冥王冥一还是放弃身为蓝域人，身为人族的尊严？是放弃全人族的未来还是拯救母亲？这几乎不是选择题。北月殇晨内心颓然。

鸦羽冥子见状也没有觉得失望，只是轻轻笑了笑。与此同时，大量灵识之力涌入他手中的万灵珠。

只见万灵珠内的风暴骤然间扩大，很快便消失在现实世界，但北月殇晨能感觉到那风暴的力量正在凝聚些什么，脸色不由得变得苍白，心中产生了不祥的预感。

正在此时，天空中的灵识护罩轰然破碎，铺天盖地的灵识秘术从天而降。北月殇晨没空想其他的，专心从幽冥珠吸收灵识之力，然后往英灵仪式中注入灵识之力，操纵一名九阶英灵去应对那些攻击。

另外一名九阶英灵以及大量八阶、七阶英灵则被月阳城的裁决者、操纵者所控制。另一边，月阳城的城民们也在英灵的鼓舞下，向灵体们发起了攻击。

战争正式开始了！

英灵虽强，但毕竟是灵识体，各方面都比不上鸦羽等三名已经步入九阶许久的强者。幽灵青海此次倾巢而出，在场三名九阶强者都带着极其强大的冥器，再加上有组织的大量灵体配合，很轻易便挡住了两名九阶英灵和大量八阶英灵。

其余灵体毫不手软地向下方城民发起了攻击。不只是如此，鸦羽冥子发现北月殇晨在月阳城后，第一时间向临近城池的九阶冥皇发去了信息，很快便会有更多的九阶强者围聚而来。

抓住北月殇晨可比摧毁一两座城重要得多！

这是一次死劫！

场面混乱不堪，北月殇晨的注意力忽然再一次被分散。

只见万灵珠散发出的无形能量竟真的从空中带回了什么，是细碎的纯白色光点，而且让北月殇晨感到极为熟悉。

他抬头望着那些细碎的白色光点，眼睛有些红，心中不祥的预感越发强烈了。

“你现在还有选择的机会。”鸦羽冥子的声音传来，让北月殇晨陷入了沉默。

天地间，无形的吸扯力在缓缓变强，渐渐蔓延至蓝域大陆西部、中部，直至西部。它从空中凝聚出一个又一个纯白色光点，在月阳城外的天穹上形成了一道淡薄的虚影。

北月殇晨看见那个虚影后，眼睛泛红。

与此同时，远在数千里外的天空中，一道黑色闪电正在不停地跳动。

忽然间，黑色闪电停止跳动，极淡的黑雾散去，显露出北月煌的身影。

只见北月煌一向冷漠的脸庞上竟露出激动的神色，眼睛同样泛红，身体都有些颤抖。在短暂的失神后，他以更快的速度朝着月阳城的方向疾驰而去，眨眼间便消失得无影无踪。

“你现在还有选择的机会。”鸦羽冥子的声音回荡在北月殇晨的脑海中，让他的脸色阴晴不定。

月阳城中的诸多自由者和操纵者虽然不知道鸦羽冥子和北月殇晨在交流，但明显察觉到了一丝不对劲的地方，因为北月殇晨对英灵们的灵识之力供给似乎变得不那么稳定了。

英灵们缺失灵识之力支持的后果，便是战局失衡，灵体们有更多的机会去攻击下方的月阳城的城民们。

能量撞击产生的爆炸声、灵识消逝时的尖啸和城民们受伤发出的惨叫声让北月殇晨从失神的状态中清醒过来，他收起思绪，全身心地去应对此时此刻的灾劫。

还有选择的机会吗？北月殇晨叹了口气，自己哪里还有选择的机会啊。

灵识之力的供给趋于稳定，英灵们在自由者和操纵者的操控下发挥出惊人的战力，胜利的天平似乎稍有偏移。可随着纯白色光点的聚敛，虚影的渐渐成形，北月殇晨的心神越发不稳定了。

北月殇晨所召唤出的英灵的强大程度，超出了鸦羽冥子等灵体的想象。而且北月殇晨无穷无尽的灵识之力的输出也让三名九阶冥皇压力倍增。

鸦羽冥子虽然向其他九阶冥皇发了消息，但只是为了保险起见，他可不愿意与他人共享抓获北月殇晨的巨大奖赏。

他想了想，忽然从空中取出一柄法杖。法杖呈纯黑色，杖身上环绕着一圈一圈的黑色尾羽，尾羽一直攀至杖尖，那里有一个单足的乌鸦在振翅高飞。

这柄乌鸦法杖一看便来历不凡。从它被拿出来的那一刻开始，整个世界的灵识之力便开始暴增，四面八方的灵体的战力都得到了显著提升。

只见鸦羽冥子发出一声尖啸，将大量的灵识之力注入乌鸦法杖中。一个个乌鸦虚影从中扑腾而出，眨眼间便遮天蔽日，向四面八方飞去。

很快，它们便衔回了一个又一个的纯白色光点，帮助空中的灵识虚影凝聚成形。短短半小时后，那道虚影已经有了一个完整的形象，是一个身穿淡金色长裙的女子，面容绝美，看上去与北月殇晨极像。

第65章

牺牲

看到那道虚影的那一瞬间，北月殇晨甚至忘记了从幽冥珠中汲取灵识之力。

月阳城的自由者和操纵者们全都知道黑暗之子的传说，知道他的母亲为了生他难产而死，知道他出生时曾让一片元素海只剩下单一的元素，知道他这辈子有多么希望自己有正常的生活。

现在，幽灵青海的冥皇将机会摆在了北月殇晨的面前，月阳城的自由者和操纵者们真不知道北月殇晨会做出什么样的抉择。出于对未知、对死亡的恐惧，他们难以避免地惊恐起来。

天空中的虚影渐渐凝聚成形，鸦羽冥子远远地看着北月殇晨，忽然伸出手，狠狠地一推，将那道灵识虚影推向了北月殇晨。

“万灵珠凝聚的灵识只能维持半小时，超过这个时间，灵识便会彻底消亡，到时候即便是冥王陛下也难以将其凝聚起来。你现在仍然有选择的机会。”

鸦羽冥子的话无疑是晴天霹雳，让北月殇晨怔在原地。

母亲的灵识虚影缓缓飘来。北月殇晨静静地看着那道绝美的虚影，思绪在飞快地转动，自己该怎么办?

利用幽冥珠帮母亲复活，重塑其身不难，为了这一天，北月殇晨查阅了许多资料，准备了很久。可是，他现在根本没空去为母亲重塑身体。

因为月阳城需要他，他如果放弃对英灵仪式的支撑，那么在短短几分钟的时间里，英灵们便会被击败，而后整座城池都会陷入令人绝望的毁灭中，就连他在重塑了母亲身体后，也会因为消耗过大而失去再战之力。到时候无论是自己、母亲还是幽冥珠，全都免不了被夺走的命运。

这个道理，北月殇晨很明白，可是难道就这么眼睁睁看着母亲的灵识消散吗？

一时间，北月殇晨陷入了挣扎之中。

他忍不住探出手去触摸了一下母亲的灵识虚影。虚影虚不受力，北月殇晨的手指一下便穿了过去。他尝试着往里面注入一丝灵识之力，但没有任何用处。

此时此刻，他必须要唤出幽冥珠，才能稳住母亲的灵识。可一旦利用幽冥珠来稳定母亲的灵识，他便不能再从中汲取灵识之力。

正当北月殇晨心中绝望无助之际，远方忽然有一道黑色闪电飞射而来，只是眨眼间便来到了北月殇晨的身前。

当电光敛去，露出其中身影的时候，北月殇晨惊讶得无以复加。

来者居然是他的父亲，北月煌！

“父亲……”北月殇晨看见父亲时，眼睛忍不住泛红，但旋即恢复了正常。

他太了解自己的父亲了，假如可以使母亲复活，父亲可以付出自己的生命，也可以付出全月阳城城民的生命。父亲可以如此果决，但他不行，所以他在纠结要不要告诉父亲实情，可是告诉了，又有什么用？

不过，北月殇晨再打量父亲的时候，发现父亲极虚弱。经过仔细观察，北月殇晨确认父亲应当是燃烧了自己的黑暗元素之力本源，借此获得更快的速度，所以才能这么快便来到了月阳城。

须知，元素之力本源是一个元素修炼者最重要的部分，燃烧了元素之力本源，几乎是断绝了自己提升的机会。

父亲是蓝域公认的实力最接近十阶星神的九阶巅峰强者，他此举无疑是在断绝自己的成神之路。他所为的，仅仅只是再看一眼自己妻子的灵识。

“值得吗？”鸦羽冥子远远地看见这一幕，忍不住叹了口气。作为一个不需要爱情、不需要结婚生子的灵体，鸦羽冥子完全不能理解北月殇晨和北月煌的感情。虽然不理解，但他很擅长利用这种方式来达成自己的目的。

“这是怎么回事？”北月煌虚抱着妻子的灵识虚影，抬起头，看着北月殇晨，声音沙哑地问道。

北月殇晨闻言抿了抿嘴，不知道该说些什么。

“告诉我！”北月煌语气加重。

北月殇晨继续沉默。但受到他的影响，天空中的诸多英灵的发挥变得不稳定，由此可以看出北月殇晨因为北月煌的话而心境有所波动。

“我来告诉你吧。”鸦羽冥子的声音“适时”传来。

“你儿子是幽冥珠的主人，可以令人死而复生，但只有半小时做选择。”

北月煌闻言神色不变，望向北月殇晨的眼睛中在闪动着什么。

“父亲……”北月殇晨有些受不了父亲的眼神，他何尝不想复活母亲，改变自己的一生，可是……

他低头望向月阳城。此时，因为诸多九阶强者的战斗余波，整座城池的高楼几乎全部倒塌，到处都是残垣断壁，灰尘漫天，部分坚守在城中的城民们此时正在废墟中惨叫着、呼喊着，不断有自由者和操纵者在组织救援。除了他们之外，大量的自由者和操纵者在抵御外敌。

他们手中的灵识元器大都已经残破，必须要时刻接受齐彧等灵识护卫队成员的修复，才能继续战斗，哀号声、惨叫声和不顾一切地怒吼声此起彼伏。

他真的不能救，哪怕他心中再痛苦。

北月煌虚抱着妻子的灵识虚影，顺着北月殇晨的目光望向下方，又望向那遍布整座城市的巨大仪式，以及仪式中央的北月殇晨，也陷入了沉默。

鸦羽冥子低头望着北月殇晨和北月煌，忍不住再度感叹：“原来人类也和我们一样绝情嘛。”

时间一分一秒地流逝，北月殇晨母亲的灵识虚影越来越淡薄，渐渐有消散的迹象。但直至最终，北月殇晨都没有动过，也没有改变自己的想法。

北月煌就那么抱着，没多说什么，没逼迫北月殇晨，也没有去参战。因为现场的战局他根本参与不进去，他之前消耗了大量元素本源，正处于极度虚弱的状态。他只是好恨，恨自己不够强大。

鸦羽冥子以及其他两名九阶冥皇渐渐不支，英灵们终于可以腾出手，开始有效杀伤对面的八阶、七阶冥皇，让整个战局彻底改变。与此同时，北月殇晨母亲的灵识虚影也到了彻底溃散的边缘。

天穹上，英灵们似乎感受到了北月殇晨的悲伤与愤怒，灵识之力越发凝实，战斗力更加强大，将来自幽灵青海的九阶冥皇们压制得没有还手之力。

母亲的灵识虚影开始化作点点光斑散去，北月殇晨的眼眶中有了泪水，泪水多了，便打着转从眼角滑落。

从小到大，北月殇晨不知道多少次深切地期盼自己能够在母亲的怀中睡觉，能够得到父母的宠爱，可是这样的希望才产生，便又被无情地夺走了，这让他几乎无法承受，可他只能承受……

他现在能做的，就是尽快解决月阳城的战斗，让月阳城的城民少受一些苦，然后想办法去帮助其他城池的城民。他知道此时此刻在蓝域的沿海地带，还有许多城池正在遭受来自幽灵青海的攻击。

在之后的几分钟时间里，北月殇晨调出大量的灵识之力注入英灵仪式当中，维持着英灵们强大的战斗力。但令他感到有些惊恐的是，一直以来，灵识之力如渊如海的幽冥珠竟然有枯竭的迹象。

幽冥珠的状态一直以来都深深地困扰着北月殇晨。他从始至终都知道，经过了大灾变后数百年遗落的幽冥珠，必然不复当年的强大，它其中蕴含的能量肯定不会有很多，现在北月殇晨终于看到了尽头。

以后该怎么办？这样的念头在北月殇晨的脑海中一闪而过，但旋即便被抛诸脑后，因为现在最重要的事情不是想以后的情况，而是击败对面的冥皇和诸多灵体。

终于，有一名灵识之力枯竭的九阶冥皇被英灵的奥义灵术击中，惨叫一声后化作光焰死亡。在他之后不久，另一名九阶冥皇也在奥义灵术的攻击下，被冻结成灵识之冰。

再之后自然是鸦羽冥子。连续失去两名队友，而对面的九阶英灵却维持在巅峰状态，他也渐渐失去反抗能力，灵识有崩溃的迹象。但他在死亡之前，看了看北月殇晨母亲的灵识虚影，看了看北月殇晨，露出了笑容。

“你能阻止我，但阻止不了其他灵体，你也拯救不了所有人。”鸦羽冥子笑道，“虽然我死了，但幽灵青海将得以延续。你虽然活着，但生不如死。”话音落下，鸦羽冥子大笑着被一杆灵识长枪插中，整个灵体轰然爆炸，逐渐消散。

几乎在同一秒钟，北月殇晨母亲的灵识虚影也彻底消散了。

北月殇晨看着母亲的灵识虚影消散，心中悲伤得无以复加。他伸出右手想去抓，却什么都抓不到。

正在此时，悬浮在空中的幽冥珠忽然绽放出璀璨的白色光芒。

那白光如一张巨幕，覆盖了北月殇晨眼前的所有景象，等他再度睁开眼睛的时候，眼前已经是另一番景象。

第66章

不同的命运

这是一片淡黄色的世界。北月殇晨看不清东西，但能隐隐约约听见些什么。他头脑昏沉，不知不觉便睡了过去。

也不知过去了多久，北月殇晨从睡梦中醒来，看见密集的黑色光点向他汇聚而来，让他的身体越发强壮。他看着那些黑色光点，像是明白了什么，但困意袭来，他再度睡去。这一睡一醒之间，便过去了很久。

他的视野越来越清晰，听力也越来越灵敏，因此他看见父亲正在自己身前踱步，神情阴沉，眉头紧皱。他也听见了父亲与他人的交谈。

“不行！不能再这样下去了，南溪，再这样下去，你会死的!”

“就算我死，也一定要把我们的孩子生出来！”

一个坚决的女声响起。听见这个声音，北月殇晨猛然间意识到了什么，旋即心中有些酸楚。毫无疑问，这是母亲的声音。

“这是怎么回事？”他脑海中回想起先前幽冥珠爆发的白光，顿时恍然大悟，“因为幽冥珠吗？”

在他失神之时，父亲北月煌和母亲楚南溪的对话仍然在继续。通过两人的交谈，北月殇晨知道了很多以前他不知道的事。

原来，母亲楚南溪是比父亲北月煌更加强大的九阶裁决者，她怀上北月殇晨后，北月殇晨不仅缓缓地吸收天地间的黑暗元素，也在疯狂地吸收她体内的黑暗元素。她日渐消瘦，元素本源也被吞噬，境界下跌，照此趋势下去，距离死亡不远。北月煌每天每夜不停地劝说，但楚南溪以死相逼，要生下北月殇晨。

父亲的坚定态度让北月殇晨心中有些悲戚，但他又能理解并认同父亲，因为就算是他，也想用自己的命去换母亲的命。母亲的态度之坚决，让北月殇晨想哭，又无可奈何。

不过北月煌没有放弃，在北月殇晨出生的那一天，北月煌准备了传说中的禁术，想要将自己的黑暗元素本源尽数注入楚南溪的体内，以此来保住她的性命，保住自己孩子的性命。只可惜禁术来自残缺的卷轴，北月煌的计划失败，楚南溪生下了孩子后，在欣慰中死去了。

眼睁睁地看着母亲死去，北月殇晨心如刀割，而父亲更是瞬间崩溃，在之后的一段日子里，宛如一具行尸走肉。

北月殇晨又回到了小时候，但这时的他有着成年人的智商，因此可以看到、感受到许多以前没办法理解的事。他看见父亲不止一次在修炼的时候拿黑暗元素伤害自己，好像这样才能抵抗心中的愧疚。

父亲努力修炼，是因为恨自己没能力，不争气，如果他当时是星神或月神，就不会让那样的事发生！

北月殇晨看见父亲望向自己时，不时露出恨意，又不时露出疼爱之意。北月殇晨明白，这是因为父亲恨他害死了母亲，但父亲又是爱他的，爱他是自己的孩子，爱他那张长得像亡妻的脸。

在之后的几年里，北月殇晨终于明白了为什么父亲总是不愿意见他。因为他长得和母亲太像了，父亲没办法面对他，也没办法和自己和解，但父亲真的爱他。

父亲经常在他修炼的时候暗中观察、帮助他，有许多次他外出历练，父亲都暗中跟随着。父亲经常去母亲的墓碑前喝酒或静坐，所说的，无非都是有关他的事。

这些都是北月殇晨从前不知道的事。

“原来他是爱我的……”

明白这一点后，北月殇晨眼前的视野又被一张白色光幕所遮盖了。

当光芒敛去，他又一次从睡梦中醒来。他发现自己正在一间屋子里，他转动脑袋，扫视着屋内的一切，发现这屋子非常眼熟，似乎是母亲的房间。

小的时候，他经常一个人去母亲的房间睡觉，每次父亲都会冷漠地将他拎出来。长大后他才知道，母亲就是在这间屋子里去世的。

扫视完屋子后，北月殇晨又继续打量。他发现自己正躺在一个人的怀里，这个人长得是那么美丽，跟他方才见到的灵识虚影像极了，也跟他像极了。

北月殇晨愣了一下，旋即喊出声："妈妈！"他以为自己喊出的是"妈妈"，但实际上是高亢的婴孩啼哭声。

他发现母亲是那么高大，而自己又是那么渺小。他无意间看见自己右手边还有一个巨大的身影，是他的父亲北月煌。

此时父亲的脸上正洋溢着笑容。这是北月殇晨从未在父亲的脸上看到过的笑容。北月殇晨陡然间意识到什么，心中产生了不可思议的念头。

"这是其他时空吗？母亲没有死去的时空？"北月殇晨多么希望自己可以永远留在这里，但他知道这只是个奢望。在这个时空，母亲没有死，父亲不再整天都阴沉着一张脸，而是时时刻刻都在笑。

这让北月殇晨非常不适应。他依旧是天生的黑暗元素体，是全蓝域瞩目的天才。他有两名九阶裁决者教导，境界可以说是突飞猛进。他比现实中的自己更快成为六阶强者，但没有坎坷生涯的他也失去了执掌幽冥珠的机会，可他不后悔。

多年以后，他成了九阶强者，成了黑暗之城的城主，他的父母则双双晋升十阶，蜕变成神。

虽然蓝域多了不止两名星神，却仍然不足以成为改变世界格局的力量。在未来，北月煌和楚南溪没有再得到晋升机会，而北月殇晨在达到星神巅峰后也止步不前。最终，三人都死在了那场与魔族的战争中。

这似乎很悲惨，又很美好，至少一家人死在了一起。

光芒渐渐收敛了。

北月殇晨又看到了诸多可能性，其中绝大多数都是母亲死后，他因为各种原因获得幽冥珠，为人族的崛起立下了汗马功劳。

渐渐地，北月殇晨仿佛明白了什么，从小到大都如鲠在喉的东西消失了。忽然，一道身影浮现在北月殇晨的身旁，他转头一看，竟是满脸惊愕的北月煌。

在北月煌来到这片纯白色的世界后，又有一道身影浮现在北月煌和北月殇晨的身前。她的一头黑发如瀑，绝世独立，正是北月殇晨的母亲楚南溪。

显现在这片纯白色世界的楚南溪不像之前那样，一直紧闭着双眼，而是露出温和的笑意，望向北月殇晨和北月煌。两人感受到楚南溪的目光，都忍不住激动。

“殇晨。”楚南溪温柔的声音响起，一下子就让北月殇晨的眼睛通红。如果此时他是实体的话，肯定会忍不住掉下泪来。

“妈妈……”北月殇晨说话时，抑制不住地带有哭腔。

“真高兴能看见长大的你。”楚南溪缓缓地飘到北月殇晨的面前，伸出手，小心翼翼地“抚摸”着他的脸颊。因为她是一道灵识虚影，不能真正地抚摸，一不小心就会被穿透。

北月殇晨感受着母亲的抚摸，一句话都说不出来。一旁的北月煌更是呆滞了，目光始终定格在楚南溪的身上。

“妈妈希望你不要责怪自己，因为无论是以前还是现在，对自己的选择，我都从未后悔过。”楚南溪怜爱地看着北月殇晨。

“妈妈，我想你……”北月殇晨几乎用尽了全力，才说出这句话来。

“我也想你。”楚南溪摸了摸他的脑袋，“我好希望可以看见你成为人族的大英雄，肩负着人族的命运，会走得越来越远。不过如果现在不行也没有关系，因为我知道，你将来一定可以的。”

“我一定可以！”北月殇晨伸出手想感受母亲的温度，但是手穿透了母亲的“身体”。

楚南溪用不舍的目光看了北月殇晨一眼，这才飞到北月煌的面前。她还没开口，北月煌就已经泪流满面了。

这是北月殇晨第一次见到北月煌如此失态，他还看见楚南溪跟北月煌说了很多话，但他听不见。

在说话的时候，楚南溪和北月煌时不时地转头望向北月殇晨，这让北月殇晨意识到，两人这是在说一些跟他有关的事。

几分钟后，楚南溪和北月煌停止了交谈。

这片纯白色的世界也有变淡、消散的迹象，楚南溪的下半身更是已经消失不见了。她最后又缓缓地飘到北月殇晨的面前，伸出手摸了摸他的脸颊，道：“你不要怪你父亲，你已经看到了真实的他。我希望我走后，你们能够重归于好。这个世界需要你，而你，需要他。”她话音未落，纤细的手掌已经消失了一半。

北月殇晨强忍着泪，飞快地点头。

“我爱你们。”在彻底从这片世界消失前，楚南溪用充满不舍和爱意的眼神望着北月殇晨和北月煌，然后化作了一片纯白的光。

北月煌和北月殇晨怔怔地望着，久久无法回过神来。直到白光散尽，两人才再度回归真实世界。

此时此刻，来自幽灵青海的三名九阶冥皇以及诸多七、八阶冥皇和低阶冥尊已经尽数被英灵和月阳城城民歼灭，他们的武器成了月阳城的战利品。这些战利品将会在齐彧等人的手中发挥出巨大的作用。

回归现实世界后，北月殇晨飞快地收敛情绪，转头望向北月煌，问道：“你本来被派往哪座城？”

“麓州城。”北月煌答道。

“等我。”北月殇晨说完后，化作一道黑影，冲向下方英灵仪式诸多阵枢的摆放处，将那些尚可使用的灵识元器和冥器回收到空间戒指天圆中，然后又飞到北月煌的身边。

两人一同向麓州城的方向飞去，至于月阳城的善后工作，当然是交由月阳城的城民们自己解决。

看着两人逐渐远去的身影，月阳城的城民们无不神色复杂。

第67章

战后

麓州城位于月阳城北方七百多公里的地方，同样是一座沿海城市。

在前往麓州城期间，北月殇晨和北月煌都是以黑暗元素体的状态飞行，因此倒也不存在面面相觑的尴尬情况。

经过之前发生的事，北月殇晨释怀了，他知道父亲一直以来都关注着他，爱护着他，只是不懂得表达自己，同时也因为他长得太像母亲了。他相信，在知道父亲真实想法的情况下，两人的关系会有所改善。

当然，北月煌自己也要释怀才可以。

七百多公里，说快也快，说慢也慢。北月殇晨利用这段时间，修复灵识元器和冥器，查看幽冥珠内剩余的灵识之力。

北月煌也在恢复自己的黑暗元素之力，争取在不久后的战斗中，可以发挥出更强大的实力。

两小时后，两人途经一座沿海城市，发现这座城市已经被彻底毁灭，海水倒灌，淹没了全城。

两人对视一眼后，心不由得一沉。

对这座城市，两人没有印象，但北月煌作为主城城主，同时也是幽灵青海起源计划的知情人之一，自然知道在北月殇晨的消息传回来后，一座沿海城池会有着怎样的防御机制，不仅仅是有一名七阶裁决者城主那么简单，而是一系列的配套防御手段。

可即便如此，这座城池还是在短时间内被毁灭了，那是不是可以推断其他城池也都有三名以上的九阶冥皇前往呢？那他们的目的地麓州城呢？同样地处沿海的夜琴城呢？还有其他诸多沿海城市呢？

北月殇晨在天穹上利用幽冥珠观察了一下，确认城中的城民不仅尽皆死亡，灵识也都消失不见了。

他沉默了一会儿后，继续往北飞去。在向北飞的路上，两人又看到了两座被毁灭的城池。最终抵达目的地后，发现麓州城也被毁于一旦。

再之后，自然是长久的沉默。

“唉……”北月殇晨沉沉地叹了口气。虽然他已经提前给蓝域传回了消息，但由于事发突然，以及幽灵青海不惜一切代价的付出，蓝域沿海城市终归全部被毁灭了。显然，幽灵青海成功了。

就连最相信北月殇晨、处事最为果决的蓝域的损失都如此惨重，何况圣域和法域，更何况根本没人提醒的妖域、兽域和魔域。

当然，妖域、兽域和魔域本身实力强，在没有得到提醒的情况下，他们的沿海城市所能承受危机的能力也比人族三域的强得多。

“父亲，现在该怎么办？”虽然愤怒，虽然深感无力，但作为活着的人，北月殇晨自当明白自己要做些什么。

“我回月阳城，以防意外，你去找大长老吧。”北月煌短暂思考了几秒后道。

“我去月阳城吧，你伤势未愈，而且……”北月殇晨话还没说完便被北月煌摇头制止了。

“你去找大长老。”北月煌的语气很坚决。

月阳城可能是诸多沿海城市中唯一幸存的城市，也是接下来最有可能发生意外的城市，自然也是最危险的城市，两人都不愿意对方去直面危险。

“但是……”北月殇晨还想说些什么。但北月煌直接腾空而起，转头道：“等确定月阳城没事后，我也会去见大长老。”

话落，北月煌已经化作黑色流光，消失无踪了。

北月殇晨站在原地看着父亲远去的背影，刚想朝雷城的方向飞去，脑海中忽然响起了大长老的声音。

“来水城见我。”作为蓝域的守护者，大长老有着种种不可思议的能力，远距离传音不算什么。

相比起雷城，水城要近很多，从麓州城到那里，北月殇晨只用了两小时。

两个小时后，北月殇晨遥遥看见了水城。

水城一如既往地繁华，没有遭受任何破坏，城中居民如往常一样，没有惶惶不安。显然，沿海地带城池的遭遇还没有传到水城，否则市民们必然会慌乱无措，发生骚乱。

轻叹一口气后，北月殇晨在城门口降落，而后径直走向城主府。

城主府内，大长老和水城城主游埙正在会议厅中等待着，但不只是在等他。

向来慈眉善目的大长老罕见地阴沉着脸，见北月殇晨走进会议厅，他也只是轻轻地点头。

会议厅内有一张巨大的圆桌，围绕圆桌有二十几个座位。此时那些位子上正坐着一些人。其中一些人，北月殇晨虽然没见过但有所耳闻，更多的是他不认识的人。他们无一例外全都是裁决者，而且全都是九阶裁决者！

他们有的是一些城市的前任、前前任城主，有的是秘密机构的强者，有的是没有履城主职位、常年在外历练的天才。

接下来，又陆续走进来一些九阶裁决者，他们大都风尘仆仆，有的显然因为刚刚经历过战斗而受了伤。足足一个小时过去，才终于不再有裁决者走入大厅。

北月殇晨一直在数，加上水城城主游埙，在场共计有三十二位九阶裁决者。这些裁决者有的站着，有的坐着，北月殇晨自然是站在一旁。

人都到齐后，大长老这才开始说话。

“幽灵青海成功了，我刚刚收到圣域、法域的消息了，除了极少数重点城市外，其他一些城市差不多全部被毁灭了。”大长老语气平静地道，“除此之外，岩浆赤海、生命绿海、神圣澄海、无尽蓝海都受到了不同程度的攻击。即便是兽域和妖域，也是如此，只有魔域和污浊黄海安然无事。这让我不得不怀疑幽灵青海很可能已经与魔域、污浊黄海结盟了。”

大长老的话让现场的气氛变得极为凝重。因为在场所有人都知道，魔域对人族三域，对法蓝星来说意味着什么。一旦幽灵青海和魔域结盟，后果不堪设想，而相比之下，污浊黄海反倒没那么重要了。

“从现在开始，我们必须联合圣域、法域，共同研发灵识元器，以及一切与灵识层面有关的器物。我们要建立属于自己的一套灵识方面的防御和进攻机制。”大长老继续道，“另外，对幽灵青海、污浊黄海和魔域的调查要尽快展开，要利用这次机会，与生命绿海、岩浆赤海、神圣澄海、无尽蓝海、妖域甚至兽域达成更深层次的联系或合作。你们是蓝域的中流砥柱，接下来无论是研发、调查还是合作，全都要靠你们，努力吧。”

大长老说完后，众多裁决者开始集思广益，讨论最基础也是最重要的部分。

幽灵青海的起源计划对蓝域带来的伤害和影响是巨大的，绝非一群裁决者聚起来就可以决定未来的计划。他们毕竟只是元素修炼方面的强者，而不是智者或战略家，真正细致的计划还得让那些真正的政策制定者去思考。

整场会议，北月殇晨没有说话，就站在角落当隐形人，众多裁决者也没询问他的身份。

会议结束后，众多裁决者鱼贯而出。他们接下来一段时间将会待在水城，与众多强者商讨对策。

等人都走光了，大长老这才朝北月殇晨招了招手，道：“陪我走走。”

北月殇晨立刻大步跟上。

“之后灵识元器的研发，你要多上点心。”大长老嘱咐道。

“这是肯定的。”北月殇晨点了点头，神情有些凝重，“大长老，先前在月阳城的战斗中，我察觉到幽冥珠内的灵识之力快要耗尽了。您知道除了魂晶之外，还有什么东西可以为它补充灵识之力吗？”

“它需要的材料基本都在幽灵青海。”大长老闻言沉默了几秒，而后给出了答案。

北月殇晨听到答案在自己的意料之中，却也忍不住叹气。

如果是以前，他还可以潜入幽灵青海，想办法收集一些魂晶，但现在幽灵青海实施了起源计划，整个幽灵青海已经进入最高警戒状态。即便是他，也很难潜入其中，毕竟他现在是被冥王高度关注的人，而冥王是法蓝星的最强者，一名十二阶大天神。

“没有足够的灵识之力，有关灵识层面的防御机制和灵识元器的研究都将受到影响，所以我希望从现在开始，全蓝域所有跟幽冥珠、跟灵识有关的书籍或物品，都送来我这里，给我研究。”北月殇晨看着大长老，说出了自己的要求。

“我会满足你的要求。”大长老点了点头，“既然灵识之力不够，那接下来你的主要工作先放在收集信息上吧。”

大长老知道灵识匹配，自然知道这项能力会给蓝域带来多大的好处。

“是，大长老。”北月殇晨点了点头。

人族三域遭逢此劫，大长老作为蓝域的精神领袖，当然不可能一直待在水城。在给北月殇晨交代完任务后，他便匆匆回了雷城，去帮助自由国度的国主处置国家事务。

与此同时，北月殇晨听从大长老的命令，开始通过以前灵识匹配的生灵，收集七海六域的受灾情况。

半天后，北月殇晨大致搞清楚了诸域诸海的状态。

第68章

灵识神纹

首先，毫无疑问，人族三域是受灾最严重的。尽管这三域得到了北月殇晨的提醒，防范之心远超其他诸域境，但是人族三域的强者太少了，而且灵识层面的防御机制太过薄弱。

受灾第二严重的是无尽蓝海。无尽蓝海占据着法蓝星超过一半以上的地域，其中种群繁多，强的强，弱的弱。幽灵青海不傻，他们没有选择那些至强的种群，而是专门挑选了一些弱小且地域偏远的种群，因此那些弱小的种群也是死伤惨重。

再之后则是岩浆赤海，谁让它距离幽灵青海近呢？

倒是生命绿海和神圣澄海，都有着灵识层面的反制措施，所以哪怕事发突然，它们也没有遭受太大的损失。

至于污浊黄海，北月殇晨没有灵识匹配到那里的生灵，因为它们根本没有灵识。但大长老既然说污浊黄海与幽灵青海可能存在合作关系，想必也没什么事。

除此之外，深渊紫海的情况北月殇晨也不甚清楚。事实上，这世界上很少有生灵了解深渊紫海的情况，它的存在就是一个谜。

最后，无论是妖域还是兽域，都遭受到了幽灵青海的大规模袭击。但这两域强者众多，哪怕面对突袭，也抵抗了很久。双方爆发了一场又一场的大战，最终生灵死亡产生的灵识达到了幽灵青海的目标。

毫无疑问，幽灵青海成功了，但幽灵青海也得罪了除魔域、深渊紫海和污浊黄海之外所有的生灵。他们即将面临的反击，想必也会史无前例地恐怖！

北月殇晨最想知道的自然是幽灵青海的情况。可在联系以往匹配对象的时候，他却发现哪怕是冥一，也无法联系到。

有东西从中阻隔了他与幽灵青海的交流，会是什么呢？北月殇晨不知道。

幽灵青海以一海之力向全法蓝星种群宣战，必然会有防御措施，应该就是幽灵青海的防御措施阻隔了他的灵识交流。如果幽冥珠无法破除的话，只能到时候去近处看看有没有办法让转生的游魂进入其中。

不只是幽灵青海的生灵，在尝试的过程中，北月殇晨发现自己也联系不上狮了，这让他忍不住担心。

魔兽战场又没被封禁，狮该不会是死在幽灵青海的突袭下了吧？抑或是死在魔兽战场其他兽人或魔族生物的手中了？

应该不会是幽灵青海吧，魔兽战场内有魔族生物，而幽灵青海现在明显在与魔族联手，肯定不会发生战争，那究竟发生了什么？

北月殇晨非常担心，可是魔兽战场距离蓝域有十万八千里，他纵有千般的担心，也只能化作一声长叹，下定决心以后有机会一定要去魔兽战场打探消息，或者利用灵识匹配，再联系魔兽战场内的一个生灵。

之后的几天时间里，北月殇晨不断从灵识匹配到的生灵那里获取到了各种各样的消息。

此时大长老以及整个蓝域最关注的，自然是诸域诸海的应对情况。

因为法蓝星很大，消息传递得慢，以至于目前诸域诸海根本不知道其他域境具体发生了什么，也不知道灾祸的波及范围和事态的严重性，所以大多数势力和种群都处于观望阶段。唯有妖域和兽域的反应最为激烈，直接召集了大规模的军队漂洋过海，前往幽灵青海。

神圣澄海和生命绿海位于蓝域的东边，已经派人前来蓝域询问了具体情况。他们认为蓝域距幽灵青海更近，按道理来说，应该更先遭到幽灵青海的偷袭才对。

无尽蓝海的海族们损失极为惨重，残存的种群成员全都去找寻自己的主宰种群主持公道，比如无尽蓝海的五大顶尖种群——蓝海海鲸族、蓝海海鲨族、蓝海海巨人族、蓝海海龙族和蓝海海象族。

总的来说，目前法蓝星准备反击幽灵青海的势力完全是群龙无首，幽灵青海会有很长一段时间的缓冲期来实行自己的计划。

按照北月殇晨的想法，如果现在有一个人站出来，整合诸域诸海势力的话，必然可以势如破竹地打穿幽灵青海，只可惜，目前没有人有这样的能力。

在搜集情报的过程中，北月殇晨还阅读了大长老收集来的一本本古老书籍，对幽冥珠有了越来越深的了解。与此同时，他不懈修炼，终于突破了五阶的界限，成为蓝域史上最年轻的六阶操纵者。

跨越一个大境界，使得北月殇晨的灵识变得更加凝实了，从幽冥珠中吸收灵识之力的速度以及压缩灵识之力的能力都有了长足的进步。

灵视、灵识防御、灵识攻击等能力亦如此，尤其是灵视！

北月殇晨进阶后，通过灵视看到了一个极为重要的东西，一个足以改变蓝域命运的东西——刻画在幽冥珠上的部分灵识元纹。

或许那已经不能称为灵识元纹了，而是灵识神纹！因为毫无疑问，它们全都由星神、月神乃至大天神级的强者刻画，时时刻刻都能引动天地间的灵识法则，这才造就了幽冥珠至高无上的神器地位。

清楚地看见幽冥珠上比头发丝还细一百倍的灵识神纹时，北月殇晨下意识地就要勾勒出它们，可他的手才在空中挥动了一下，脑海中的灵识之力便如泄洪般，瞬间去了大半。

他动用幽冥珠内存量不多的灵识之力，艰难地勾勒出了一笔，但也只是一笔而已，距离完整的灵识神纹差远了。

不过，北月殇晨仍然狂喜不已，幽冥珠内的灵识之力存量虽少，但勾勒一些灵识神纹还是不成问题的，而它们一旦被勾勒出来，便会长久地存在。

灵识神纹效用非凡，通过它们，齐彧等魂士不但可以在学习中进步，还可以制造出更强大的灵识元器、布置出更为坚实的灵识防御结界、优化灵识探测机制等。

这是一个巨大的好消息！

北月殇晨没有犹豫，第一时间通过城主府内的空间转移法阵给大长老送去消息。此外，北月殇晨发现自身元素修为会影响幽冥珠的作用后，修炼得更加卖力。

在不懈的努力下，北月殇晨终于成功勾勒出了一条灵识神纹。灵识神纹看不见也摸不着，静静地存在着，自有一种奇特的力量。那是“吸收”的力量，具体表现方式是它会吸收四周的灵识之力壮大自己。

这第一条灵识神纹，北月殇晨给了水城城主游埙，让他帮忙转交给大长老，同时他开始勾勒第二条。

几天后，第二条成功勾勒的灵识吸收神纹，北月殇晨让游埙转交给齐彧。齐彧的魂士团队是蓝域最优秀的魂士团队，值得托付。

之后北月殇晨又勾勒出了三条灵识吸收神纹，让游埙转交给大长老，让大长老交给其他值得托付的人。

在这一次的转交过程中，北月殇晨向大长老提出了一个请求——他要去岩浆赤海找火离姬。

因为距离较近，岩浆赤海是众多域境中受灾最为严重的，而从自己留在火离姬身上的灵识碎片来看，北月殇晨感知到她的状态并不好。因此在初步完成自己的任务后，北月殇晨就做出了这个决定。

他当然也不只是为了去找火离姬，而是要亲眼看看那些受灾之地，然后思索该如何将受灾的种群紧密地联系起来，拧成一股绳去对付幽灵青海和魔域。

大长老在深思熟虑后，答应了北月殇晨的请求。北月殇晨没有丝毫耽搁，即刻出海了。

因为时间紧迫而且不顺道，北月殇晨没有去月阳城和父亲道别，而是直接出海了，出海的时候是游埙送的他。

两人也没多说什么矫情的话，只是互道了保重。作为少数的知情者之一，游埙早就不把北月殇晨当作后辈来看待了。

从蓝域沿海城市出海没几天，北月殇晨便抵达了一处海洋种群的聚集地。

这片珊瑚丛生的区域是海马族的一个分支种群的聚集地，族内强者不少，但在幽灵青海的突袭下，几乎全军尽灭，随处可见破碎的珊瑚建筑。

北月殇晨沉默着从这处海洋废墟飞过，继续前行。一路上，许许多多受灾种群的惨状一一呈现在北月殇晨的面前，让他心有戚戚焉。

他的计划也渐渐有了雏形。

一转眼，北月殇晨离开蓝域一个半月了。虽然才一个半月，但北月殇晨已经沿着幽灵青海的边缘，来到了岩浆赤海。

这一切自然是因为实力的提升！五阶跟六阶虽然只差了一阶，但可谓是天差地别。

再有就是法域方面接到了蓝域大长老的通知，诸多强者都帮助了北月殇晨，这才让他得以快速抵达法域西海，继而出海前行。

岩浆赤海之所以叫岩浆赤海，自然跟岩浆和火山有关。北月殇晨看到的古籍上记载，岩浆赤海诞生于远古时代一次波及全法蓝星范围的火山爆发，那座火山此时此刻仍存在于岩浆赤海的核心位置，是火黎族人心中的圣山，又被称为火黎山。

自上一次爆发到现在，火黎山已经沉眠了不知多少万年。岩浆赤海的陆地便是当初火山爆发后流淌的岩浆与海水结合而成的。

来到岩浆赤海的远海区域，海水的颜色以肉眼可见的速度变红，翻腾之间仿佛沸腾的岩浆。但海水中仍有生灵存活，它们的体表坚硬，极其耐高温，是制作火属性元器的极好材料。

第69章

魔踪

空气中的火元素飞快增加，让北月殇晨不得不释放出一些黑暗元素，以此来抵抗急剧增高的温度，不至于产生不适感。

岩浆赤海在七海之中不算大，但也不算小，它由一块主大陆和数十万座小型岛屿组成。

北月殇晨在飞入岩浆赤海不久后，便看到了一座座本该繁华此时却荒无人烟的岛屿，岛屿上残留着浓郁的灵识气息，那是激烈对战过后留下的。

北月殇晨一边飞行一边观察，忽然间，幽冥珠自动浮现，落在北月殇晨的掌心，然后飞快地闪烁起来。

这是警示！

北月殇晨忙收敛气息，借着夜幕潜入深沉而黑暗的海底。黑暗就像北月殇晨的眼睛，帮助他观察四面八方的情况。

只见在不远处的一座岛屿上，隐约有人影在移动。他们有实体，但没有散发出丝毫的火元素，意味着他们不是火黎族人，也不是灵体，那是什么？

北月殇晨小心翼翼地靠近岛屿，随着视野变得越发清晰，他看清了那些人影的模样。他们身材高大，身上穿着一件件皮质的铠甲，铠甲上有玄奥的纹路，纹路中间流淌着岩浆，又像是流淌着血液，他们长得和人类很相似，但其额头处有两根弯曲狰狞的尖角。

一共六“人”，每个“人”都有着不同的特征，有的手臂粗大，像是一把钢铁铸成的锤子，有的像是螯钳，还有的像是长枪，锋利至极，看起来极为骇人。

北月殇晨看到他们后，心里立刻有了答案。

这六人是魔族生物，只是不知道具体来自魔族哪一分支。魔族生物怎么会出现在岩浆赤海？

正当北月殇晨仔细观察的时候，那六名魔族生物中的一名忽然转头望向北月殇晨的方向。

北月殇晨感觉自己的脑子一下子就炸了，他们居然发现了自己！须知，北月殇晨身上可是有着大长老和水城城主游埙布置的镜花水月结界，以及瀚海枪骑大统领霍斩疾布置的神隐法阵，可以隔绝大多数对他充满恶意的感知，也可以隔绝月神级以下强者对幽冥珠的感知。而且他本身也是六阶强者，对黑暗元素体的掌控出神入化，灵识层面的隐匿能力远超八九阶强者，可他现在竟然被一名魔族生物发现了！

那名魔族生物是怎么做到的？北月殇晨不知道，他现在脑子里只有一个念头，那就是立刻逃遁！

这六名魔族生物中，最弱的也是七阶强者。那名发现他位置的魔族生物隐约间更是给了北月殇晨一种压迫感。这种压迫感他只在极少数情况下感受过。

毫无疑问，对方是九阶强者！北月殇晨虽然已经修至六阶，无论是灵识修为还是精神力都大有长进，但还不是九阶强者的对手，更何况对方来自魔族。众所周知，在同层次的情况下，魔族最强！

北月殇晨化身黑暗元素体，四面八方的黑暗元素飞快地汇入他体内，成为他前进的动能，让他眨眼间便跨越了一大段距离。

六名魔族生物旋即紧追而上，其中为首的九阶魔族生物化作一道黑光，顷刻间便追上了北月殇晨。可当他伸出手，即将抓到北月殇晨的时候，头脑中忽然传来一阵剧痛，剧痛蔓延全身，让他体内的魔气失控，他因此被北月殇晨远远地甩开了。

六阶灵术灵识轰击。

魔族和兽人族是外来种群，他们的生理特性，如体质、坚硬的皮肤，都决定他们天生就对灵识攻击有着极强的抵抗能力，但北月殇晨是幽冥珠的主人，而七神珠又是为了抵挡魔兽星，抵御魔族和兽人族才被创造出来的神器。

在幽冥珠的辅助下，北月殇晨才能用六阶灵术伤到这名九阶魔族生物。但也仅此而已，等这名魔族生物有了防备，再想伤害他就不是那么容易的事了。

必须想办法将他们暂时甩开，然后藏起来！

北月殇晨没有想过要直接甩开他们，因为他不可能做到。他的境界决定了他体内的元素之力要比那六名魔族生物体内的魔气少得多，他唯一的优势就是幽冥珠和自身灵识的境界。

在之后的半小时里，六名魔族生物不断逼近北月殇晨，却都被北月殇晨以种种灵识层面的手段击退。

随着时间的流逝，六名魔族生物的配合越发默契，让北月殇晨的灵识反击能力大大减弱。而且在追逃期间，北月殇晨发现这六名魔族生物似乎不着急直接抓住他，而是在消耗他，在一点点地改变他前行的方向。

这不禁让北月殇晨脑海中冒出了一个猜测——岩浆赤海的远海可能不止这一队魔族生物！他们来岩浆赤海做什么呢？

北月殇晨熟读各域书籍，因此知道自从魔兽星坠落到现在的三百多年时光里，魔域大多时候都在休养生息，很少有对外的大规模行动，更遑论直接与幽灵青海合作。大队人马前往岩浆赤海，这不符合北月殇晨所了解的魔族的短期计划和诉求，除非有什么东西吸引着他们，有什么让他们无法拒绝的东西！

毫无疑问，只能是幽冥珠！

当初法蓝星之所以能够在魔兽星的坠落下依旧存在，就是因为七神珠。魔兽星坠落，魔族、兽人族与法蓝星诸多本土种群的战争开始后，因为七神珠，法蓝星一方才能让战局维持平衡。

对魔族来说，七神珠是阻碍他们统治法蓝星的一大障碍，必须要根除！幽冥珠是三百多年来出现的第一颗神珠，为了毁灭它，魔族做出多么过激的举动都有可能。至于魔族为何知道幽冥珠在北月殇晨的手中，又为什么知道他会来岩浆赤海，他猜不到，现在只知道自己绝不能被抓住！

心念至此，北月殇晨当即决定先远离岩浆赤海，以此来保全幽冥珠，同时想方设法联系火离姬，确认她的安全。

诸多念头在脑海中一闪而过。正当他打算动用大量灵识之力对六名魔族生物造成一次重创的时候，他忽然从空气中察觉到了一丝不同寻常的风元素气息。循着风元素气息向南方望去，他看到一个小黑点若隐若现。

北月殇晨心中一惊，有了猜测，旋即调转方向，向那小黑点飞去。

没多久，一股接天连地的龙卷风出现在北月殇晨的眼中，它正以比北月殇晨快十倍有余的速度朝着他所在的方位旋转而来。

只短短十几秒钟的时间，龙卷风便越来越大，越来越大。离得更近了，北月殇晨看见，在那巨大龙卷风的旁边，赫然有一个高耸入云的身影。

六名魔族生物远远看见那道身影，脸色大变，体内魔气狂涌而出，化作一条条魔气手臂，想要将北月殇晨留下。

可是下一刹那，他们身体周围的空气仿佛凝固了！

北月殇晨表面上在逃亡，实际上一直使用灵识攻击手段来阻拦六名魔族生物，终究还是让他们放松了警惕，令北月殇晨有了可乘之机。

北月殇晨得到幽冥珠至今已经有一年多之久，他日日夜夜吸收灵识之力，一有时间就练习如何更好地掌握它，所会的当然不只是灵识攻击和防御那么简单。他早已学会用灵识之力来制造灵识幻象，甚至更进一步，将一个个灵识幻象组合起来，形成完整的灵识幻象迷宫，将所有闯入其中的生灵困住。

如果制造灵识幻象迷宫的灵识之力仅仅只是低阶灵识之力的话，那么六名魔族生物破阵而出的时间会很快，但关键在于北月殇晨动用的是神阶灵识之力。

神阶灵识之力的强大特性让灵识幻象迷宫的破解难度大大增加，按照北月殇晨的推算，哪怕是九阶强者也得花费两到三分钟，七八阶的魔族生物需要至少五分钟。

显然，这是一个强大无比的手段！如果用在人族身上的话，哪怕是九阶强者也会被困住十分钟乃至于更久，因为他们不通灵识之道。但这不等于说北月殇晨已经具备九阶战力，毕竟灵识幻象迷宫的主要原材料是神阶灵识之力，如果没有幽冥珠的话，此时北月殇晨的身体并不能储存多少神阶灵识之力。

眼见六名魔族生物闯入自己设置的灵识幻象迷宫，在原地打转，北月殇晨稍稍松了口气，而后向着远方的龙卷风飞去。

越是离得近，北月殇晨越是能够看清那庞大的身影是什么。

那是一个顶天立地的巨人，外表和人类极为相似，只不过皮肤呈淡蓝色。

他脚下踩着波涛，右手握着一柄银白色的三叉戟，轻轻挥动三叉戟，天地间爆发出连绵不断的轰鸣雷声。

龙卷风呼啸着扩大，黑压压的乌云蔓延向远方，他腰间缠绕着的由纯黑色贝壳组成的战裙哗啦啦作响，像是天地间一首震撼人心的战歌。

他有着一头淡蓝色的长发，飘荡在空中，像是一条条巨大的海蛇，让人见之丧胆。

毫无疑问，这是一名海巨人!

海巨人族是无尽蓝海五大顶尖的种群之一，这五大种群的族长被誉为蓝海五帝。这名海巨人虽然看上去高大且强壮，但并不是海巨帝，事实上他连十阶强者都不是，只是一名九阶巅峰的海巨人。

不过北月殇晨通过观察他的气势状态和灵识状态，判断出他可能即将突破，否则的话，他也不能够产生这么大的动静。

一名即将突破的九阶巅峰海巨人遭遇全法蓝星的敌人魔族，会发生什么？北月殇晨用脚指头想都知道，所以他现在只有一个念头，无论海巨人是什么想法，他想办法先钻进风暴里面躲躲再说!

在北月殇晨靠近这名海巨人的时候，对方也注意到了他，毕竟六阶强者在任何种群、任何生灵的眼中，都不再是蝼蚁那么渺小。

第70章

海巨人

不过，这名海巨人并没有对北月殇晨抱有恶意。

海巨人族和海龙族并称无尽蓝海两大最强种群，海巨人族有着支撑大海的责任，是无尽蓝海的定海神针。他们一族天性平和，堪称善良，人族又从未做过大奸大恶之事，再加上北月殇晨境界不算太高，因此没有引起这名海巨人的反感。

倒是远方那六名魔族生物，已经被海巨人注意到。他如太阳一般的眼睛定了定神，粗如树干的眉头皱了皱，竟朝着他们走了过去。

海巨人踏波而行，身前是接天连地的风暴，身后是铺天盖地的巨浪，身体周围有雷霆呼啸，大雨倾盆，真若一个神灵，让北月殇晨看了震撼不已。

远方，六名魔族生物感受到强大气息的靠近，加快了破解灵识幻象迷宫的速度，终于在海巨人距离他们五公里远的时候逃脱了出来。他们想也没想，第一时间化作一道光芒往反方向飞去。

魔族生物的反应极快，因为他们清楚地知道自己绝非这名海巨人的对手。

海巨人体形庞大，实力强，但也有弱点，那就是移动速度较慢。因此见六名魔族生物远遁之后，那名海巨人便不再追击，转而望向北月殇晨。

"小家伙，要同行一阵吗？"海巨人的声音如雷鸣，在北月殇晨的耳畔炸响，让他心中狂喜。

"当然！"北月殇晨飞快地点头。

他话音落下，只见海巨人朝他伸出左手，巨大的阴影覆盖而下，在海面上形成了一片"陆地"。北月殇晨踏上了这片密布着沟壑一样掌纹的"陆地"，缓缓升空，最终被海巨人放在了肩膀上。

“我叫海星辰，你叫什么？”北月殇晨站在海巨人海星辰的肩膀上，离海星辰更近了，海星辰的声音更加响亮了。

“我叫北月殇晨，很高兴认识你。”北月殇晨斜抬着头，朝海星辰的耳朵喊道，生怕他听不见。

“那六名魔族生物为什么会追杀你？”海星辰边迈动脚步边道。

北月殇晨闻言略作沉思，喊道：“因为我身上有他们想要的东西。”

“看来的确是这样呢，他们好像不准备走。”海星辰的话音落下，北月殇晨转头望向后方，只见那六名魔族生物正远远地跟随着海巨人。

“他们还有其他帮手在附近。”北月殇晨笃定地道。

“嗯……”海星辰想了想，“那我们走远一点。”海巨人虽然体形庞大，脑子可不笨。

“你是要突破了吗？”北月殇晨很少看到关于海巨人的书籍，也不清楚九阶巅峰强者突破至星神的过程。

“对。”海巨人点了点头，掀起了一股气流，但这股气流对北月殇晨来说就是狂猛的强风。

“我自小修行水之法则和风之法则，后来发现风之法则比较适合我，所以你现在才能看见这幅场景。”

北月殇晨环视了一眼四周，将那些风暴尽收眼底，点了点头。

“从目前的情况来看，我凝聚出的应该是风暴场域，只要利用场域凝聚出风暴神体，就算是突破成功。”海星辰激动地挥舞了两下三叉戟，望向远处的六名魔族生物，道，“到时候那几个魔崽子，来一个我消灭一个！”

“那我预先祝你成功！”北月殇晨道。

“还早得很呢，我们一族需要的能量过于庞大，哈哈。”海星辰雷霆一样的笑声传出很远很远。

忽然间，北月殇晨和海星辰的神色同时变得凝重起来。因为在东北方向，有七道黑光破空而出。

北月殇晨将灵识沉入幽冥珠中，发散出灵识感知，看见那是七名魔族生物，其中有两名七阶魔族生物、三名八阶魔族生物、两名九阶魔族生物！

显然，海星辰也感知到了他们的实力，因此第一时间加快了前行的步伐。风声呼啸，他一步不知跨越了多少海里。那七名魔族生物来到海星辰四周后，仍然没有围攻而上。

北月殇晨看了海星辰一眼，思索着要不要想办法离开这里，不要牵连他。海星辰却哈哈大笑了一声，风暴环绕周身，如风如电。

在之后的半小时里，更多的魔族生物包围而来，他们像是等待猎物疲惫的掠食者，远远地看着海星辰和北月殇晨，眼神冰冷如刀。

海星辰并不害怕："再往南两万三千海里，有一处我们海巨人的居住点，只要到了那里，再来比现在多百倍的魔族生物也没用。"

北月殇晨看了一下远方超过八名的九阶魔族生物，心中既羡慕又感慨！八名九阶魔族生物都攻不破海巨人族的一处居住点，人族何时才能有这等实力？

两万三千多海里，对北月殇晨来说很远，对海星辰来说也不算近，如果是在正常情况下，最多一天时间海星辰就能抵达。但关键现在有那么多魔族生物对他们虎视眈眈，他们前行的速度受了点影响。

北月殇晨早前心里离去的念头早已被抛诸脑后，以现在的情况，他只要一离开海星辰，立刻就会被那群魔族生物撕得粉碎。

在又一批魔族生物到来，九阶魔族生物超过十名的时候，海星辰终于有些急了："你身上到底有什么？"

北月殇晨没有说话，但海星辰倒是很看得开："不想说也没事，反正魔族想要的，我就不能给！"

他话音未落，那边集结完毕的魔族生物们纷纷朝着海星辰冲来。在化作黑光飞射而来时，他们的躯体发生了巨大的变化。只见一块块黑色的鳞片从皮下冒出来，在他们体表形成了一件黑色的甲胄，额上的尖角长大又长长，变得更加狰狞，一条长满倒刺与鳞甲的尾巴从尾椎骨处抽出，抽打空气时发出剧烈的响声。他们的双手双脚都长出了尖锐锋利的指甲，双眼变得血红。

毫无疑问，这是这群魔族生物的魔相！

北月殇晨从不少书籍中看到，所有魔族生物都有两种形态——圣相与魔相。所谓的圣相，便是人类的模样，利于修炼、引动魔气，而魔相则能更好地激发体内血脉之力，化为战斗状态。一旦突破九阶成为十阶星神级强者，魔族生物便能将圣相与魔相相结合，化为天魔相，集二者优点于一体。从这群魔族生物极其明显的魔相来看，北月殇晨总算知道他们属于魔族中哪一个分支了——恶魔族!

“嗖嗖嗖！”

数十名恶魔显现出魔相后，其猩红的眼睛忽然红光大放，紧跟着喷射出两道炙热的光束。近百道光束瞬间划破空间，穿透风暴和雷电，来到海星辰的近处。

远远地看见那近百道光束，北月殇晨有种眼睛发烫的感觉。

海星辰皮糙肉厚，但同样有滚烫感，也不见他怎么动作，那接天连地的风暴中便有密密麻麻的闪电张牙舞爪地劈出，极其精准地命中了那近百道炽热红光。剧烈的爆炸产生，冲击波横扫四方，却又被风雷雨所掩盖，空气中弥漫着一股焦味。

抵御了恶魔们的第一次攻击后，他们又开启了第二轮攻击，然后是第三轮、第四轮、第五轮。

他们如光似电，距离海星辰越来越近。海星辰虽强，但也不是众多恶魔的对手。北月殇晨忙从幽冥珠中引出大量的神阶灵识之力，在众多恶魔的必经之路上布下了一个又一个灵识幻象迷宫，多多少少对他们造成了一些阻碍，减轻了海星辰的压力。

“这样下去不行。”海星辰转过头望向身后的恶魔们，道，“这样下去迟早会被他们拖垮，想要击败他们，只有一个办法。”

“什么？”北月殇晨抬起头，下意识地问道。

“我立刻突破。”海星辰道，“我感觉到你身上有一个灵识方面的宝物，对不对？我现在突破，需要吸收大量的水元素和风元素，可能会导致灵识失控。如果你可以稳住我的灵识，我就可以成功。这是我们唯一的机会。”

“稳住灵识，我应该可以。”北月殇晨想了想，点点头。

“那就开始吧。”话音未落，海星辰忽然将右手的三叉戟高高举起。霎时，以他为中心的百里范围内，猛地凝聚出无数的阴云。

阴云里有亿万道雷霆在穿梭，四面八方的海面上形成了无数的漩涡。漩涡周围的海面上则是一个又一个连接天地的水龙卷，天地间到处都是呼啸的风，刮得北月殇晨耳朵生疼。

在雷霆风暴形成的时候，几乎凝为结晶体的风元素从四面八方汇聚而来，钻入海星辰体内。他体表的淡蓝色皮肤在缓缓地脱落，显现出与海面一样的漩涡和风暴来。他的双眼更是闪烁着雷霆的光芒，有龙卷风在形成，他呼吸之时，雷声轰鸣。

与此同时，北月殇晨明显可以感觉到海星辰的状态有点不对，他的灵识有些许疯狂的迹象。在这种情况下，他难以控制自己。

风暴朝北月殇晨席卷而来，他忙化身黑暗元素体，这才免于被切割成碎片。但远方的魔族生物们可不像蓝域修行者，可以化身元素体，他们只能硬生生地承受着天地间最凶猛的风刃和雷霆。

海星辰暂时还不需要帮忙。

第71章

污浊黄海

此时海星辰的灵识虽然有疯狂的迹象，但他仍在继续突破，只有在这种状态下，他才能压制住身边那些恶魔。

北月殇晨的灵识沉入幽冥珠，时时刻刻关注着海星辰的灵识状态，一旦他有任何不对劲的地方，北月殇晨就会立刻出手安抚他的灵识。否则的话，他将会化作一名疯狂的海巨人。

面临海星辰自九阶巅峰突破至十阶星神而产生的场域，众多恶魔竭尽全力抵抗，但仍然受了不轻的伤，甚至有低阶恶魔因此死去。

不过他们也不是吃素的，冒着风雨雷霆，依旧在逼近北月殇晨，可想而知幽冥珠对他们的吸引力有多大。

这批恶魔的疯狂状态也给北月殇晨提了个醒，以后一定要小心魔族，因为他们为了幽冥珠什么都做得出来。

那些恶魔离得近了，北月殇晨开始利用灵识攻击给他们带去些阻碍，对九阶恶魔的影响虽然不大，但对八阶恶魔们的伤害堪称恐怖。

即便是九阶恶魔们，也受到了风雨雷霆的威胁，不过很快，北月殇晨也受到了风元素的影响。

这是形成神体的风元素，严格来说，是神级风元素。它们开始从元素层面袭击北月殇晨。因此北月殇晨不得不远离海星辰，可又不能太远，否则一会儿他彻底失控时，北月殇晨无法立马稳住他的灵识。

在远离海星辰的情况下，北月殇晨离恶魔们自然也就近了。

近距离面对恶魔们，北月殇晨精神高度集中，躲闪着那一道道炽热的光束，以及汹涌澎湃的魔气的攻击。

尽管他没有反击，只是借助风雨和雷电在闪避，依旧被多次击中，幸好他此时是元素体状态，否则早就化成飞灰了。可即便如此，他还是受了不轻的伤，甚至伤到了黑暗元素本源。

情形越发危急了。

海星辰的身体几乎完全化作了风暴，他的灵识也越来越狂躁了。

“轰！”忽然间，低沉的爆炸声响起，紧跟着空气像是凝结了一样，铺天盖地的风元素以海星辰为中心向四面八方扩散而去，瞬间便将众多恶魔和北月殇晨给掀飞了。紧跟着，北月殇晨将灵识沉入幽冥珠中，引出神阶灵识之力注入脑海中的伪灵格内，用超越星神级别的灵压强行安抚海星辰的灵识。

海星辰即将变得疯狂的灵识开始挣扎。空气中的风元素形成道道风刃，切割四方，“嗖嗖嗖”的穿梭声此起彼伏，处处都是白痕。可随着伪灵格发力，海星辰的灵识被强行压制，风元素又恢复了最初的温和状态。

海星辰体表的风暴渐渐敛去，重新长出了淡蓝色的皮肤，他的眼睛也从风暴和雷电变回了一双巨眼，一双清明的眼睛。

突破成功后，海星辰看见诸多恶魔距离北月殇晨只有十几海里，只见他眼睛一睁一闭，北月殇晨的身下竟出现了一个巨大的漩涡，漩涡将其裹入其中，再狠狠地甩了出去。

北月殇晨只觉得风声呼啸，眼前的画面骤然变得模糊，也不知过了多久，才轰然坠入海中。坠到海底还不是结局，他感觉自己像是掉入了一个漩涡。漩涡散发着巨大的吸力，顷刻间便将他拉入其中，沉重的压力袭来，他昏迷了过去。

北月殇晨从昏迷中醒来时，立刻闻到了一股浓烈刺鼻的臭味。他眉头紧皱，睁开眼后，眼睛迅速泛红，有点想流泪。他强睁开眼睛环视周围，发现自己漂浮在一片淡黄色的海洋上。

“淡黄色……”北月殇晨神色凝重。在他的记忆中，整个法蓝星只有一片海洋会呈现淡黄色，“污浊黄海！”

污浊黄海和幽灵青海一样，都是大灾变时出现的海洋。当初，由于魔兽星坠落所引发的特殊情况，死去生灵的灵识汇聚到幽灵青海，他们的尸骨则去了污浊黄海，后来形成了灵体和尸骸两大国度。

同幽灵青海一样，蓝域对污浊黄海的了解也很少，但相比之下，人族判定污浊黄海对蓝域的威胁要小于幽灵青海，因为污浊黄海尸骸生物的攻击手段离不开元素之力。但对北月殇晨来说，他们的威胁性却远大于灵体。尸骸生物没有灵识，而北月殇晨最为依仗的便是幽冥珠。

不过这并不是北月殇晨神色凝重的原因，真正的原因在于污浊黄海距离魔域非常近，如果他在污浊黄海遇到魔族生物，绝对不会有一点奇怪。在搞清楚自己所处位置的同时，北月殇晨也开始思考，先前他坠入的漩涡是什么，竟然一下子可以将他从岩浆赤海的远海传到污浊黄海。

如果海洋中有许多这样的地方，那岂不是可以将其当作一个传送阵来使用？那将大大提升蓝域传递消息的能力。而且，如果有可以直接传送到岩浆赤海中的漩涡，那就再好不过了。

心念及此，北月殇晨立刻就想去找海星辰，问问漩涡的事，但环顾四周，他看不见海星辰庞大的身躯。灵识发散出去后，也感知不到海星辰的存在，想必是之前的奇异漩涡将他们分离了。

没找到海星辰，但北月殇晨意外发现有大量灵体聚在二十多海里外的区域。那些灵体很虚弱，应该都受了重创。

北月殇晨皱了皱眉头，为什么污浊黄海会有灵体？他略作思考后，沉入海底深处，游动到那些灵体的正前方，等待着他们。不多时，北月殇晨便看见一条巨大的骨龙飞来。

那条骨龙翼展足有二十米长，整个身躯颜色不一，像是许多种群生灵的骨骼拼凑而成的，但其头骨绝对来自海龙族。

在这条骨龙身后，是黑压压一片的骷髅大军，大军的中央有火焰升腾，火焰里面是数十名灵体！正在经受火焰炙烤的他们发出了凄厉的灵识尖啸。

这是怎么回事？北月殇晨来了兴趣。

灵体国度和尸骸国度都是大灾变后才出现的，双方离得很近，由于生命种类不同，他们没什么利益冲突，一直以来都保持着良好的关系。此次幽灵青海大肆入侵诸海诸域，更应该拉拢污浊黄海才对，但现在看起来，似乎并非如此。绝对有事发生了！

北月殇晨虽然着急去找火离姬，但心中明白搞清楚目前法蓝星的局势更重要，毕竟这关系到蓝域的未来。更何况，他之前在岩浆赤海露过面，现在那里肯定到处都是魔族生物，他不如先在污浊黄海打探下消息。于是，他耐着性子继续潜伏在深海里。

黑压压的尸骸生物们浩浩荡荡地飞过。北月殇晨看着他们飞出视线范围十几分钟后，这才小心翼翼地跟上去。他倒也不怕跟丢，在他眼中，那数十名灵体像是夜空中的月亮一样显眼。

这里应当是污浊黄海的远海，从北月殇晨跟着这群尸骸生物前行，到他们最终抵达尸骸国度的陆地，足足过去了五天时间。

污浊黄海比幽灵青海略大，却没有一整块巨大的陆地，而是由一块一块的小型陆地组成，与岩浆赤海很像，却又有着本质的不同。

岩浆赤海的岛屿是岩浆与海水形成的，但污浊黄海的陆地则是由古往今来那些没有腐烂的生灵骸骨组成的。

海浪从远方涌到海边，飞快渗入由一块块骨骼形成的中空地底。那连绵起伏的山峰全都由巨大骨骼堆叠而成，陆地上完全看不到任何植被，只有一望无际的荒凉景象，天地间到处都是黄黄的雾气和刺鼻的臭味。

北月殇晨难以适应，但只能皱起眉头跟上那些尸骸生物。深入陆地内约莫三小时后，北月殇晨看见远方有一座大城市拔地而起。那座城市呈圆形，从远处看像是一个巨大的骷髅头，而北月殇晨来到近处后，发现这座城市真的是一个巨大的骷髅头，也不知道是什么生灵死亡后留下的遗骸。

此时此刻，正有无数的尸骸生物从城池入口处来来往往地通行。

那群以骨龙为首的尸骸生物显然有着非凡的地位，直接从天空中穿过骷髅头的右眼眶，消失在城中。

北月殇晨远远地看着那座城池，陷入了沉思。

忽然间，他看见一名身披黑袍的人形骷髅步行走入了城中，不禁眼前一亮。

原来尸骸生物也会穿衣服，虽然罕见，但从其他尸骸生物的关注度来看，也不算什么稀奇的事。

北月殇晨当即从空间戒指天圆中取出一件黑袍披在身上，将自己包裹得严严实实，即便是眼睛也给遮住了，再用幽冥珠将自己的灵识气息彻底掩盖，又用一层淡薄的黑暗元素覆盖全身，以此来隐藏身份。

以防万一，他时时刻刻都准备引出神阶灵识之力，制造灵识幻象，虽然他也不知道有没有用。

好半晌后，北月殇晨才做好了心理准备，迈步向那座大城走去。刚刚走上白骨路，暴露在诸多尸骸生物的视野当中，北月殇晨便有一种如芒刺背的感觉。

但事实上，很少有尸骸生物关注他，这都是他过于紧张而产生的幻觉。他所经之处的尸骸生物虽然会看他，但也没有露出惊诧或凶恶的表情。北月殇晨的黑暗元素成功地掩盖了他的血肉气息。

作为法蓝星众多种群遗骸衍生出的生物，尸骸生物们也修炼元素之力，所以自然也有各种各样的元素气息。

当一个尸骸生物故意掩盖自己气息的时候，其他尸骸生物用自身元素去探索，无异于挑衅，他们才不会这么做。

随着北月殇晨融入众多尸骸生物当中而无事的时候，他彻底放松了下来，长长地舒了口气。不多时，他已经来到骷髅头城市的入口处，即骷髅头牙齿交合的嘴部。他来到这里时才发现，原来骷髅头只是一个入口，嘴部往里是一条宽数百米，呈倾斜角度向下的白骨路。顺着白骨路走入城中，街道四周渐渐有阴森发黄的鬼火亮起。

向下走了十分钟后，北月殇晨终于看见了这座城市的全貌。

第72章

白骨骷髅城

北月殇晨小的时候用黑暗元素去感知过蚂蚁的巢穴，他觉得这座城市很像蚂蚁的巢穴，只不过蚂蚁穴靠泥土来支撑，而这里是用骨骼。

在无数由粗大骨骼组成的桥、路上，以及各种诡异的建筑中，成千上万或强或弱的尸骸生物在穿行。他们有的在交谈，有的在交易，交易所用的钱币是各种各样的骨头。从那些骨头的材质、颜色和显露于外的气息，北月殇晨判断出骨头的主人生前肯定都非常强大。

他们所交易的物品也很稀奇，有散发元素气息的矿石，有外域的生灵，有来自其他域境的各种珍稀之物，以供他们修行。

循着灵识气息，北月殇晨来到位于地下骨城西侧的一座巨大的城堡外。

这座城堡的风格诡异，四周密布着一株株用骨头拼凑而出的树木，院墙由头骨堆砌而成，院内竟然有草坪，但北月殇晨怎么看都觉得有点诡异。

来到城堡外后，北月殇晨便不再继续前行，而是找了一处隐秘之地，将灵识沉入幽冥珠中，包裹着一缕神阶灵识之力，然后灵识出窍，向城堡内飘去。

从之前北月殇晨看见数十名灵体在火中被炙烤的情形来判断，尸骸生物们肯定有对付灵体的手段，但不会很强，因为那些灵体没有一个超过八阶。

有神阶灵识之力保护，只要北月殇晨小心点，应该不会被发现。在黄色雾气的掩映下，北月殇晨钻入城堡大门。门内是一条由白骨铺成的长廊，长廊的两侧墙上悬挂着很多骨头。这些骨头来自不同部位和不同种群，里面甚至有人族的，隐约散发着无法抹除的元素之力。

“他们生前的实力一定很强，也不知道是哪位历史人物。”

北月殇晨看见那些骨头的时候，心中冒出一个大胆的想法，但他暂时没空细想，继续往前飘动。

不多时，他穿越客厅来到后院，又从后院的角落台阶的入口深入地底。地底有一个巨大的黑暗空间，在其中央位置，有一个插满鲜红色旗帜的白骨祭坛。

那些灵体正被困在白骨祭坛里，四周有淡黄色的火焰升腾，让他们瑟瑟发抖。

此时，祭坛前正有一个长有双翼、体形巨大的白骨巨人走来走去。他身上缭绕着漆黑的火焰，气势骇人，绝对是九阶强者中的佼佼者！

“说吧，你们是怎么做到的？”那名双翼白骨巨人张开嘴巴，声音震动火焰，竟形成了灵识之声，让白骨祭坛上的灵体们听懂了。既然是灵识之声，北月殇晨当然也听得懂。

“我不知道！我真的不知道！”

“我们只是奉命行事！”

“让我死吧！让我死吧！”众多灵体发出了不堪忍受的声音。

“轰！”他们话音未落，一道火柱从祭坛中升腾而起，将一名灵体包裹住了，紧跟着凄厉的叫声响起，好半晌才结束。周围的灵体们都恐惧得难以自持。

“现在，我再问一遍，你们怎么做到的？”

“我真的不知道！”

“让我死吧！”

“轰！”话音未落，又是一道火柱升腾而起。

双翼白骨巨人一次又一次地问话，半小时后，他终于得到了自己想要的答案。

“是因为环境！灵体的形成需要与大灾变时相同的环境！”

当这名灵体尖叫着喊出声的时候，北月殇晨总算知道双翼白骨巨人在问什么东西，心忍不住颤了一下。

他最近一直都在关注幽灵青海，现在才想起来，幽灵青海和污浊黄海的诞生原因是一样的，那么污浊黄海会不会也和幽灵青海一样，无法靠正常生育来使种群繁衍？他们会不会也在暗中进行一些见不得光的实验？

毫无疑问，污浊黄海的尸骸生物应该是通过幽灵青海的起源计划，联想到了自身的情况。

北月殇晨难以想象，如果尸骸国度与灵体国度在这件事上达成深度合作，整个法蓝星将会面临什么样的惨境。

不过，假如两者真的那么相似，幽灵青海需要带有怨气、恨意、恐惧的灵识，污浊黄海需要带有怨气、恨意、恐惧的尸骸，两者毫不冲突，幽灵青海为什么不跟污浊黄海联手呢？

北月殇晨有些想不通，但觉得应该有深层次的理由。

双翼白骨巨人在得到自己想要的答案后，身上缭绕的黑焰渐渐转为紫黑色，兴奋地跳跃。只见他原地踱了几步后，忽然扇动翅膀，飞离地下祭坛，也不知道去了哪里。

北月殇晨当然不敢追，只能猜测。

从这名双翼白骨巨人掌握的消息来看，污浊黄海对起源计划可以说是一无所知，而一旦污浊黄海的高层们知道后，会怎么样？

要么掀起一场大战争，从中谋取大量可以延续后代的枯骨，要么暂时和幽灵青海摈除前嫌，联手实施计划。两相比较，污浊黄海极有可能会选择后者。毕竟诸域诸海刚刚经历了一场浩劫，警惕心肯定很强，但两海联合，对外的实力自然暴增。

那要如何联系幽灵青海的高层们呢？除非污浊黄海和幽灵青海本身就有交流渠道，不然的话，眼前这群灵体倒是很好的信使。

心念至此，北月殇晨立刻灵识归身，取出早早准备好的灵识寄生碎片，准备寄生到那些灵体身上去。

灵识寄生碎片对寄生者的灵识强度有很高的要求。在正常情况下，北月殇晨即便有伪灵格，也绝对无法寄生在这群实力颇强的灵体身上，但关键是他们现在已经被双翼白骨巨人折磨得灵识之力透支，受了重创，再加上北月殇晨灵识境界的提升，应当是没有问题。

就算不行也没关系，这本来就只是一次尝试，不行就再想别的办法。

空旷的地下世界，只有祭坛四周的火焰在噼啪作响，那些灵体见双翼白骨巨人离去，纷纷如释重负，紧跟着陷入死一样的沉默。

片刻后，北月殇晨带着大量灵识寄生碎片回到地下世界，悄无声息地从淡黄色火焰的缝隙处穿过，如尘埃一样轻轻落到一名灵体的身上。

北月殇晨首先选择的这名灵体实力较弱，只有六阶，不过这已经是他所尝试过的寄生对象里实力最强的一名。

北月殇晨的灵识带着灵识寄生碎片落在这名六阶冥尊身上，后者轻轻一颤，立刻便恢复正常，但思维开始迟滞，动作渐渐放缓。

约莫两分钟后，北月殇晨成功地获取了这名六阶冥尊的灵识控制权，视野霎时发生了改变。但对方毕竟是六阶冥尊，北月殇晨需要再花费些时间，才能彻底掌控他，这对于实力大有长进的北月殇晨来说已经不是什么难事。

三分钟过去，这名六阶冥尊彻底被北月殇晨控制了，北月殇晨又开始寄生下一名六阶冥尊。

他先从六阶冥尊开始，慢慢地适应寄生强者的感觉，再一点点修正、磨合，最终才去尝试七阶冥皇。

当灵识寄生碎片落在一名七阶冥皇身上时，这名七阶冥皇猛地一颤，刚刚做出反应，北月殇晨便激发了伪灵格的能力，形成灵压将其抑制住；再加上有十多名六阶冥尊隔断灵识气息，这名七阶冥皇的异常没有引起周围其他七阶冥皇的注意。

于是在十分钟后，其他七阶冥皇也被北月殇晨寄生。

经过第一次，往后的几次自然变简单许多，当然也有意外发生，但终归是有惊无险。

在将灵识寄生碎片寄生至祭坛内所有灵体身上后，北月殇晨灵识归体，静静地等待双翼白骨巨人回来。无论是杀死这些灵体还是让他们去当信使，双翼白骨巨人总会回来。

在等待的时间里，北月殇晨多少有些忐忑，他忍不住去思考其他的可能性。

如果污浊黄海有其他方式联系幽灵青海，他该怎么打探消息？又该怎样从中阻挠破坏？他想了半天都没想到什么好办法，只能一边修炼一边耐心地等待。

他这一等，等了足足两天时间，双翼白骨巨人终于再次回到白骨骷髅城的地下祭坛。

在看到他的瞬间，北月殇晨精神一振，借助一名灵体的视角望着他。

“你们谁能联系到幽灵青海的高层？”双翼白骨巨人用声波震荡火焰，发出灵识之声。

“我可以。”

“我可以。”

“我可以。”

话音落下，一共有三名七阶冥皇回应。

“你们三个谁速度最快？”

三名七阶冥皇先是互相看了一眼，然后争先恐后地发出声音。但双翼白骨巨人却冷哼了一声，紧跟着，一束束火柱从所有灵体的脚下升腾而起，所有六阶冥尊在刹那间被烧成了虚无。剩下的七阶冥皇们则稍微有点闪避时间，其中被双翼白骨巨人选中的三名七阶冥皇里，只有一个长相偏向兽人族的灵体成功闪避开了。

“就是你了，回去幽灵青海，告诉冥廷，要么合作，要么鱼死网破。”

双翼白骨巨人挥了挥手，黑色的火焰覆盖了其他灵体，只余下一名七阶冥皇。

第73章

世界漩涡

通过灵识寄生碎片，北月殇晨知道这名七阶冥皇叫廉褐，只见他闻言后面露狂喜之色，疯狂点头。

可正在此时，双翼白骨巨人从空中拿出一个红色的骨牌，骨牌上横七竖八地写着一排奇异的文字，字体颜色鲜红，像是燃烧的火焰，其中有一点火焰从骨牌上飞下，飘落在廉褐的身上，融入他体内。

廉褐刹那间变得狰狞，发出惨叫声，但很快便又恢复了正常。

“不要耍小聪明，五天内办不成事，我烧死你！”双翼白骨巨人冷笑道。

所有同伴均已死亡，廉褐自然不敢质疑双翼白骨巨人此话的真实性，但心中又很绝望。虽然污浊黄海和幽灵青海相距较近，可即便是九阶强者全力飞行，也绝不可能在五天之内到达。

不过让廉褐心中松了口气的是，在他答应双翼白骨巨人后，那巨人伸出有着尖长骨指的手掌将他拎了起来，双翼一振，很快便飞出了白骨骷髅城。

双翼白骨巨人是九阶强者尸皇，飞行速度极快，短短三小时便飞出这片大陆，深入污浊黄海深处。

拥有廉褐视野的北月殇晨看见在黄色海洋的远方，有一个巨大的黑洞，黄色海水瀑布似的落下，轰隆作响。

廉褐来到上空后，低头一看，只见黑洞表面雾气朦胧，也不知道通向哪里。他正低头打量，双翼白骨巨人却一点交流的意思也没有，直接便将他给丢了下去。

“啊！”廉褐下意识惨叫，但瞬间便淹没在海水中。

下一刻，廉褐陷入昏迷，北月殇晨自也失去了视角。不过他毫不担心，他相信双翼白骨巨人在交代给廉褐任务后，不会轻易让廉褐死亡。

这处海洋黑洞很可能与先前将他传送到污浊黄海的漩涡相似，有着跨越空间的神秘力量。

接下来北月殇晨只需要等待廉褐醒来，就可以知道幽灵青海冥廷是怎么想的，之后幽灵青海和污浊黄海的关系会朝何处发展。

事情朝北月殇晨想象的那样发展下去，北月殇晨自然松了口气，而就在他准备离开白骨骷髅城，找个安全的地方待着的时候，之前的念头突然重新浮现在脑海中。

英灵仪式靠着冥器或灵识元器作为阵枢来召唤英灵，那如果将具备着英灵气息和能量的遗骨作为阵枢，那会不会召唤出特定的英灵？会更加强大吗？

这念头一经产生便再也抹不去，略一思考后，北月殇晨直接从头骨院墙外跃入其中，按照记忆中的路线，轻巧地步入城堡，收取镶嵌于墙上和摆放在四周的诸种群强者的遗骨。在收取时，北月殇晨没有遭遇任何守备力量的攻击。

算着时间，北月殇晨只在城堡内待了两小时，便跃出城堡院墙，朝来时的方向逃遁，很快他便回到大海中，潜入海底，用幽冥珠和黑暗元素隔绝了一切气息。

此时此刻，北月殇晨距离白骨骷髅城不知有多远，但隐约间，他还是可以听见那个双翼白骨巨人愤怒的咆哮声。

因为身处特殊区域，北月殇晨没办法直接布置英灵仪式，只能边修炼边等待。

约莫五小时后，北月殇晨再度感受到了廉褐的气息。廉褐睁开了沉重的眼皮，发现自己正漂荡在青色的海洋上。远方，一个遮天蔽日的黑色罩子从天上无穷高的位置将整个幽灵青海大陆给扣了起来。

北月殇晨远远地看见那个黑色罩子，忍不住陷入了长久的震惊和沉默。

这绝对是大天神级别的力量！

可冥王不擅长这种元素能力，那黑色罩子时刻冒着黑气，显然具备属性，那就意味着这黑色结界来自其他大天神。

目前整个法蓝星有哪族的大天神会帮助幽灵青海？只有魔族！

廉褐望着黑色结界，同样沉默了许久，这才开始判断方位，而后飞向结界边缘，环绕着结界飞行。从他的视角来看，他有着明确的目标。

在全力飞行了约莫一小时后，廉褐来到了一座沿海城市。

此时黑色结界的内部，正有幽灵青海的大军驻守，结界内的灵体们看见廉褐，纷纷发出声音，但声音无法穿透黑色结界。

廉褐焦急地想对他们说些什么，但最终交流失败。

经过最初的不适应，廉褐尝试着用肢体语言和口部动作与驻守的灵体交流，不多时便成功接触到驻军的高层，又通过驻军高层联系到冥廷高层。

一步又一步，廉褐终于圆满完成了双翼白骨巨人交给他的任务！

污浊黄海一方想要与幽灵青海合作的消息飞快传向幽灵青海高层，冥廷自当对此事展开讨论，但这些北月殇晨都看不到，他只能推断并未雨绸缪，做好准备。

廉褐成功传递了消息，那么接下来，幽灵青海将会做出选择！

合作还是不合作？

假如不合作，北月殇晨就没有机会，可一旦合作，幽灵青海必然会派来使者。廉褐这个七阶冥尊显然不够格，至少也得是九阶冥皇，甚至是十阶冥神级强者。如果是在正常情况下，派十阶强者作为信使的概率会大一些，但现在幽灵青海受到诸域诸海的围攻，都已经要借助魔族的结界来防御，自然没有多余的十阶力量。

那如果是九阶强者的话，北月殇晨有一个念头。

取而代之！

一旦他取代幽灵青海的使者身份，不但可以为自己和蓝域谋取大量的利益，还可以从中破坏幽灵青海和污浊黄海的关系，可谓是一举多得。

但关键在于，在哪里伏击？怎么保证击败对手，然后寄生对手？这都是极有难度的事。

如果是以前，北月殇晨只需布置大量英灵仪式，召唤出英灵，便能以多敌少将敌人给击败。可现在的情况是，幽冥珠内的灵识之力越来越少，已经不能让他那样挥霍。更何况，之后的许多时候，他也都需要用到灵识之力。

“必须想办法给幽冥珠补充些灵识之力！”北月殇晨暗下决心。

既然不能用“人海战术”，那只能靠伏击和精妙的布置。

英灵仍然需要，但一名，最多两名即可，剩下的，北月殇晨准备靠自己来弥补！他可以利用灵爆搜寻到即将前来污浊黄海的灵体使者，灵识匹配到使者团的成员，借机刺探消息，精准地布置陷阱。

这是一个值得尝试的方法。

另外，在知道灵体使者们的具体位置后，在空中书写几道灵识神纹，应该也可以产生奇效。灵识神纹的消耗要远小于英灵仪式，而且从蓝域出发到现在，北月殇晨也勾勒出了几道新的灵识神纹。

“还有吗？”

北月殇晨绞尽脑汁，最终无奈摇头。

他实力太弱，只有六阶，按照大长老的说法，突破成为七阶元素裁决者后，他不但可以获悉很多秘密，还将更容易掌控幽冥珠。

“七阶！”北月殇晨深吸了口气，开始在深海中修炼。

此时他并不知道幽灵青海高层的决定，不知道灵体使者们前往污浊黄海的路线，他什么都做不了，只能静静地等待。

在等待期间，北月殇晨不时地切换廉褐的视角，关注着幽灵青海的动向。

自从廉褐回到幽灵青海大陆边界后，便一直待在边界的青色海洋上，无法回到陆地上。

因为魔域的黑暗结界隔绝一切，并非想开就能打开，而是有着极为复杂的程序，不会为了一个七阶冥皇去开启。

之后的三天多时间，廉褐心中始终忐忑不安，恐惧不已。直到五天时间过去，之前双翼白骨巨人植入他体内的红色火焰依旧没有爆发，他才终于松了口气。

可他刚刚放下心，就忽然发现远方有大规模的能量爆发。廉褐感知到它们的时候，身后结界内的沿海城市早已有了反应，城墙上站满了从各处集结而来的灵体。

看着城内灵体们如临大敌的模样，廉褐的灵脑差点爆炸，他当即想也不想，直接一头扎入海中，有多远逃多远。

不多时，先前被廉褐感知到的大规模能量所属者抵达。

那是一艘艘岛屿似的巨舰，舰身通体黑亮，像是由精铁铸成的，舰上密密麻麻的全是模样怪异的生物!

他们之中大部分都是兽头人身，长着狮、虎、猴、蛇等的脑袋；有一部分则像是没有发育完好，以及发育过于惊人的人类，比如说独眼、四臂、三条腿、双翼、长尾等等；还有一部分像是树木修炼而成的人一样，有着人类和植物的特性。

这是来自妖域的大军。他们分别是妖怪族和精怪族，是妖域的统治者。

妖域的舰队来势汹汹，上面的妖怪和精怪大都实力强，其中不乏九阶圣妖和十阶妖神强者。以他们的实力，轻易地发现了幽灵青海大陆结界外的廉褐，当即派出一支小队向他追去。

第 74 章

墨衢

“嗖嗖嗖！”

五名身上长着鱼鳞、鱼鳍，肚上生有鱼鳃，身披皮甲，手拿钢叉的鱼人妖怪怪笑着扎入水中。他们的双脚摆动，产生巨大的推力，让他们能够飞快地接近廉褐。

廉褐感受到五名鱼人的气息，吓得灵脑发麻，却无力摆脱，因为追击他的五名鱼人全都是七阶圣妖。

在追击期间，鱼人妖怪不时向前插动钢叉，钢叉在水中爆炸，形成一团冲击波，向着廉褐激射而去。这钢叉的材质非凡，似乎有伤害灵识的能力。廉褐远远地就有了危机感，只得闪身躲避。

冲击波在远方爆炸，形成激流，向四面八方扩散，减缓了廉褐潜入深海的速度，双方的距离不断拉近。

这样一追一逃，持续了十几分钟，廉褐终究还是被五名鱼人包围了。他心知自己不是五名鱼人的对手，于是束手就擒，好在五名鱼人也没有杀他的意思。只是其中一名鱼人似乎心中有气，直接一叉子狠狠地插入了廉褐的腰部，廉褐凄厉地叫出了声。

北月殇晨通过廉褐的视野看见这一切，心中有些惊讶。

廉褐就这样被鱼人叉着回到舰船上，见到了这支妖域远征军的指挥——一名十阶妖神级别的妖怪。这名妖怪高三米多，身后有长满倒刺的双翼，此时正合拢在背上。廉褐来到他身前的时候，隐约听见了刺耳的金属摩擦交击声。仔细观察才发现，原来这名妖怪双翼的羽翼不是柔软的羽毛，而是一柄柄锋利的羽刃！

妖神级妖怪双眼呈血红色，廉褐才与他对视，便感觉灵脑昏沉，思维迟滞，眼神恍惚。

“你为什么在结界外？”妖神级妖怪的声音响起。

廉褐几乎没有犹豫，诚实地给出了回答：“因为我刚从污浊黄海回来。”

“你去污浊黄海干什么？”妖神级妖怪继续问。

“我是被抓去的……”妖神级妖怪与廉褐一问一答，廉褐很快便将污浊黄海欲与幽灵青海结盟的消息泄露给了对方。

妖神级妖怪闻言神色微变，忽然间，他身后的羽刃一振，竟化作一只纯黑色的蝙蝠，“嗖”的一声消失不见，显然是去传递消息了。

北月殇晨相隔不知道多少万里看到这一幕，心里松了口气。

人族三域虽然和妖域不对付，但至少要比和魔域的关系好得多，而现在幽灵青海和魔域合作，污浊黄海又想与幽灵青海合作，妖域自然不能坐视不管。妖域是在帮自己，也是在帮人族，北月殇晨乐见其成。

廉褐将自己知道的一切告知妖神级妖怪后，立刻被杀死了，北月殇晨也彻底失去了远在万里之外的“眼睛”。

北月殇晨没有其他办法，只能准备用灵爆来探索污浊黄海远海的强大灵识力量，以期发现幽灵青海的使者。当然，由于妖域横插一脚，幽灵青海和污浊黄海之间很可能无法达成合作，这是北月殇晨最期待的事情。

抱着希望，北月殇晨开始修炼、等待。

转眼间，已经过去十天了。

在这段时间里，北月殇晨每天用一半的时间来修炼，一半的时间来探测污浊黄海远海的灵爆现象，但一无所获。

不过，他并没有灰心或放弃，因为他给自己定下的等待时间是一个月，现在才过去三分之一。

在等待中，又过去了三天。

北月殇晨将灵识沉浸在幽冥珠中，观察着漫天星辰一样的灵识光点。他忽然看见不远处一块区域中，骤然间多出了数十个灵识光点，其中有一个灵识光点散发着强烈的光芒。

按照北月殇晨对这些光点亮度的判断，那个光点的主人至少是一名九阶巅峰的灵体！

幽灵青海的使者果然来了！北月殇晨惊喜不已。而且幽灵青海只派来一名九阶冥皇，其余都是七八阶的冥皇。

经过半小时的观察，北月殇晨大致推断出幽灵青海的使者们的行进路线，他当即出发，前往合适的位置布置陷阱。

不过在是否进行灵识匹配这件事上，北月殇晨有些犹豫。因为他拥有幽冥珠的事情已经暴露，冥廷虽然不太可能知道幽冥珠的具体能力，但肯定会叮嘱一些身负重任的灵体小心行事。

不怕一万，就怕万一。为了保险起见，只埋伏就好。

在海中穿行了三小时后，北月殇晨抵达了既定地点。这是一片无垠的海洋，四面八方并无异样。

飞至海洋上空后，北月殇晨开始观察并确定英灵仪式的布置环境，以及灵识元器、遗骨的摆放位置。

是的，遗骨。这段时间他除了修炼，也曾布置过小型的英灵仪式，确定从白骨骷髅城中取得的遗骨真的有奇效。这对于他的陷阱的布置是一个巨大的利好消息。

在观察期间，北月殇晨基本一动不动，只有感知力在不停地辐射或收缩。

直到太阳落下，星光映照在海面上，他才行动。他整个人化作一道黑光，将一件又一件珍贵的灵识元器和遗骨放在它应该在的地方，然后注入大量灵识之力。

在一处特别关键的阵枢点，北月殇晨放上了一根从双翼白骨巨人城堡中取出来的人族手臂骨。这根手臂骨极为粗大，一看就知道它的主人生前是圣域人，只是不知道具体是谁。因为是第一次布置大型英灵仪式，所以他没敢放太多遗骨，害怕会出什么意外。

布置好英灵仪式后，北月殇晨没有休息，立刻开始在空中画起灵识神纹来。

经过几个月的熟悉，他现在勾勒灵识吸收神纹已经毫不费力。除此之外，他还新学会了勾勒灵识感应神纹、灵识结界神纹和灵识影像神纹。因为时间尚且充足，所以他足足勾勒出了十三条灵识神纹。

当一切都准备妥当了，北月殇晨这才潜入深海，耐心等待。

在略显污浊的黄色海洋的尽头，五十多名灵体正疾驰而来。为首者身材佝偻，模样偏老，从长相上看，有明显的妖怪族生物的特征。这是墨衢，一名距离蜕变成神只有半步之遥的九阶巅峰冥皇。

在现任冥王入主冥王神殿之前，墨衢曾是他的冥侍，后来墨衢便在冥廷担任要职。此次墨衢率领五十五名灵体使者，组成使者团，承担着前来污浊黄海与尸骸国度高层谈判的重任。

一路上，墨衢都在思考要怎么样才能为幽灵青海谋取最大的利益，又要怎么样才能减少污浊黄海的收获。正当他大脑高速运转时，忽然间，他的灵格微微震动，传来警示。

墨衢猛地停下，右手一抬，他身后的众多灵体便也悬停于空中，有些疑惑地望向墨衢。

墨衢环视四方，眉头渐渐皱起。

“轰！”

就在他准备有所动作时，震耳欲聋的爆炸声响起，一条粗大如象腿的白骨手臂从黄色海洋中探出，朝他抓来。强大的吸扯力将墨衢向白骨手臂的手掌拉去，但墨衢只是冷哼一声，向后方飘飞而去，便轻松地脱离了吸力的范围。但还没等他有下一步反应，天上有光亮起。

那道光呈淡蓝色，像是一条丝带，轻轻闪亮的同时，却有恐怖的气息释放出来，让墨衢脸色一变。

淡蓝色丝带飘落而下，向墨衢缠绕而去。与此同时，那条白骨手臂的主人也从海中飞出，显现于空中。他身高三米多，右臂粗大，但左手细小，让人看了有些想笑，不过他展现出来的实力让在场的灵体们笑不出来。

他至少是九阶巅峰强者，与墨衢实力相仿！

从墨衢发现埋伏到他被迫退后，只是一瞬间的事。其余的七八阶冥皇纷纷反应过来，开始在天空中列阵，搜寻着可能存在的其他对手。

他们刚刚开始感知四方，便有一阵恐怖的威压传来。

“灵压！”

这灵压的位阶极高，让七八阶冥皇们心生臣服，只有九阶巅峰的墨衢能够抗衡。墨衢顿时疯狂地释放体内的灵识之力，让自己的灵识之力向四面八方蔓延，竟有组成场域的迹象。

“真强！”北月殇晨此时依旧潜伏在深海中，看到这一幕，他忍不住感叹。

同样是九阶巅峰，这名显得老气的冥皇要比真央冥子强得多。墨衢只有九阶便模拟出了场域的雏形，一旦突破，立刻就能动用场域的力量。他绝对算是天才型修炼者，仅次于那些在九阶层次便可发动场域力量的绝世天才。

但是墨衢的场域雏形对北月殇晨召唤出来的英灵没有任何影响，因为构成英灵的主体是神阶灵识之力，而场域是由某一种能量加上对法则的感悟形成的。北月殇晨召唤的英灵的位阶要高于这场域雏形!

迎着墨衢散发四方的灵识之力，这名来自圣域，在三百多年前征战大灾变主战场的英雄石方轰然一拳砸向墨衢。

在北月殇晨的驱动下，密布在天空中的灵识神纹被激发，顿时让墨衢陷入了苦战中。

第75章

炼识

元素境界的突破和数月来的刻苦钻研及修炼让北月殇晨的灵识层次达到了八阶，而由于他的灵识之力的构成全是神阶的，因此他能够克制低阶灵体。

由神阶灵识之力催动的伪灵格几乎让除墨衢之外的冥皇丧失了一半的战斗力，再加上先前布置的灵识幻象迷宫，让众多七八阶冥皇没法影响他和墨衢的战斗。

不过幽灵青海的使者团毕竟灵体数量多，拖延时间没问题，但想击杀所有灵体不可能。而且随着石方与墨衢的战斗越发激烈，灵体们破灵识幻象而出的概率也在直线增加。

毕竟他们是冥廷的精锐，早就知晓了许多事，所以在看到英灵和灵识神纹后，已经猜出埋伏他们的人是北月殇晨。

在短暂的失神和慌乱后，这几十名灵体开始反击，霎时间，无形、透明的灵识之力弥漫在天地间。

北月殇晨一边操控石方与墨衢激战，一边控制一块块灵识寄生碎片飞快地激射向一名被灵识吸收神纹和灵识影像神纹包围的七阶冥尊。

灵识影像神纹涉及灵识幻象方面的能力，这大大增强了北月殇晨布置的灵识幻象迷宫的威力，让这名冥尊深陷其中，难以脱离。

在灵压压制、神纹包围、迷宫影像下，灵识寄生碎片几乎没怎么费力，便钻入了七阶冥皇的体内，开始影响他的感官视野和作战能力。

如果是在正常情况下，北月殇晨强行灵识寄生，百分之百会受到阻挠，但眼下这种情况，这名七阶冥尊根本没有反抗的能力。

短短几秒钟，这名被灵识寄生的冥尊便彻底丧失了战斗力。北月殇晨也获得了他的视野和部分控制权，立刻让他沉入海底，不再参战。

第一名冥尊被北月殇晨寄生后，北月殇晨又寄生了第二名，然后是第三名、第四名。在诸多手段的牵制与影响下，冥廷的这群精锐灵体基本没有反抗能力。这让不远处与石方厮杀的墨衢渐渐陷入了焦虑当中。

按照这个趋势下去，五十五名灵体全都会被北月殇晨寄生成功，到时候北月殇晨腾出手来与石方联手，自己就危险了，必须要找到突破口才行！

墨衢刚刚发现自己有失败的趋势，便毫不犹豫地动用了底牌。只见他伸出手从空中抓取出一个透明的水滴状物体，吸入体内，下一刻，一股熟悉的气息从墨衢的体内散发出来。

北月殇晨转过去一看，心中有些惊讶。

“神阶灵识之力！”

这同样是神阶灵识之力，同样精纯，甚至同样磅礴，与幽冥珠中的神阶灵识之力几乎一般无二！

这神阶灵识之力的主人显然是现任冥王。

墨衢在吸收了透明水滴状物体后，实力暴增，立刻就压制了同样由神阶灵识之力构成的英灵石方，那些由神阶灵识之力勾勒出来的灵识神纹也难以克制他。

不过他显然也付出了不小的代价，灵识本源开始飞快地衰弱。

北月殇晨见状，立刻萌生退意。他从一开始就把这次埋伏当作了一次可能的尝试，如果成功了那自然好，但如果没成功，也绝对不能把自己陷在这里。

这时的墨衢太猛了，种种奥义灵术一个接一个地被他施展出来。

在短暂的思考后，北月殇晨准备离去，可正在此时，北月殇晨收起来的幽冥珠竟然自行显现，飞快地闪烁着光芒。

北月殇晨只是低头看了它一眼，头脑中便被灌输了大量的知识。他将那些知识消化吸收后，眼睛都亮了起来，再望向墨衢的时候，不再是看一个无法击败的灵体强者，而是食物。

他像是一头饿狼，饿了十天后，终于见到了一只小绵羊！

“炼识！”

此时此刻，北月殇晨脑海中满是幽冥珠灌输给他的知识。这些知识帮助北月殇晨更进一步了解了幽冥珠的种种能力，而其中最重要的一种能力名为“炼识”。

炼识这项能力是专门为幽冥珠补充灵识之力而创造的。

利用幽冥珠，辅以炼识秘术，北月殇晨可以将任何含有灵识之力或是同等阶的灵识类能量炼成幽冥珠所需要的神阶灵识之力，譬如不远处墨衢体内蕴含的现任冥王的灵识之力。

墨衢体内的灵识之力来自一名大天神，其浓度和纯度远超魂晶。北月殇晨估计正是因为这样，幽冥珠才被刺激得主动灌输知识给他。幽冥珠有自主意识这件事，北月殇晨知道也不是一天两天了，因此也没有太过于惊讶。

在思考时，北月殇晨想起之前在诺亚城时，鸦羽冥子从幽灵青海大陆带回魂晶，同样让幽冥珠展现了具有自我意识的反应。再加上这次的自我灌输，北月殇晨推断幽冥珠绝对拥有传说中的“器灵”，而且还不是完全沉睡的状态。

如果真是这样的话，等忙完眼下的事闲下来，他可以尝试着跟它进行沟通。

有灵识神纹和灵识幻象迷宫牵制住使者团其余的灵体们，北月殇晨得空飞向九阶英灵石方的身后。

在他对面几十米处，体内灵识之力疯狂奔腾涌动的墨衢再度开启了自己的场域雏形。这次，有灵识之力的注入，场域雏形的范围和威能都大大增加了。北月殇晨必须输出更多的灵识之力才能维持住石方，给予他抵挡和反击的能力。

与此同时，北月殇晨将幽冥珠抛飞而出，只见它缓缓变大，像是化作一轮明月，发出璀璨的蓝光来。蓝光照射到墨衢身上的时候，竟升起一缕肉眼可见的白烟，袅袅升空。

墨衢当即痛叫一声，紧跟着神色一变，因为刚才被蓝光照射，他体内的灵识之力居然有蒸发的迹象。

那白烟就是灵识之力！白烟升空，在空中缓缓凝结，最终又变回透明色，向着幽冥珠飞去，注入其中。

虽然只有微弱的一缕，但北月殇晨可以感受到幽冥珠强烈的喜悦之情，继而爆发出更强的威能。

那以它为中心的蓝光化作一块幕布，向着墨衢包裹而去。

墨衢挥手间用灵识之力凝聚出一柄长刀，想要将幕布给撕碎。但在长刀落在幕布上的刹那，像是冰沙入水，瞬间便消失得无影无踪。

墨衢立刻明白幽冥珠有炼化、吞噬灵识之力的能力，自己最强的底牌都被克制，再没有击杀北月殇晨的可能性，遁逃的念头开始在他脑海中酝酿。

不过说实话，他不像北月殇晨，在来幽灵青海之前，他完全没有考虑过自己会以这种方式离去，所以没有撤退的具体计划。他环顾四周，寻找机会。

北月殇晨看穿了他的想法，不愿意给他机会，当即将伪灵格的灵压激发到最大程度，尽全力去影响墨衢。

他也不时时刻刻地影响墨衢，只是在最关键的时刻影响一下，因为这反而会更大程度地影响墨衢。

看到墨衢遇险，另外一边被中低阶英灵困住的灵体们全都以燃烧灵识本源为代价，想要突围，因为他们跟墨衢是一荣俱荣、一损俱损的关系。

灵体们不惜一切地想要挣脱控制，灵识神纹中蕴含的灵识之力被大大消耗，灵识幻象迷宫也被逐一破除。但他们的速度太慢，墨衢体内的灵识之力开始一点点被炼化，再被吸收到幽冥珠内。而幽冥珠内的灵识之力恢复，又侧面增强了北月殇晨的能力。

此消彼长之下，灵体使者团几乎没有翻盘的机会。

看样子，北月殇晨应该可以击败九阶巅峰冥皇墨衢，但他没有骄傲自满，因为墨衢身负重宝——大天神的灵识之力。如果不是幽冥珠自发动用炼化能力的话，别说击杀墨衢，北月殇晨自己能不能逃走都是个问题。果然还是不能太小觑九阶强者，更不能小觑一个有大天神级别的灵识之力的域境！

墨衢越来越虚弱，反观英灵石方，实力始终如一。

半小时后，墨衢彻底落败，被灵识神纹形成的光带给束缚住了。

幽冥珠不受北月殇晨控制地飘到墨衢的头顶，丝丝缕缕的蓝光洒下，落在墨衢的身上后，像是世间最烈的火焰，将墨衢体内的灵识之力慢慢提炼出来。

不过墨衢本身却没有感受到痛苦，虚弱感迅速占据了他的身体。

幽冥珠在炼化墨衢体内的灵识之力的同时，又从墨衢体内发现了两个水滴状的灵识之力聚合体，想必是现任冥王赠予墨衢的底牌。

幽冥珠贪婪地吞吸着灵识之力，带给北月殇晨一种久违的充盈感。至此，北月殇晨不需要再去管墨衢，因为幽冥珠自会处置。他腾出手来，开始用灵识寄生碎片寄生剩下的灵体。

没多久，五十五名灵体便尽数被北月殇晨灵识寄生，不过因为他们的实力很强，所以北月殇晨的寄生只是最基础的。可以得到他们的视野，操控他们的手脚，但无法修炼，无法散去灵识之力，无法战斗，更无法伤害自身，记忆也只能改变浅层的一小部分，但这已经足够北月殇晨进行下一步计划了。

另一边，幽冥珠已经将墨衢体内的灵识之力完全提炼出来。那两个水滴状物体内的灵识之力也全部被幽冥珠吸收了，让紧缺灵识之力的幽冥珠得到了补充。

墨衢不仅失去了灵识之力，而且境界暴跌，现在只有七阶，但他脑子里的信息是一个巨大的宝藏，所以北月殇晨不会杀死他，而是将他收入了一个灵识元器瓶。

在之后的一段时间里，北月殇晨会慢慢获取墨衢脑子里的知识和信息，但现在他有更重要的事情要做。

第76章

万骨城

北月殇晨要假冒墨衢，成为幽灵青海派往污浊黄海的使者！这就是他一开始的计划。

北月殇晨将墨衢给唤了出来。已经丧失抵抗能力的墨衢飘在北月殇晨对面，用冰冷的目光望着北月殇晨，一句话也没说。

北月殇晨看了他一会儿，道："你应该什么都不会说吧。"

墨衢继续用冰冷的目光望着北月殇晨，无动于衷。北月殇晨却像是听到了回应一般，轻轻点了点头。作为黑暗之城城主的儿子，他很擅长拷问。墨衢不开口，没关系，北月殇晨有其他办法让他"讲话"。

北月殇晨伸出右手，并起食指和中指，灵识之力在指尖化作刀刃，而后在墨衢依然冰冷却难掩恐惧的眼神中，朝他的小臂划下。

"啊！"只听见一声惨叫，北月殇晨成功获得了一块灵识碎片。

他不管继续惨叫的墨衢，将他的灵识碎片摆在身前，而后将自身灵识沉入幽冥珠中，凭借它对现实世界灵识法则的影响，开始连接墨衢的灵识。

这是北月殇晨在成长的过程中发现的新能力。在许多情况下，幽冥珠就相当于一个放大器，可以放大他的许多灵识之能。一幕幕带着声音的画面从墨衢的灵识碎片中显现出来。因为是才切割下来的灵识碎片，所以这些内容很连贯、清晰。

九阶冥皇墨衢见此一幕，目眦欲裂，却又做不了什么，心里恐惧到了极点。而北月殇晨看也不看他，将他当作一个隐形人。

在那些画面中，北月殇晨看见墨衢被召入冥廷议会，接受幽灵青海高层们商议后定下的任务。

幽灵青海果然打算与污浊黄海合作，但不是亲密无间那种。因为按照冥廷的说法，污浊黄海一些高阶尸骸生物一直非常觊觎幽灵青海的高阶灵体。在他们看来，高阶尸骸和高阶灵体经过特殊能力的整合，会变得更加强大，部分高阶尸骸生物早就想做尝试，但没有合适的“资源”。

低阶的灵体们一直都觉得这种想法很可笑，尸骸和灵体不可能结合，但冥廷高层知道其实是可以的。不过，两者结合后，谁来主导新的身躯，就不是尸骸或灵体可以控制的事情。

换言之，幽灵青海和污浊黄海其实是互相具有威胁的。不过这两大对立方面临同样的困境，所以才没有第一时间互相厮杀，吞噬对方。

自大灾变时产生的灵识碎片和尸骸已经越来越少，按照现在的趋势下去，再过几十年，最多一百年，幽灵青海和污浊黄海便会灭绝，他们必须先找到一条生路才行。现在，生路摆在两大种群的面前，他们只能合作，哪怕将来的他们会是这个世界上对方最恨的敌人。

基于两大种群高层对对方的忌惮和需求，双方只能有限度地合作。在这种情况下，幽灵青海想尽可能地多获得一些利益。

看完墨衢近期的记忆画面后，北月殇晨陷入了短暂的沉默。

要怎么样才能让人族获取最大利益，而让幽灵青海和污浊黄海反目成仇呢？对圣地的破坏？对民众的屠杀？对双方国家的精神羞辱？这些手段都有一定的效果，但并不绝对，不过如果再加上足够大的诱惑和利益的话，效果就会翻倍。

想到这里，北月殇晨回头望了望五十五名灵体，心中开始谋算起来。

在两海的高层心里埋下不信任的种子，编造出双方都有融合灵识和尸骸的意图，让他们反目？这个方法虽然不一定奏效，但他相信绝对会让两海高层都保持警惕，暂缓深度合作。毕竟这是一个解不开的死结，不管谁想要继续发展、进化，都绕不开这一想法。

那就这么做。北月殇晨心中开始细致地规划起来，同时也在发散思维。

挑拨两海关系，使之爆发战争，终归是小道，治标不治本。想要真正解决两海的威胁，如果法蓝星众多种群域境不联合起来的话，基本上是不可能做到的，而让妖域、蓝域、圣域、法域、兽域以及几大海联合，更是一件不可能的事情。

在过往的无尽岁月里，诸域之间不知道积累了多少矛盾和仇恨，不相互厮杀已经是多方权衡、极力克制后的结果。让互相仇视的双方深入合作的原因和推动力只有两个，一个是利益，一个是无法独自抗衡敌人的威胁。

共同的利益是什么？北月殇晨暂时想不到，但如果他能找到幽灵青海打算引发大灾变级别的战争的确切证据，说不定可以说服妖域和兽域。只要这两域率先加入联盟，人族三域和其他几海倒也好说。

但现在幽灵青海被大天神级别的力量封锁了，他该怎么进去幽灵青海呢？进去后又该怎么隐藏身份获取信息呢？

想想真是头疼，北月殇晨闭上眼睛按了按太阳穴，决定先执行影响幽灵青海和污浊黄海信任关系的计划。虽然时间很短，但他差不多已经想好了。

“呼。”北月殇晨长舒一口气后，带着五十五名灵体向着白骨骷髅城所在的大陆飞去。

几小时后，北月殇晨远远地望见了黄色的海岸线，缓缓下落。他将自己的身体藏在一处悬崖下的洞穴里，留下五名灵体守护，然后借助幽冥珠灵识出窍，又将幽冥珠纳入自己的灵识体，这才继续出发前往白骨骷髅城。

他体内有幽冥珠，体表有灵识之力覆盖，如果不说，不与人厮杀的话，看起来像极了一名冥神级强者。

冒充冥廷的冥神级使者，北月殇晨的心情自然很忐忑，但随着他离白骨骷髅城越来越近，他反倒平静了下来。

当他带着五十名灵体使者从天而降时，那名身上燃烧着黑色火焰的双翼白骨巨人也从城中飞出，带着一群尸骸生物静静地等候。

“见过使者。”

北月殇晨表情平静地落在众多尸骸生物前，看着双翼白骨巨人。

双翼白骨巨人感受到北月殇晨身上浓郁的灵识之力气息，不情愿地朝他低下了头。无论是尸骸国度还是灵体国度，实力划定的阶层都是极为坚固的，这一规则被无数生灵信服且遵从。

“嗯。”北月殇晨只是淡淡地点了点头，然后扫了双翼白骨巨人一眼，道，“别告诉我，我的谈判对象是你。”

北月殇晨的言语中不无轻蔑之意，但双翼白骨巨人没有生气，而是道：“自然不是。我在此等候，只是为了带您去万骨城。”

“万古城？”北月殇晨心想尸骸国度倒是很会取名，但他很快就反应过来应该是万骨城。

“万骨城是我族在北方的圣地，圣河的发源地。”双翼白骨巨人道。

“那现在就出发吧。”北月殇晨的话音落下，双翼白骨巨人向他点了点头，而后腾空而起，一马当先地向东南方飞去。北月殇晨与五十名灵体紧跟其后。

掠过白骨骷髅城上空的时候，北月殇晨低头看了一眼下方属于双翼白骨巨人的城堡，发现城堡的草坪上还缭绕着黑焰，由骷髅头堆砌而成的墙壁已经倒塌，四面八方一片狼藉。显然，之前双翼白骨巨人发了不小的火。

在污浊黄海的范围内，到处都是淡黄色的云雾，大陆和海洋、雨水乃至雷电都是黄色的，让整片世界看起来单调、无趣又可怖。

北月殇晨带领灵体们跟在双翼白骨巨人身后，始终保持着平缓的速度。

双翼白骨巨人刚开始还飞得很快，但他发现北月殇晨跟不上自己的速度后，便也放慢了速度，同时他也发现灵体使者团的成员状态不是很好。

他没有按捺住心头的疑惑，出声问道：“你们刚才跟谁发生了战斗？”

北月殇晨瞥了他一眼，淡淡地道：“妖域。”

“嘶。”双翼白骨巨人深吸一口气，看了北月殇晨一会儿，才缓缓地道，“妖域的家伙一直很讨厌！”

有了合理的借口，北月殇晨继续保持不快不慢的速度，不再担心五名灵体后续带着他的肉身会跟不上。自从他得到幽冥珠到现在，灵识出窍的距离越来越远，但也没远到可以跨越几块小型大陆的地步。

不停歇地飞行了两天后，一行人终于抵达了万骨城。北月殇晨远远地看见万骨城的时候，心中震撼不已。

只见在下方广袤的黄色土地上，有数万根上千米高的白色骸骨，一根根斜插入地面，反射着黄色的太阳光。它们交叉矗立在那里，像是一片石林，石林底下的空间里则堆满了各式各样的建筑物，数不尽的尸骸生物行走其间。

在石林的最上方，有一条宽阔的黄色大河，蜿蜒着向远方流淌而去。河流上隐约可见烟雾升腾而起，似乎有什么东西在燃烧。

渐渐近了，一行人缓缓降落在万骨城入口处，立刻吸引了无数目光。

污浊黄海和幽灵青海一样封闭，很少可以见到外域外海的生灵，更何况是一次性见到几十名。

因为有双翼白骨巨人带路，万骨城的尸骸生物们并没有一拥而上将北月殇晨等灵体使者团成员撕成碎片，而是静静地看着他们踏入万骨城，消失在尸骸群中。

一路上，北月殇晨对万骨城以及城中尸骸生物的日常都非常好奇，但为了保持冥神的威严，他强忍住没有东张西望地打量。

没多久，北月殇晨等人来到万骨城的君主府。

第77章

万骨大君

在污浊黄海，每座有星神级强者坐镇的大城的核心都是君主府，而君主府的主人，自然是星神级强者。

不过大城也分等级，像万骨城这种被誉为北方圣地的城市，坐镇的就是一名大君主，即十阶星神级巅峰的强者。每一名大君主都来历非凡，地位崇高。

万骨城的大君主名为万骨大君，北月殇晨见到他的时候，他正盘坐在由白骨堆砌成的祭坛上修炼。

他修炼的应该也是黑暗元素。在看到他的瞬间，北月殇晨便有种被压制的感觉，不是灵识方面的压制，而是元素方面。

任何一名修炼到十阶巅峰的星神级强者，其场域之能都可以在无形间影响外界。

“墨衢。”北月殇晨缓步走了过去，自我介绍道。

“万骨。”万骨大君同样言简意赅。

“此次我代表冥廷前来，是要告知你们，灵体国度同意和尸骸国度联手，我们可以向你们提供再造尸骸体的方法，但需要一定的回报。”北月殇晨道。

“你说。”万骨大君没有嘲讽北月殇晨，他们已经知道再造尸骸体的核心问题。因为就算可以解决缺少充满怨气、愤怒、恐惧的尸骸问题，他们也依旧无法成功再造尸骸体，其他方面的技术难关实在是太多，而幽灵青海的经验和信息可以让污浊黄海省很多事。

“五十具完整的星神级尸骸，五百具完整的九阶尸骸，两千具完整的八阶尸骸，一万具完整的七阶尸骸；大灾变时期遗落在污浊黄海的与灵识有关的重要信息及物品；利用尸骸吸收元素的方法；记载了尸元术的相关书籍。”

一个又一个的要求被北月殇晨提出，万骨大君原本平静的神色渐渐变得难看起来，认为北月殇晨提出的要求实在有些离谱。离谱归离谱，万骨大君思考得更多的东西却是，为什么幽灵青海需要尸骸、尸元术和尸骸引元术。灵体们根本不需要这些啊！

相较之下，与灵识有关的物品和信息反倒不重要了。

“你们要尸骸、尸元术和尸骸引元术？”事关重大，万骨大君没有把疑惑埋藏在心中，而是直接问了出来。

“就是想加快各族间谍的培养进度而已。”北月殇晨道。

“你觉得我会信吗？”万骨大君冷笑道。

“是真的，只不过这些间谍的来源有些不同。”北月殇晨道。

“怎么说？”万骨大君问。

北月殇晨道：“我们研究出了新的灵术，可以帮助游魂转生。这样一来，他们在各族各域出生长大，没有原生种群的生灵会怀疑他们。而你们一族的修炼方法，可以帮助他们尽快成长，成为各域各族眼中的天才，较早占据更高的位置。”

“那尸骸呢？”万骨大君盯着北月殇晨的眼睛，似乎要将他看透。

“用来进行灵体召唤仪式方面的研究。”北月殇晨道。

“呵呵。”万骨大君只是冷笑，然后沉默。

片刻后他才道：“你提的要求超出了我的权力范围，我需要上报然后商议，你先在城里住下吧。”

“行，那我等你消息。”北月殇晨也没想就立刻同意了。

两人说完，一个人形尸骸生物走上来，领着北月殇晨前往住处。至于使者团的其他成员，早已被安排住下了。

另一边，万骨大君回到自己的君主府后，立刻联系尸骸国度的高层商议北月殇晨提出的要求。因为事关重大，这一次的会议持续了足足两天才终于有了定论，万骨大君随即再次召见了北月殇晨。

“你提出的四个条件我们都答应了。”万骨大君看着北月殇晨道，“但是第一条，关于尸骸的数量，必须减少。”

“不可能，那我们根本无法完成灵体召唤仪式的研究。”北月殇晨道。

“那就没办法了。”万骨大君平静地道，“你们要是心里没鬼的话，也可以拿研究成果来跟我们继续交换。”

灵体召唤仪式对尸骸国度意义不大，但应该也有借鉴意义，同时他们也想确定尸骸真正的用途。

北月殇晨闻言，有些犹豫，但终究还是不情愿地点了点头，说道：“那就先这样吧。”

在初步达成合作意向后，北月殇晨收起不情愿的表情，而是换上了笑脸，看着万骨大君道：“为了表达我们的诚意，我们会留二十个研究人员在尸骸国度。”

按照幽灵青海原本的计划，一旦合作意向确定，使者团中的二十名研究人员就要留在污浊黄海，帮助尸骸国度攻关尸骸体的制造技术。至于整个过程要耗费多少时间，那当然全都在幽灵青海的掌控中。

北月殇晨取代墨衢后，同样准备留二十个研究人员在尸骸国度，但另有用途。

“二十个？”万骨大君冷笑道，“打发乞丐呢？”

“我们也没办法，现在幽灵青海已经被封锁，外海是妖域大军，没办法派遣太多灵体过来，只能以后慢慢送来。”

北月殇晨说的是实话，万骨大君虽然知道这是借口，但也找不到反驳的理由。不得已之下，他只能接受，毕竟这只是合作的开端，双方都必须拿出诚意，这就是污浊黄海的诚意。

“合作愉快。”万骨大君这边“满意”后，语调也稍稍升高，似乎有些高兴，“你继续等着吧，三天内，我会准备好。”

“好的。”北月殇晨点了点头。这次不用人形尸骸带路，他自己回到了住处。

转眼间三天过去了，北月殇晨被万骨大君召去君主府。

在君主府内白骨铺就的巨大广场上，万骨大君摆放了五具完整的星神尸骸。这五具尸骨全都呈白玉色，庞大而威严。然后是三十具黄金色的九阶尸骸，两百具完整的八阶尸骸，五百具完整的七阶尸骸，以及更多的低阶尸骸。

看着那些尸骸，北月殇晨的眼睛都在发光，那是多少个英灵仪式的原材料啊！

北月殇晨强忍住心头的激动，没有立刻将其收入天圆中。

“你先看看，点点。”万骨大君指着那成片的尸骸道。

“不用了。”北月殇晨大气地道。

“嗯，那你再看看这些。”说话间，万骨大君从自己空洞的肋骨间抓出了一大片白玉色的骨片。

北月殇晨从他巨大的骨爪中接过骨片，明显感觉到每片白玉骨片里都蕴含着稀薄的空间元素。

“这些骨片里面记载了你要的那些东西，直接用灵识之力读取就行。”万骨大君介绍道。

“好的。”北月殇晨将一缕灵识之力注入一片白玉骨片中，顿时有大量关于尸元术的信息涌入脑海中，心中又是一阵狂喜。

“很好。”北月殇晨重重地点了点头，“那我们两域的联盟就算是初步达成了，之后会有更多使者团前来进行更深入的合作和交易，现在我要回去复命了。”

“期待使者团的下一次到来。”

在这几天里，使者团二十名研究人员已经开始了灵造尸骸体方面的研究，初步证明了自己的价值。借由这一次的收获，万骨大君的地位大大提升，而未来幽灵青海和污浊黄海的每一次合作，都会算他一份功劳。毕竟双翼白骨巨人是他的属下，他怎么能不期待第二拨使者团的到来呢?

而为了让北月殇晨能早点回去幽灵青海，再给污浊黄海带来好消息，万骨大君甚至提出让北月殇晨通过万骨城北部海域的一个世界漩涡回去。

这几天时间里，北月殇晨在居所里可不单单只是修炼，他还从九阶冥皇墨衢的记忆中知晓了更多的信息，比如说世界漩涡。

所谓世界漩涡，其实是指大灾变时期，魔兽星坠落，天地法则被打破，生态破坏，奇诡衍生，空间碎裂所产生的通道。它压缩了空间，让穿越它的人可以抵达另一头，但具体是哪里，要看是哪一个世界漩涡。法蓝星的世界漩涡不多，基本都掌握在妖域、兽域、魔域，以及各大势力庞大、距离又较近的海域手中。至于人族三域，因为地理环境不同，连一个世界漩涡都没有。

北月殇晨在知道这些信息时，心中无比羡慕。如果蓝域也拥有一个世界漩涡，无论是通往什么地方，都必将有着极大的价值，可以让蓝域的地位大大提升！

由于事务繁忙及地位较高，万骨大君没有亲自带北月殇晨到世界漩涡，而是由一个叫星猿的九阶尸骸生物领路前往世界漩涡。

星猿全身由不同种群的尸骨拼凑而成，近看极像一个四不像怪物，但他偏偏又有人的头骨，直立而行。

北月殇晨来到世界漩涡上空俯瞰时，心中震撼不已。世界漩涡足有十座大型岛屿加起来那么大，从天上俯瞰，它就像是一个吞噬巨兽，将四面八方无穷无尽的海水吸入其中。海潮声如雷霆奔腾咆哮，轰隆作响。

“在快要抵达对面的时候，我们将你们甩出漩涡通道，应该可以理解吧？”星猿看着北月殇晨道。

北月殇晨点了点头，表示可以理解。

世界漩涡是一个具有极大战略价值的神器。这一个世界漩涡的出发点位于污浊黄海近海范围内，位置暴露了也没事。但通道的另一边就不再是他们的海域，一旦位置暴露，必然会引发世界漩涡近处种群的争夺。万一世界漩涡失守，污浊黄海不但会失去一个战略神器，还会时时刻刻面临其他种群的威胁。

第78章

穿越封锁线

此时站在星猿旁边的只有北月殇晨和三十名灵体，另外五名灵体则在北月殇晨的远程操控下，将他的肉身运输到世界漩涡处。

世界漩涡的确是重要的战略神器，但它实在是太巨大，而且又位于污浊黄海北方圣城的北海，所以守备力量不算太夸张。五名灵体经历了些曲折，最终还是将北月殇晨的肉身运送到了世界漩涡的边缘。

“走吧。”星猿说了句话，便与北月殇晨及众多灵体一起坠入漩涡。轰隆隆的海水流动声在耳中响起，仿佛时刻不停的炸雷炸响。

坠入漩涡后，北月殇晨身上没有沾染上一滴海水，没有闻到腥咸的味道，他的视线范围内闪烁着七彩的光芒。他和众多灵体在星猿的引导下穿梭于其中，七彩光芒外是瞬间变换千万次的景色。

北月殇晨看不清那些景色的具体模样，但从颜色上可以判断出是一成不变的蓝天和蓝海。

在七彩通道内穿梭了约莫五分钟后，星猿转头看向北月殇晨，颌骨上下翕动，发出了声音。

这些声音所代表的语言，源自他全身尸骨主人生前所属的种群，有人族语，有妖怪族、精怪族语，有兽人族语，甚至有魔族语，声音传到北月殇晨耳中，让他能够听懂。

“对不住了，冥神大人。”

星猿的话音落下，一股强风从他右手形成，席卷向北月殇晨及众多灵体，将他们包裹住，撞向七彩通道。北月殇晨并没有抵挡。

只听见一道清脆的玻璃破碎声，北月殇晨及众多灵体将七彩通道撞得七零八落，而后被重重地甩出去，眨眼间便坠入无尽的大海之中。

星猿显然是将北月殇晨当作一名十阶星神来对待了，因此没有刻意控制自己的力量。那股风虽不强，但也不弱，幸好北月殇晨有幽冥珠镇压灵识，否则的话，灵识非溃散不可。

在撞出七彩通道，见到海洋前一刻，北月殇晨远程影响五名灵体，让他们带着他的肉身也撞出七彩通道。在他刻意的控制下，双方之间的距离非常近。

因为星猿掀起的强风，北月殇晨的灵识昏沉了好一会儿才反应过来，而后他开始观察四周，发现自己在一片四面八方都望不到尽头的海域。

他先判断了自己肉身的位置，然后远程操控五名灵体将其运输过来。双方很快便碰面了。灵识归体后，北月殇晨这才辨识了方向，转头向岩浆赤海而去。

他一边飞，一边思考接下来的计划。

污浊黄海那边，他虽然利用二十名灵体暂时延缓了与幽灵青海的联盟，同时还在污浊黄海心中扎下一根刺，让他们觉得幽灵青海在研究灵体与尸骸的共生进化之路。但这治标不治本，想要真正挫败两海的谋划，必须要集全法蓝星之力才行。而他首先要做到的，便是利用一切可以利用的力量，进入幽灵青海寻找证据，寻找幽灵青海祸乱法蓝星、再演大灾变的证据。

他知道封锁幽灵青海的力量是大天神级的，那么他就要用大天神的力量来破开它。哪怕只有一个微小的缝隙，也足够让他进入其中。

岩浆赤海应该会有这样的力量。

“也不知道阿离怎么样了。”北月殇晨轻轻一叹，加快速度飞向岩浆赤海。

由于污浊黄海的世界漩涡出口临近幽灵青海，从他现在的位置飞往岩浆赤海，着实有点远。

飞了足足五天后，空气中的火元素才开始缓缓增加。不过，总算是近了。

临近岩浆赤海远海，北月殇晨开始小心起来。

魔域一心想扫除统治法蓝星的所有阻碍，时隔三百多年再次出现的七神珠，必将受到他们的特殊对待。别说一个月、半年，哪怕是两三年，只要他们没拿到幽冥珠，便会继续在岩浆赤海范围布控。说不定火黎大陆本土也因为他而受到魔域的“关照”。

为保万全，北月殇晨经常将灵识沉入幽冥珠中，观察灵爆现象。

果不其然，北月殇晨很快便在岩浆赤海的远海发现了大量魔族生物。对方基本是以一名九阶巅峰魔皇加上大量七八阶魔皇为队伍在搜寻他。

在幽冥珠中，九阶巅峰魔皇表现为一颗黑色的星星，星星旁有庞大而诡异的虚影在闪烁。在黑色星星的四周，有不少黯淡的星星和细碎的黑色粒子，显然是低阶魔族生物。

魔族来自魔兽星，灵识天生独特，在北月殇晨眼中根本无法藏匿。

在学会分辨境界后，北月殇晨开始观察魔族生物的搜寻范围、巡逻路线图，以此规避风险，规划路线。

他谨慎小心，直到彻底搞清楚这一切后，才深入海底阴影处，前往岩浆赤海中心的火黎大陆。

其间北月殇晨不得已也会临近魔族生物，他不敢用眼睛去看，只用灵识去观察，敛息等待，不敢冒任何风险。

在这种情况下，速度不可避免地会很慢，但绝对安全。至于那三十名灵体，则被收入灵识元器瓶中了。

这就是灵体的好处了，能大能小，能缩能伸。

五天!

北月殇晨用了足足五天，才终于穿越数百名魔族生物组成的封锁，远远地看见了火黎大陆的海岸线。

火黎大陆的海岸呈红色，像是一条永恒燃烧的火线。

来到海岸线近处时，北月殇晨看到岸上有许多火黎族人在巡逻，几乎每隔五公里就有一队人马。

虽然他们肯定是在防范幽灵青海和魔族，但他不敢贸然现身，害怕自己的出现引发误会。到时候一旦爆发战斗，必然会引起近处魔族生物的注意，继而导致难以想象的后果。

北月殇晨准备直接潜入火黎大陆，去寻找火离姬。

火黎族人擅长使用火元素，灵识方面的能力也不弱，但比起魔族生物，自然是差远了。

北月殇晨能穿越魔族生物的封锁线，难道还找不到进入火黎大陆的突破口吗？

事实上，北月殇晨只用了半小时便成功找到了一支灵识较弱的巡逻队伍作为突破口。他飞快布置出一个灵识幻象迷宫，让他们不知不觉地陷入幻象中，而后化作黑暗元素体，进入海岸线后的森林中。

火黎大陆的泥土、石头、树木、杂草大都是火红色的，有的甚至燃烧着火焰。河中流淌的是岩浆，里面有身披火红色鳞甲的鱼类在游动、跳跃。天空中的云也是火红色的，被太阳照得越发鲜红。

北月殇晨在穿越一片区域的时候，还感受到了火雨。

这样的环境对人族来说，绝对是一个地狱！

北月殇晨没来过火黎大陆，但自小跟火离姬一起长大，他看过不少相关的书籍，因此惊奇归惊奇，但也能按捺得住情绪。

循着记忆中曾经看过的火黎大陆地图，北月殇晨沿着临海的森林边缘一直向东飞，不出两小时便看到了一座雄伟的城市。

从天空俯瞰，这座雄伟的城市四四方方的，西北、西南、东北、东南四角处各有一根巨大的火红色石柱，其上刀削斧凿地刻画着无数玄奥的火之元纹，其中不乏一些神纹。

仔细观察，那四根石柱开有许多孔，从中伸出一根根火红色的炮管。

在石柱的顶端，有一个圆形石台，此时正有数十名身披火甲、手执火枪的士兵在来回走动。

四根石柱之间，有四面长如山脉的城墙，城墙上的“山脊”极宽，足以让十辆马车并行，上面正驻扎着大量严阵以待的军队。

北月殇晨化身黑暗元素体，飘浮在空中，仔细观察下方，但找不到一处有疏漏的地方。无奈之下，他只得又找到一支灵识较弱的巡逻队，迅速布置灵识幻象迷宫，将他们迷惑住，然后入城。

至于城主府的位置，他之前在高空时已经看得清清楚楚。

从城墙的阴影处走入城中，北月殇晨来到城池主干道上。街道两旁所有的店铺都大门紧闭，居住区也看不到人，沿路只有巡逻的火黎族士兵，但他们位阶不高，发现不了隐身的北月殇晨。

站在阴影处的北月殇晨仔细感知巡逻士兵们的位置和状态，却意外发现城中竟然有火离姬残留的气息。

他曾在火离姬身上留下过灵识碎片，不可能感知出错。

他心中顿时产生了欣喜之意。

北月殇晨生于黑暗之城，精通刺杀潜伏技能，加上镜花水月和幽冥珠掩盖掉他的元素和灵识气息，无论是寻人还是藏匿的技巧都已经炉火纯青。

不多时，北月殇晨按照记忆找到了城主府，然后，他又在城主府内的修炼室找到城主。

不过，他没有贸然现身，而是向这名九阶强者远远地发出了灵识维度的声音："你好，我是火离姬的朋友北月殇晨，我来自蓝域。我并没有恶意，请你不要慌张。"

当北月殇晨的声音在灵识中响起时，火光蛮正在闭目恢复因战斗而消耗殆尽的火元素之力。听到声音后，他猛地一惊，心脏都差点要跳出来了。

这里可是火蛮城的城主府，而火蛮城是火黎大陆的沿海重城，是他火光一族经营了数百年的大本营。

这个北月殇晨究竟是什么来头，居然可以无视城内的守备力量，无视城主府的结界，在他灵识之内发出声音。最重要的是，现在岩浆赤海已经被魔族给封锁了啊，他是怎么穿越封锁线来到火黎大陆的？

火光蛮用了好长时间才平复了情绪，缓缓睁开眼睛，佯装镇定地向面前空荡的修炼室前方发出声音。

"你有证据可以证明自己是北月殇晨吗？"火光蛮声音低沉。

北月殇晨闻言越发欣喜。

火光蛮似乎听说过自己的名字，肯定是因为火离姬。

“嗯？”北月殇晨想了想，道，“她应该说过我是天生黑暗元素体吧？我可以现身，让你感知清楚，我只有六阶。”

“那你出来吧。”火光蛮站起身。

不管北月殇晨是敌是友，或者是不是北月殇晨，火光蛮都想看见他。

第79章

齐灵

火光蛮话音落下后大约几秒钟，修炼室东南侧的角落里，一团阴影渐渐蠕动。一团精纯的黑色元素渐渐升高，而后形成一个人影，正是北月殇晨。

火光蛮看着眼前一身黑衣的少年，眯了眯眼睛，浑厚的火元素在体内疯狂流转，仿佛顷刻间便会倾泻而出。与此同时，他的精神力也散发向北月殇晨，感知着北月殇晨主动溢出的黑暗元素，质与量果然都是六阶水平。

火光蛮身材高大，足有两米多高。他居高临下地看着北月殇晨，仔细打量，好半晌才终于放下戒心，向北月殇晨道："我确定你是北月殇晨了。"

"你对我好像很了解。你跟阿离很熟吗？"北月殇晨好奇地问道。

"还行吧。"火光蛮看着北月殇晨，语气有些古怪。

"那我可以问一下她的近况吗？她现在在哪里？"北月殇晨问道。

"她挺好的，你不用担心。"火光蛮显然很信任北月殇晨，道，"她现在在落阳城，我们火黎族的圣城。"

说着话，火光蛮看了北月殇晨一眼："你还不知道吧？她已经是我们火黎族的圣女了。"

"圣女？"北月殇晨很是惊讶。

岩浆赤海的火黎族人虽少，但强者众多，比蓝域要强。火离姬能够成为一族圣女，地位可想而知。这就是她没有回蓝域的原因吗？

此时距离他们约好回蓝域的时间已经过去很久了，但北月殇晨通过灵识感知，确定她从没离开过岩浆赤海。

"多谢城主了，还不知道您尊姓大名。"北月殇晨看向火光蛮。

“我叫火光蛮。你不用跟我客气，你是圣女的朋友，自然也是我的朋友。”火光蛮顿了顿，道，“但你去不了落阳城。你知道落阳城为什么叫落阳城吗？”

“是哟。”北月殇晨突然想起来自己以前看过的资料。

落阳城据传是太阳落下的地方，即便是火黎族，也只有达到火圣级别，或是自幼出生在方圆千里范围内才可以进城，外族如果过去，立刻就会被烧成灰烬。

正当他有些郁闷时，火光蛮又道：“你去不了，但我可以帮你通知她。”

“那太感谢了！”北月殇晨惊喜道。

“她现在是火黎族的圣女，也是火之圣兽的主人。我族圣兽齐灵可以在法蓝星每一粒细小的火元素间跳跃穿梭，也可以听见每一粒细小的火元素周围传去的声音。只要掌握相关的方法，就可以联系到它。”

火光蛮一边向北月殇晨解释，一边从眼前抓出一粒肉眼看不见的火元素。

也不见他怎么施展能力或者说话，就忽然向北月殇晨说了句：“好了，接下来等着就行。”

北月殇晨看到这一幕，有点惊讶，有点将信将疑，但是下一秒，一个巨大而狰狞的头忽然出现在他的面前！

这颗巨大而狰狞的头是有着浓密红色鬃毛的狮子头，狮子头上有一双铜铃似的虎眼、一对红色鹿角。狮子头下面则是一具披着红色龙鳞的修长麋鹿身体，身体尾部有一条燃烧着火焰的牛尾。这头异兽此时正凑到北月殇晨的脸前，用好奇的目光打量他。

北月殇晨被它突然凑近的举动吓了一跳，可紧跟着，他看到了异兽脊背上坐着的红发女子。她身材高挑，穿着用密集鳞甲编织的火红色长裙，正是火离姬。

在北月殇晨望向她的同时，她也在用一双压抑不住激动的金红色眼睛望着他。她自然就是火离姬，而她身下的异兽则是火光蛮口中的齐灵，即“齐天之灵”。

北月殇晨对这头异兽有所耳闻。据古老的传说，齐灵是法蓝星诞生之初，天地间最精纯的火元素孕育出的神兽，后来栖息在火黎族的圣山中，自被火黎族最伟大的先祖收服后，便一直是火黎族的圣兽。

火离姬虽然是圣女，但也不应该骑在这头圣兽身上吧？要知道它可是一名大天神级别的存在，至少曾经是。

“对不起。”许久不见，火离姬对北月殇晨说的第一句话就是道歉。

“没什么对不起的。”北月殇晨自然知道火离姬在为什么道歉，但他理解火离姬，她必然有充分的理由才会留在岩浆赤海。而且说实话，她即便跟随他的脚步回蓝域，也不会有太大的用处。

北月殇晨更希望她一切安好。

“一定要说对不起！”火离姬从齐灵身上翻身而下，站在北月殇晨面前。

因为具有火黎族的一些种群特性，火离姬在蓝域的时候，始终戴着一副黑色的面具，即便是北月殇晨，都很少见到她的真面目。但在岩浆赤海，火离姬自然没有理由遮掩自己本就绝美的容貌。

她比以前更美了，不知道是太久没见还是真的有所改变，似乎是气质变了。

北月殇晨明白，身份不一样了，境界不一样了，整个人也会变得不一样。不过从她的眼神和语气来看，她依旧是她。

“那就把这段时间来发生的事，原原本本说给我听吧。”北月殇晨想了想，道。

“好啊！”火离姬话音落下，直接在北月殇晨面前席地而坐。

这里是火光蛮的修炼室，地面上铺着一层价值极高的火晶石，盘坐在上面异常温暖，而且可以聚集火元素。

火离姬坐下后，下意识地开始修炼，丝丝缕缕的火元素从四面八方向她汇聚而去。她金红色的眼睛渐渐发亮，转头看了一眼一直盯着她看的火光蛮。

她一句话都没说，但火光蛮很自觉，直接转身走了出去。推门而出前，他下意识地看了眼北月殇晨，眼神复杂。

他出门后，北月殇晨这才忍不住打趣道：“你的人气倒是很高嘛。”

“你以为我愿意吗？”火离姬无力地道。

在她说话的时候，齐灵似乎感到有些无聊，巨大的双掌交叉放在地上，头缓缓低下，放在双掌间，闭上眼睛假寐起来。

它呼吸的时候，鼻孔中喷出两股火流，温度极高，令空气都扭曲了。

“说说吧。”北月殇晨朝齐灵努了努嘴。

“当初我来到火黎大陆后，立刻遭到刺杀，幸好遇到了火光蛮。后来在他的帮助下，我才去了落阳城，见到了火黎族的当代族长。”火离姬道。

“刚来就遭遇刺杀？”北月殇晨问道。

从小到大，北月殇晨就知道火离姬身世成谜，因为即便她已经流落到蓝域，被大长老带到偏远的黑暗之城，仍然时不时有火黎族刺客，或者被火黎族收买的人族刺客去刺杀她。如果不是北月煌，如果不是她佯装北月殇晨的侍女，时刻与他相伴，她早就成为一堆枯骨了。

北月殇晨记不清火离姬遭遇过多少次刺杀了，反正他记得连他都被牵连差点死去的刺杀就有四五次。最严重的一次，他为了保护火离姬而受到重创，昏迷了足足一个月。

直到北月殇晨独自加入探险队的前两年，才终于不再有刺杀的情况发生，听大长老说是因为岩浆赤海内部高层有变动。

从那时开始，火离姬就很想回岩浆赤海看看，可始终没有机会，直到上次北月殇晨要去幽灵青海。

“所以你搞清楚自己的身世了吗？”北月殇晨问。

“族长告诉我了。”火离姬点了点头，“我的祖先是火黎族的大天神始祖。大灾变时，我的祖辈大都战死，以至于后来演变出了高层的权力之争。我的一名族叔为了保全血脉，就带着年幼的我去了蓝域，就这样了。”

火离姬的语气很平静，仿佛这一切都跟她无关一样，搞得北月殇晨也不知道她现在究竟是怎样想的。

顿了顿，他又问：“那现在的情况呢？”

“现任族长是我父辈的学生，她在几年前掌权成功，于是拨乱反正了。”火离姬说起火黎族的当代族长时，眼中有光，似乎很崇拜，“她听我说了我们驱动原初火炮的事，判断我的血脉可能返祖了。后来事情得到了确认，她就让我去解决齐灵的事。”

火离姬转头看了一眼齐灵，又转回来继续望着北月殇晨，道：“它当初也是一名大天神级别的存在，但在大灾变时受到重创，境界暴跌，灵智也下降了。近年来，它曾多次爆发无端的怒火，如果不是有火黎族的强者看顾，早就酿成大祸了。它天不怕地不怕，唯独害怕我的先祖。后来，经过我的血脉驱动先祖遗物，这才将它降伏了，所以它一直黏着我。”

“我说它的灵识怎么是残缺的。”北月殇晨这才恍然大悟。

“你有办法解决吗？”火离姬眼前一亮，她跟齐灵朝夕相处了近一年时间，感情已经很深了。

“我暂时还不会修复残缺的灵识，而且没有经验，不敢贸然下手。”北月殇晨摇了摇头，“但我会努力研究的。”

齐灵虽然境界暴跌，但依旧有着星神级的实力。万一因为灵识被触动，变得疯狂起来，它自己不会有事，但北月殇晨会死！

“我会帮你。”火离姬道。

“说说后来的事情吧。”北月殇晨点了点头，笑了笑。

“我本来想去找你，但离了我后，齐灵的状态变得很狂暴。而且不只是这样，那段时间前线斥候说幽灵青海有异动，魔族也在暗中封锁海域，贸然出海实在太危险了。”说这段话的时候，火离姬既纠结又苦恼。

“没关系。”

在魔族封海的情况下，火离姬的确出不去，毕竟不是人人都跟北月殇晨一样，有各种各样的手段、方法。

第80章

落阳城

“但我也是在确认你安全后才决定留下的。”火离姬转头指了指齐灵，道，“它虽然境界暴跌，失去了穿梭于全法蓝星的能力，但在岩浆赤海还是可以的。除此之外，它还能听见全法蓝星所有火元素周边的声音，同时弱弱地控制它们。幽灵青海的火元素虽然少，但还是有。它花费了些时间，最后还是找到了你。”

北月殇晨看向齐灵，露出惊讶的神色。

“后来，你穿越无尽蓝海回到蓝域不久，幽灵青海便突然袭击我们，幸好我们有所防范，你的消息也及时传来，让我们免遭了许多损失。”火离姬看着北月殇晨，“我知道在月阳城发生的事。你还好吧？”

“我挺好的。”北月殇晨闻言一愣，旋即笑了。

其实他内心深处说不上好，也说不上不好。

他和父亲和解了，心结打开了，也见到母亲了，知道了母亲内心的想法。他轻松了很多，但他毕竟彻彻底底地失去了母亲，曾经的希望也彻底破灭了。

这半年来，他其实一直都将悲伤藏在心底，不敢去触及，因为他有太多重要的事要去做，现在还没有到释放悲伤情绪的时候。

火离姬从小跟北月殇晨一起长大，对他的眼神、表情，乃至于一些微表情和语气都非常地了解，所以可以判断出此时北月殇晨内心的真实想法。

她没有继续追问，而是道：“我最后得到你的消息，你忽然从大海上消失了，不知道去了哪里，我都急死了，幸好你没事。”

“我遭遇魔族生物，意外卷入了一个世界漩涡，去了污浊黄海。”北月殇晨解释道。

“世界漩涡？污浊黄海？”火离姬语调上扬。

北月殇晨当即将污浊黄海发生的事告诉了她。

火离姬听完后，神情有些恍惚，她没想到北月殇晨已经成长到连星神都能蒙骗的地步了。

要知道，北月殇晨忽悠的可是污浊黄海和幽灵青海，法蓝星两大巅峰势力。她本来还对自己年纪轻轻便成为七阶火圣有点沾沾自喜，但现在那种得意彻底消失了。北月殇晨虽然才六阶，但办成的事要比她办成的厉害得多。

相比之下，她穿越封锁线来到火黎大陆的事情简直不值一提。

“你刚才说你有办法打破魔域结界，是什么办法？”火离姬忽然问道。

“当然是原初火炮。”北月殇晨道。

“可能不行。”火离姬闻言，迟疑了一下。

“为什么？”

火离姬组织了一下语言，道：“这半年来，整个法蓝星都因为幽灵青海的行为而大动干戈。但因为互相之间的敌视和仇怨，没有达成联盟，所以无法对幽灵青海造成致命的威胁。而幽灵青海又有魔族帮助，现在小规模的战争当然没什么，但如果谁敢直接打破魔域结界，必然是直接向魔域宣战。枪打出头鸟，我们族长是不会同意的。”

“呵呵。”北月殇晨闻言忍不住冷笑。

是，所有域境都害怕魔族，不敢直接与他们交恶，可难道就这么放任他们一点点布局吗？

真是荒唐！

可北月殇晨也知道，这涉及面太广、太复杂了。他只能轻声一叹，而后坚定地道：“可我必须要进去，我要让诸域联盟。”

所有域境都知道幽灵青海发动了惊天动地的大祸事，和魔域联手，与污浊黄海眉来眼去，野心勃勃，但诸海诸域谁都没有亲眼看见幽灵青海的切实威胁和计划，以及它将来会对法蓝星造成的伤害。

在内部势力掣肘的情况下，所有种群都无法下定决心不惜一切代价地去攻克幽灵青海。

必须有切实的、让所有生灵胆寒的证据！那样他们在各自的族内，才会争取到更大的话语权，到时候全法蓝星才会众志成城！

要证据，北月殇晨就必须进入幽灵青海！

火蛮城城主府的修炼室中，北月殇晨和火离姬静静地对视，陷入长久的沉默。

北月殇晨必须去幽灵青海，但他不能道德绑架火离姬，让她拿全火黎族去冒险。火离姬不能那样做，也没有资格那样做。

片刻后，火离姬率先开口了："虽然不能用原初火炮，但我们可以去问问族长，看看她有没有什么办法。"

"好。"北月殇晨闻言，只得点点头。

火离姬起身拍了拍身旁的齐灵。

齐灵睁开铜铃大眼，打了个响鼻，喷出两条火柱，这才抖了抖身上的毛，站起身来。

齐灵巨大的身体像座小山包，北月殇晨只能仰望。

"上来吧。"火离姬向北月殇晨伸出手。北月殇晨毫不犹豫搭上火离姬的手，而后两人一起跃至齐灵的脊背上。

坐在齐灵宽阔的脊背上，北月殇晨只感到有些温热。但齐灵不耐烦地转过身看了北月殇晨一眼，打了个重重的响鼻。

也不见它有任何多余的动作，四蹄猛地抬动，一撞之间便让空间破碎。

下一秒，北月殇晨眼前的画面骤变。

他似乎来到了海洋中，只不过这片海洋是火焰的海洋。

一颗颗、一粒粒细碎的火元素像是水滴，交织组成的海洋温度高得可怕，但北月殇晨坐在齐灵身上，双手搂住火离姬的腰，没有受到丝毫伤害。

齐灵穿梭在火元素之间，现实中的距离不断变化，只不过三秒钟的时间，齐灵便穿梭元素，回到现实世界。

当眼前的画面再度恢复正常时，北月殇晨还没有从震撼中清醒过来。

忽然间，北月殇晨察觉火离姬在翻身而下，悬浮在空中的时候，始终牵着自己的手。

火离姬似乎感觉到了北月殇晨的诧异，转过头，面不红心不跳地看着他，道："落阳城是太阳下落之地，火元素浓郁到极致，外族到来必须得有异宝才可以自由行走，我身上现在没有，只能这样。"

"哦。"北月殇晨握紧她的手，突然想到自己和火离姬刚才走得急，都没跟火光蛮道别。

火离姬似乎看出了北月殇晨的想法，摆了摆手，道："没事。"

事已至此，北月殇晨还能说什么？他只得环顾四周。

这里似乎是一处洞府。

洞府中镶嵌着各式各样以火红色为主的晶石，它们覆盖在洞穴的每一处角落。而齐灵回到这里后，发出舒适的叫声，轰然一声趴在火晶石上。

火离姬拉着北月殇晨向洞穴外走去，一路都由火晶石照明，直到前方的光芒越来越强烈。

片刻后，他们来到洞穴外，眼前豁然开朗。

他们此时处在一片悬崖上，悬崖下方一直蔓延到视线尽头的地方，是一片长满茂盛红草的平原，在平原的中央，则有一座雄伟的城池。

城池上空凝聚着一条条火元素巨龙。

越过这座城池，更远的地方是一座高耸入云的山峰，山峰整体通红，隐约可以看见云雾缭绕中的红色岩浆。那岩浆上仿佛有东西在轻轻挪动身躯，引发震动，让云雾翻卷。

在城池的东方，有一株接天连地、高度不亚于远方火山的巨木。这巨木怕是数万人都难以环抱住，看似是树，实际上是一座树山。那一根根粗壮的枝丫蔓延四方，枝丫上有树屋组成的小型城市，有红色的飞鸟在高亢地鸣叫，环绕飞行。

"落阳城，火黎山，焚天木。"火离姬一一向北月殇晨介绍道。

"落阳城是火黎大陆的中心，全岩浆赤海的有志之人全都向往着来这里。火黎山是齐灵诞生的地方，也是很多异兽、神兽的家，是被保护的神山。如果只是看的话，你觉得焚天木和火黎山哪个高？"火离姬转过头来，看着北月殇晨。

北月殇晨闻言笑道："既然你都这么问了，那应该是焚天木吧。"

"没错，很聪明。"火离姬笑了笑，"外族人只知道火黎山造就了岩浆赤海，殊不知焚天木扎根火黎大陆，是岩浆赤海的根基，岩浆赤海的诸多异宝全是上面诞生或出产的。"

火离姬一边介绍，一边拉着北月殇晨的手，向焚天木的方向飞去。

"族长不太理会俗世杂事，全都交由专人负责，她自己则一直都在焚天木中修炼。"火离姬道。

"中？"北月殇晨挑了挑眉，"不是根基吗？还给钻了个洞？"

"不是。"火离姬摇了摇头，"岩浆赤海才诞生不久，一头头火系神兽相继孕育而生。其中有一只虫子，后来破茧化作了一只神阶的飞蛾。而在它幼年的时候，有一只神鸟一直想吃它，所以在焚天木上留下了很多鸟喙啄出来的孔洞。由小至大，从孔洞的大小可以看出那只神鸟的实力境界。"

"焚天木内火元素很浓郁吧？"北月殇晨猜道。

"比落阳城浓郁，比火黎山浓郁，因为焚天木就是太阳栖息的地方。"火离姬抬了抬头，"只不过连族长以及先祖都没飞到过焚天木的顶端。因为一旦到了特定的高度，空间就开始混乱，无法正常飞行。"

"难怪呢。"北月殇晨这才恍然。

说实话，虽然落阳城有"太阳下落之地"的称号，但北月殇晨是不信的。因为以太阳的温度和大小，如果落到岩浆赤海，整个无尽蓝海的海水怕都会蒸发。但有混乱的空间隔绝，就说得过去。

两人朝上飞行了大约三个小时，这里的枝干上几乎已经没有了木屋和火黎族人，只是在主干上巨大的孔洞中，有一个个气息强大的火黎族人在闭关修炼。

又过去半小时，北月殇晨和火离姬终于抵达了目的地。

这是一个比火蛮城城门更加庞大的孔洞，洞中火焰熊熊燃烧，让人无法靠近。

飞了几个小时，北月殇晨也累了，他忍不住转头问道："我们刚才为什么不让齐灵直接跳跃过来呢？"

"它的跳跃会干扰火元素的排列，影响族长修炼。"火离姬道。

“原来如此。”

来到火黎族族长闭关的孔洞后，火离姬没有再带着北月殇晨往里面飞，而是静静地等待。

几秒钟后，火焰骤然间变化形状，凝聚成一个巨大的人脸。从眉眼上来看，它的主人应该是一名女性。

第 81 章

火玄甯

“族长。”火离姬面向巨大的火焰人像，抬起右手放在胸前喊道。

北月殇晨学着火离姬的样子行礼，与此同时，他还在心中猜测火黎族族长的实力。

法蓝星上许多势力都会对外展露自身的最强战力以震慑群敌，比如幽灵青海的冥王是十二阶大天神，虽然是初入大天神阶。

兽域的域主自然也是大天神。

魔域则更不消说，光外人知道的便有数名大天神，不过几乎都在沉睡。

岩浆赤海从未对外公布过自己族内的强者数量，也没人知道火黎族族长是什么境界，不过北月殇晨对她仍然保持着最高的敬畏之心。

“族长，他就是北月殇晨。”火离姬向火黎族族长介绍道。

那火焰人脸双眼部分的火焰轻轻地摇曳，似乎将目光落在北月殇晨身上，仔细地打量。

“你想进入幽灵青海？”

火黎族族长火玄甯料到了北月殇晨的来意，声音如火焰爆炸，轰隆作响，完全不像是女声。

事实上，火黎族人是雌雄同体，他们的后代全靠自身分裂诞生。在成长的过程中，火黎族人会因为各种各样的因素，导致自身的性格偏向于男或者女。

火离姬自小在蓝域长大，一直以来都认为自己是女性，所以她就是女性，无论是身体还是内心。

“是的。”北月殇晨有些惊讶，同时点头。

"这很难，封锁幽灵青海的结界是大天神的手笔，但也不是完全没有办法。"火玄甯道。

北月殇晨闻言先是心中一凉，旋即眼睛一亮。

"其实齐灵有能力带你去幽灵青海，幽灵青海里也有灵识之火嘛。但是它现在状态很差，除非可以帮它恢复状态。它现在的虚弱状态，主要由两部分原因造成，一是体内缺少足够多的原初之火，二是它的灵识残缺不全。而这两大缺陷，你都可以帮忙补全。"火玄甯道。

"您说，怎么办？"北月殇晨问道。

"你当初在原初火炮上留下了灵识气息，以此作为定位，加上阿离的驱动，可以直接将原初火炮上的原初之火送来。"火玄甯道。

"原初火炮就在那里，其实您可以自己去取呀。"北月殇晨有点疑惑。

"我不能离开。"火玄甯道，"最近魔域蠢蠢欲动，对各族各域虎视眈眈，族内的强者也不能离去。但如若他们不去，无论谁去都不妥。"

北月殇晨点点头，表示明白。

"那补全残缺不全的灵识呢？"北月殇晨问道。

"听说你身上有一个灵识秘宝，还会聚灵？"火玄甯道，"我猜应该是幽冥珠吧。"

火玄甯话音落下，北月殇晨陷入短暂的沉默。

火离姬则有些不安地看了北月殇晨一眼。

"不是她告诉我的。"火玄甯看了一眼北月殇晨，"惹得魔族那么大动干戈，除了七神珠，还能有什么？"

北月殇晨闻言点了点头，的确如此。

"我有一个特殊的聚灵法门，以幽冥珠为核心，可以将齐灵散落在法蓝星各处的灵识聚集过来。"火玄甯道。

"既然您觉得可以，那就这么办吧。"北月殇晨道。

火玄甯提供给他的已经是最好的方案，由齐灵跳跃到幽灵青海中的某处灵识之火中去，总好过他用原初火炮在结界上轰出一个洞，然后吸引全幽灵青海和魔域强者的注意力来得好。

进去的方式隐蔽，他才能更好地隐藏行迹，寻找幽灵青海意图颠覆法蓝星格局的证据。

“你们进来吧。”

火玄甯的声音响起时，她那张由火焰凝聚的脸轰然溃散，被火焰所笼罩的路也渐渐显现，地面上铺着巨大而亮眼的火红色晶石。

火离姬牵着北月殇晨的手，踏着晶石路向焚天木的内部走去。

焚天木极其粗壮，从它的表层走向内里，不亚于从火黎山外走向其内部。空气中的火元素急剧增加，但无法靠近火离姬和在她庇护下的北月殇晨分毫。

大约半小时后，北月殇晨终于来到了焚天木的中心。

这里环绕着一圈圈的台阶，像是年轮。台阶逐级升高，最高处的位置上盘坐着一个身穿红色大氅的女子，大氅覆在年轮台阶的高层，鲜红夺目。她面部模糊，令北月殇晨看不清她的长相。

见到北月殇晨后，这名女子朝他洒下一片红光，红光落在他的身上，在他惊讶的目光中缓缓进入其体内。

下一刻，火离姬松开了北月殇晨的手，但北月殇晨没有被烧成灰烬。

“这是焚天木上诞生的火精灵，具有自主意识，可以在你面临危险时护你周全。”火玄甯的声音传来，“你现在就定位此处吧，让火离姬来驱动原初火炮。”

她说话的时候，齐灵忽然从空中探头探脑地走了出来，而后随便在台阶上找了个位置趴伏下去，静静地闭目养神。

北月殇晨闻言深吸了一口气，然后缓缓将灵识沉入幽冥珠中去。

他对火玄甯没有防备之心，倒不是说他真的没有，而是有也没用。

火玄甯即便不是十二阶的大天神，也绝对是十一阶巅峰的月神，又是在火黎大陆的中央位置，想杀他夺取幽冥珠比踩死只蚂蚁都简单，不过火玄甯显然没有抢夺幽冥珠的意思。

北月殇晨的灵识进入幽冥珠，其灵识感知、引导和定位能力立刻被无限放大，他的灵识思维开始发散，在幽冥珠的帮助下逐渐蔓延。

很快，他感受到了火蛮城中自己留下的气息，感受到了岩浆赤海外海残留的气息，感受到了无尽蓝海上残留的气息。

一路向东，他感受着沿途他留下过灵识气息的所有地方。

也不知道过去了多久，似乎过去了一秒钟，又仿佛已经过去一年。

北月殇晨猛地惊醒，看到了自己留在原初火炮上的灵识气息。原初火炮此时的状态比他和火离姬初见它时更不稳定，随时都会爆炸。

找到原初火炮的位置后，北月殇晨引出些许灵识之力，帮火离姬也灵识出窍，来到幽冥珠内的世界，让她感受原初火炮的气息。

在火离姬的灵识视野当中，原初火炮似在眼前，她当即用自己的灵识轻轻地触动原初火炮上的火元素神纹。

下一刻，远在亿万里之外的龙目岛忽地轰隆震颤起来，树木在剧烈地摇晃，群鸟振翅而起，山石不断砸落到海中，激起惊天的浪潮。

几秒钟后，一道火红色的光柱无声地从火山口喷发，直冲高空，很快便消失在云层中，也不知道去了多高的地方。

这道火柱维持了三分钟左右，直到最后一缕尾焰消失，整座龙目岛恢复平静。

紧跟着，岛屿上的绿色改变了颜色，变成了灰色。飞鸟们化作石头，从天空无力地坠落。岩石也都化作灰色，没有了重量。

一阵微弱的海风从海洋吹来，整座岛屿竟像是沙砾堆成的一样，无声地消失在了海中。

与此同时，那火焰光柱在云层中继续向上，似乎有冲出法蓝星的意思。不过最后它忽然朝西北方向拐了一个弯，以不可思议的速度飞去，所过之处，留下了长长的尾焰，吸引着下方生灵的注意。

也不知道过去了多久，火柱的正前方出现了一株接天连地的巨木，距离逐渐拉近，巨木主干上清晰可见一个火红色的圆洞，火柱正巧冲入其中。

这里自然就是焚天木内，火玄甯修炼的地方。

此时巨木中心，齐灵已经睁开铜铃巨眼，兴奋地望向远方。

“轰！”

火柱重重地撞击在齐灵的身上，将它整个吞噬，却没有产生爆炸，而是从它的鳞甲皮毛中钻入其体内。有部分溅射的火焰落在北月殇晨身上，吓了北月殇晨一跳，但他紧跟着便惊奇地发现自己竟然没有受到伤害。

他脑子里立刻想起了刚才火玄甯的话。

那些诞生自焚天木的火精灵可以在某些特定的情况下护他周全。他本来以为只是让他可以安全地行走在焚天木和落阳城呢，万万没想到还可以抵御原初之火。

这也是让他感到惊讶的地方，须知原初之火可是大天神才能掌握的火焰。

他的思维继续发散，既然这些火精灵可以抵御原初之火，那么其他较为低阶的火焰呢?

那他以后面对火元素修炼者的时候，岂不是占尽优势? 火黎族族长给他的火精灵到底是什么神物啊?

北月殇晨准备事后一定要找火离姬好好问清楚，只不过现在他的注意力全都在齐灵的身上。

沐浴着原初之火，齐灵的气势飞快地提升。它不时发出喜悦的吼叫声，声音回荡在整个空间内。

北月殇晨此时已经停止了定位，火离姬也不再驱动原初火炮，齐灵自己就可以吸收不断飞来的原初之火。

整个过程差不多持续了半小时，直到所有的原初之火都被齐灵吸入体内，它猛地一跃，消失在原地。而后过去几秒钟，震耳欲聋的咆哮声从外界传来，震得整个洞都在剧烈地颤抖。

整座落阳城的城民都听到了齐灵的吼声，感受到了它的欣喜，忍不住纷纷议论起来。

不多时，齐灵又从火元素中回到了原地，然后朝北月殇晨走了过来，低头注视了他一会儿，用庞大的头蹭了他两下。

北月殇晨猝不及防地被齐灵撞到，差点跌坐在地上，幸好他强行用黑暗元素稳住了身体。

火离姬见状忍不住笑了。

“补充它体内的原初之火很简单，但聚灵是一件非常耗时的事，我先教你聚灵之法。”火玄甯看到齐灵的状态，心中很是欣慰，于是看向北月殇晨道。

说话的时候，火玄甯站起了身。

这时北月殇晨才发现她那用大氅围住的身躯，从腰部以下，尽是熊熊燃烧的原初之火，只是不如原初火炮中的原初之火那么纯净。

她应该是十一阶巅峰月神，正在朝十二阶大天神迈进！

第82章

成功的计划

火玄甯御火来到北月殇晨的身前，伸出右手，轻轻地放在他的头上。

下一秒钟，北月殇晨眼前浮现一道庞大如山岳的火红色身影。

这是火玄甯的灵识。她的灵识非常强大，比他的要厉害千百倍不止，只是静静地悬浮在那里，便让他的灵识微微颤抖。

北月殇晨甚至觉得她比冥一更强，仅次于现任冥王。蒙特那种层次的十阶冥神的灵识强度也被她远远甩开。

在北月殇晨意识到这一点的同时，无数知识从火玄甯的灵识中狂涌而出，灌注到他的脑海中。

被知识潮水急速袭击，北月殇晨头脑昏沉，许久才恢复过来。

等到完全恢复的时候，他已经清楚火玄甯的灵识为什么强大，知道聚魂秘法为什么以幽冥珠为核心了。

因为火黎族的先祖正是幽冥珠的主要炼制者之一！

七神珠由法蓝星无数至强者炼制而成，火黎族繁衍后代的方法是分裂，他们不只分裂自身元素之力、自身的境界、自身的知识，也会分裂自身的灵识。为了分裂成功，他们的境界、灵识都必须非常强大，所以早在万年前就开始研究灵识，比幽灵青海的诞生还要早得多。

火玄甯灌注的知识很多，北月殇晨用了大半个小时才消化了一部分，但已经基本搞清楚要怎么使用聚魂秘法。

首先他需要从齐灵残余的灵识那里再切割下一份灵识，然后以此为“黑洞”，从四面八方将它曾经被打散的灵识吸收回来。

因为经过漫长的时光，齐灵的灵识分散得太开，所以要将它们都找回，必然是一个漫长的过程。

北月殇晨想了想，看着火玄甯道：“这段时间可以劳烦您吩咐属下，帮我多多打探七海六域的一些信息吗？主要是各族有没有联手的可能和目前幽灵青海、魔域的动向。”

“我本来也在留意。”火玄甯点了点头。

“既然如此，那我们现在就开始吧。”北月殇晨话音落下，左手轻抚幽冥珠，右手则用灵识之力凝聚出一柄细长的短刃，双脚迈步走向齐灵。

齐灵看见北月殇晨手持灵识之刃朝自己走来，心中有不祥的预感，忍不住低吼着倒退了两步。

北月殇晨进，齐灵退。

北月殇晨再进，齐灵再退。

但是火玄甯闭关修炼的木洞不算大，很快齐灵便退无可退，身体瑟缩在晶石墙壁一角。

北月殇晨也进无可进，站在齐灵的面前，抬头望向它的眼睛，一脸无辜。

齐灵发出低吼，连声求饶，北月殇晨却无动于衷，右手执短刃向它缓缓逼近。

齐灵感受到危险，下意识想要反抗，身体燃烧起熊熊的原初之火，温度骤升。但不远处的火玄甯只是轻轻一挥手，齐灵体内的火元素便全部被禁锢，四周的火元素也都化作了最坚硬的固体。原初之火熄灭，再无法被齐灵点燃和引动，此时的它不再是有通天彻地之能的神兽，而是一只被卸去了爪牙的老虎。

北月殇晨向它露出歉意，右手手起刀落！

一旁的火离姬有些心疼。

“嗷！”

震耳欲聋的咆哮声瞬间响起，掀起凛冽的强风，直接将北月殇晨吹到另一边尽头的晶石墙壁上。

咆哮声连绵不绝，如大海浪潮，传出了树洞，传向了火黎山，传到了落阳城，引发了无数火黎族人的猜测。

被切割下一小部分灵识的齐灵霎时间无力地瘫坐在火晶石地面上，大口大口地喘着粗气，原初之火再度燃烧起来。

北月殇晨向它表示了歉意，走到离火玄甯不远的地方盘坐于地，又远远看了一眼火离姬，朝她点了点头，这才带着齐灵的灵识碎片进入幽冥珠内的世界中。

来到漫天灵识繁星的世界，北月殇晨催动了聚魂秘法。漫天繁星顿时敛去，天穹变得黑暗。

北月殇晨在这片黑暗前看了许久，这才带着齐灵的灵识碎片深入黑暗，开始了寻找之旅。

这一找，便是五天。

北月殇晨的实力毕竟弱，灵识强度也不高，一次性最多在幽冥珠内的世界寻找五天，就要进行短暂的休息。

在他休息的时候，火离姬便去火黎族的秘密机构收集信息，然后将信息带回火玄甯闭关的树洞。

资料信息本是纸质的，但火玄甯兴许是嫌北月殇晨阅读得太慢，只轻轻一瞥，便用灵识传输的方式将那些信息全部灌注到北月殇晨的脑子里。

北月殇晨也只用了一会儿的时间整理，便对所有信息了然于心。

此时距离幽灵青海掀起那场丧心病狂的突袭已经过去了数月，法蓝星无数的种群早就对此进行了讨论，筹备反击，抑或是强烈抗议。

其中，反应最直接、最激烈的有两域——兽域和妖域。

这两大域都派出了族内的强大战力，向幽灵青海发起了强有力的反击，但是由于幽灵青海有魔域的结界庇护，两域一直无法攻入。

兽域一直都是魔域的死敌，所以倒是毫无顾忌，在许多沿海地区对魔域的力量和幽灵青海的城池进行了毁灭性的打击。

妖域内部还有些争执，部分高层认为魔域和幽灵青海联手向全法蓝星动手，约等于宣战，他们应该立刻全力反击，但也有一部分高层认为现在他们还没做好和魔域正面对抗的准备。

最终经过多方的协调和妥协，妖域只派出了部分力量，意在让幽灵青海为突袭事件付出惨痛的代价，但不会主动打响全面战争。

火黎族处于兽域和妖域的海洋中间，是两域的交流和缓冲地区，常年受到两域的威胁。火黎族的武装力量极其强大，本该是对付幽灵青海的主要力量，可因为北月殇晨和幽冥珠，魔域将部分注意力投到了岩浆赤海，这使得岩浆赤海的处境非常尴尬，生怕一不小心就会跟魔域造成正面冲突。

蓝域、法域、圣域三域是受灾最为严重的地区，三域高层的复仇之心自然非常强烈。但由于人族多年积弱，就算想要倾全族之力进行报复，那也是有心无力，因为他们根本没有跨海洋远程作战的能力。

但这并不等于人族三域毫无反应。数月以来，不只是北月殇晨在为了人族三域的利益奔波，还有数十万的人族跨越海洋，跨越域境，前往无尽蓝海、神圣澄海、生命绿海，甚至是深渊紫海，想要策动这些海域的种群，让他们联合起来去对付幽灵青海和魔域。可从目前的反馈情况来看，还没有什么成效。

全人族都在努力，这已经让北月殇晨非常激动和欣慰。从前人族三域各自为政，内部也有不少矛盾，高层之间更是针锋相对，如果人族三域能因为这次事件团结一些，倒也算是一个收获。

深渊紫海依然神秘，外界联系不到。

无尽蓝海的部分种群早就开始攻击幽灵青海，但主要的几个大族仍然沉默。

海巨人族有支撑、保护无尽蓝海的任务，无法离开自己的守护之地。

海鲨族和海鲸族也不知道在忙些什么。

海龙族内部更是一团糟，据说有隐患要爆发。

再这样下去，一旦给幽灵青海充足的时间，让他们研究出了完美的灵造灵体，法蓝星必将遭受自大灾变以来最大的危机。

必须让所有种群势力都团结起来，必须让他们守望互助，集结力量！

在岩浆赤海收集到的信息的刺激下，北月殇晨越发努力起来。

他在休息时修炼，在搜寻齐灵灵识碎片的时候学习，他抓紧每一分每一秒成长，不敢有丝毫的懈怠。

转眼间，已经过去了一个月。

经过不懈的努力，北月殇晨总算给齐灵找回了一小部分的灵识碎片。感受到自己的灵识在回归，一直萎靡不振的齐灵恢复了些精神。

与此同时，这一个月不断传来的消息中显示，在近期诸域诸族与幽灵青海的作战中，发现了一种与普通灵体不同的灵体。他们较为弱小，没有那么强的尊卑感和对力量的敬畏感，因为灵识原主人生前记忆遗留得较多而且混乱，他们有些不听指挥，但他们有一个特性，让诸域诸族感到震惊。

他们的境界提升似乎没有上限！

按照过往的经验，无论是幽灵青海还是污浊黄海，其中的生灵都会受到生前灵识碎片或尸骸的影响，上限一早便注定了，但这些灵体并没有，他们在战斗中屡屡突破自己本该永远无法突破的上限。

显然，他们就是灵造灵体！

只不过现在还不够完美，幽灵青海这是在利用局部战争训练他们，发现问题，然后再一一改进。一旦幽灵青海可以制造出完美的灵造灵体，加上现在一触即发的战争形势，必然会掀起一场真正的可以媲美大灾变的战争。到时候污浊黄海和幽灵青海趁乱崛起，不知道有多少势力要湮灭在历史的长河中。

第83章

放逐之地

以人族三域目前的实力，是有极大可能性灭亡的。

绝对不能让这种情况发生！

不只是北月殇晨，火玄甯也感受到了危机。北月殇晨相信不只是她，其他诸域诸族的强者全都有了警惕之心。现在只要有个契机，他们域境内部高层没有不可调和的矛盾，必然可以联合他们。

在之后的几天时间里，因为探索的范围逐渐加大，北月殇晨收集到的齐灵灵识碎片也日益增多，达到北月殇晨认为可以先给齐灵融合一部分灵识的程度。

切割灵识很痛，融合旧有的灵识也没好到哪里去，基本上就是火玄甯强行束缚住齐灵，然后任由北月殇晨施为。

北月殇晨不是一个好“医生”，他的动作简单粗暴，但在幽冥珠的影响下，都非常有效。

灵识稍稍恢复了一些的齐灵，实力比先前吸收原初之火时提升得更多，眼神也清明了许多，似乎不再那么愚钝和幼稚。

它兴奋地在火元素间来回穿梭，往返都只用一秒钟，而且每次都不知道它穿梭到哪里去了，给北月殇晨带回来一件又一件的宝物。

这些宝物大都是火元素属性的，有部分蕴含着磅礴的灵识力量，有部分似乎出自无尽的深渊之底，黑暗元素浓郁到让北月殇晨不敢相信。

齐灵将这些宝物堆放在北月殇晨的面前，微微屈身，热切地看着他，就差飞快地摇尾巴了。

北月殇晨转头看了看火玄甯，发现她正闭着眼睛在修炼，似乎没将这些宝物当回事。他又转头看了看火离姬，火离姬也在修炼，但感受到了他目光，她轻轻对他点了点头，意思是让他收下。

北月殇晨这才呼出口气，将这些宝物尽数收入自己的空间戒指中，然后继续下一步的探索、收集。

在正式开始前，北月殇晨盯着齐灵的眼睛，道："下次如果去不危险的地方的话，可以带上我一起吗？"

他想多多体会穿梭在元素间的感觉，这有利于他修炼。

齐灵没有犹豫，点了点头，北月殇晨顿时大喜。

此时距离北月殇晨假冒幽灵青海使者墨衢离开污浊黄海，已经过去一段时间了，始终没有消息再传回去，这令污浊黄海内部开始觉得有些不对劲。

北月殇晨留下的那些中低阶灵体使者虽然的确会一些跟灵造灵体有关的知识，但那些知识一点都不深入、复杂，很快就被污浊黄海的研究人员吃透了。他们准备再等一段时间，如果还等不来下一批使者，他们就要开展行动了。

污浊黄海那边发生了什么，早已不在北月殇晨的考量范围。他现在正骑在齐灵的背上，猛地从一粒火元素中跳跃出来。

"轰！"

四面八方都是熊熊的烈火。

这火焰呈深紫色，虽然不如原初之火那么炽烈，那么不可阻挡，但也非常强大，怕是连神体都可以烧成飞灰，但齐灵却可以畅行其中。

北月殇晨被那些有自主意识的火精灵庇护着，毫发无损。

这里是火黎山内部，自从北月殇晨上次提出要求，齐灵就开始带他去一些特殊的火焰世界，令北月殇晨收获颇丰。

由于每次帮齐灵恢复一部分灵识后，它都会带来一些宝物给北月殇晨，次数多了以后，他还真有些不敢拿。但蓝域又的确需要这些东西，所以他没忍住，问了火玄宵的意见。

火玄宵告诉他，这些都是他帮助齐灵的报酬，只要他能拿得走，无论多少，都可以拿。其实有些东西火玄宵也舍不得给北月殇晨，但齐灵在岩浆赤海的地位甚至比她这个族长还高，齐灵要给人家，她又能说什么？

火玄甯的话让北月殇晨定下心来，在之后的日子里，他跟着齐灵，收取了不少独产于岩浆赤海的宝物。他相信他收取的这些宝物必然可以让蓝域火城进入高速发展期。

在火黎山中漫步了几分钟后，北月殇晨骑在齐灵身上回到了树洞中。他灵识出窍到幽冥珠内世界，继续探索未知的灵识空间，凝聚着齐灵的破碎灵识。

一个又一个火焰的世界虽然没有让北月殇晨的黑暗元素增加，却提升了他对元素的认知，让他了解它们的内部结构、排列、移动方式等，继而让他对元素体的认知大大提高。照此趋势下去，他很可能在七阶的时候便能够领悟元素之心。

须知元素之心是极少数裁决者才能领悟的，而它又是凝聚元魂、修成神体的关键所在，这让北月殇晨感到极为振奋。

转眼间又过去了十天，北月殇晨逐渐察觉到自己的灵识探索距离似乎已经达到了极限，不能再继续往前，除非他的灵识更进一步或者晋升七阶，对幽冥珠的掌控更进一步，否则的话，他就只能移动自己，前往那些没有探索过的区域。但那样太浪费时间，而且很不安全，须知现在岩浆赤海范围内到处都是魔族生物。

虽说齐灵可以穿行在火元素中，但魔域强者如云，谁知道有没有能够看见它的魔呢？暂时只能这样了。

只是不知道这段时间一次次的锻炼，齐灵能不能有效地掌握自己的穿梭能力，送他进入幽灵青海。

“只能试试了。”对于北月殇晨的疑问，火玄甯给出了答案，“实在不行的话，我想办法送你们去无尽蓝海，在那里多试试寻找一些灵识碎片回来。”

“好。”北月殇晨点了点头，“那现在就开始吧。”

“嗯。”火玄甯点了点头。一旁的火离姬也停止修炼，与火玄甯一起看着北月殇晨。她其实特别想陪着北月殇晨一起去幽灵青海，但实际情况不允许。这也是她这段时间不停修炼的原因。她发现自己已经被北月殇晨远远地甩在身后了，即便她已经是七阶火圣。

在火玄甯和火离姬的注视下，北月殇晨骑到齐灵身上，深深地吸了一口气。

齐灵很是兴奋，穿越魔域的结界，即便对它来说也是一个挑战。灵识得到恢复的它，逐渐知晓了自己从前的光辉战绩和强悍实力。近段时间以来，它的整个气势和性格都有了些改变。这些改变谈不上好，也谈不上坏，北月殇晨只希望它不要发挥失常。

“走吧。”火玄帘朝齐灵摆了摆手。

笼罩幽灵青海的大天神结界没有任何一个部位是薄弱的，所以不需要等什么关键的出发时间。

火玄帘话音落下，北月殇晨还没来得及反应，齐灵已然跃入火元素中。下一秒，眼前出现火焰世界。再一眨眼，在火红色的世界里面，出现了一张黑色的“渔网”。这便是那个大天神结界的元素形态，也可以说是魔气形态。

“渔网”的缝隙极为微小，让齐灵都止住了步伐，不敢继续向前。它先向着左边绕行了很长一段距离，又往上绕行了很长一段距离，都没有找到可以穿梭过去的口子。但它没有放弃，不停地寻找着可供跳跃的点。

功夫不负有心人，在带着北月殇晨进入火焰世界三十秒后，齐灵终于找到一处破绽。这里有一簇黑色的火焰在燃烧，温度奇高无比，将黑色“渔网”都给烧破了，但黑色“渔网”的反抗力度也不小，一直想要将黑色火焰灭掉。

齐灵见到机会，趁机跳入其中，紧跟着背部轻震，将北月殇晨甩下，又飞快地从那处火焰穿梭了出去。

齐灵是岩浆赤海的神兽，虽然可以帮北月殇晨的忙，带他进入幽灵青海，但不等于说要它会停留在里面等他。如果等他，对它来说是一件非常危险的事。从黑色的火焰来到现实世界只是一瞬间的事。

“轰！”四面八方到处都是熊熊的黑色灵识之火，温度不高，却给了北月殇晨一种无法抗拒之感。

他下一刻便会被烧得魂飞魄散，然而幽冥珠却恰到好处地出现，悬在他的身前，为他遮挡住火焰。不仅如此，它似乎还很享受黑色火焰的照耀，传给北月殇晨一阵阵欢欣雀跃的情绪。

北月殇晨不知道这里是哪里，但按照幽冥珠的喜悦程度，他判断这里绝不是九阶冥皇能来的地方。

他当即放心，对他来说，灵体越少的地方越安全。

总算再次进入了幽灵青海，北月殇晨第一时间将灵识沉入幽冥珠当中，进入那片漫天灵识星星的世界里去，而后他开始呼唤前任冥王冥一。

呼唤冥一的时候，北月殇晨有些忐忑。他害怕自己仍然联系不上冥一，但最终的结果让他松了口气。

“好久不见。”冥一的声音传来，亲切得像是一个年长的老友。

“冥王陛下。”冥一待北月殇晨如老友，但北月殇晨却不敢放肆。冥一也不纠正他，乐得这样跟他相处。

“前段时间我被魔域的结界阻挡在了外面。”北月殇晨道。

“我知道。”冥一道，“我听到了你的呼唤，但强行打破结界，只会招致不必要的麻烦。”

“原来如此。”北月殇晨恍然大悟，“您应该也知道了外界发生的事吧？”

“嗯，这也是我最不愿意看到的情况。”冥一道。

“有什么办法阻止吗？”北月殇晨沉默了一会儿。

“没有，现在整个幽灵青海都陷入了癫狂的状态，不付出点真正的代价，他们不会醒悟。”冥一道，“我知道你此次的来意，想要获取证据，联合诸域诸族，这是个好办法，但很难，你必须有赴死之心。”

“我不怕死。”北月殇晨语气平静。

“嗯，那你现在先去天弓城吧，我给你准备了些东西。”冥一道，“取完东西后，去第十四层的放逐之地，那里是冥廷研究灵造灵体的地方。放逐之地内没什么守备力量，但到处都是被放逐的灵造灵体失败品。他们有的弱小有的强大，强的有十一阶，你自己注意。”

第84章

冥王秘宝

这次冥一的话很多，也嘱咐了北月殇晨很多事情，直到北月殇晨感到疲惫，两人方才结束了联系。

在冥一的帮助下，北月殇晨确定了自己目前的位置——幽灵青海大陆第十二层的黑海。

黑海不是海，是由灵识之火燃烧而成的火海。据说在黑海的最深处，有着神物异宝，但北月殇晨现在没空去探索这些。

他虽然可以利用灵识之力伪装自己，但他毕竟是一个人，没办法进入幽灵青海大陆的中央城，利用魂穿祭坛去往下一层。他只能穿越幽灵青海大陆层与层之间厚到无法想象的冥土层。

因为在幽灵青海大陆诞生之初，冥一便建造了大量的魂穿祭坛，所以很少有灵体凭自身实力穿越冥土层。这很难，特别难；很累，特别累，而且没必要。不过作为幽灵青海第一个生灵，穿越冥土层是冥一必须做的事情。

按照他的说法，十阶冥神以下的灵体，想都不要想，即便是星神级的灵体，也只能穿越最上面几层。越到低层，冥土层就越厚、越坚硬。

但冥一告诉北月殇晨不必担心，他已经为北月殇晨做了准备。

经过三天的寻找和穿越，北月殇晨终于回到了幽灵青海大陆的第十八层，然后掩盖着自己的灵识气息，小心翼翼地踏上前往天弓城的路。

在前行途中，北月殇晨利用幽冥珠灵识匹配到一名九阶冥皇，不过他没有联系这名灵体，只是浏览了这名灵体的记忆。

他相信对任何九阶冥皇来说，前段时间的入侵之战都是永生难忘的记忆。

事实正是如此。这名九阶冥皇是此次大灾祸事件的直接参与者，行动取得圆满成功后，整个幽灵青海都沸腾了。他们看到灵造灵体被制造出来后，更是陷入了狂热当中。几乎所有灵体都认为即便是与全法蓝星为敌，他们也要繁衍生息。

过往一些坚定地站在冥廷对立面的灵体也有不少倒戈了。就连天弓组织和原灵会内部都出现了分裂，不少灵体退出甚至叛变，让这些秘密组织损失惨重。

整个幽灵青海大陆一团乱麻。这恰巧是北月殇晨的机会。

当天下午，北月殇晨总算回到了天弓城，但他没有现身，而是第一时间去找了天戈。他害怕天弓城内有叛徒和意志不坚定的灵体，会将自己的行踪暴露。

北月殇晨距离断崖尚远时，便看到天戈坐在崖边。

看到北月殇晨，天戈忍不住站起身来。他又在北月殇晨身上感受到了冥一的气息，而且是近期的！

“冥王陛下有什么命令吗？”天戈眼神中有期待。

“嗯。”北月殇晨点了点头，“他说将所有冥宫都开放给我，然后让你帮我拿出神魂魅影、冥王守护和冥座。”

天戈闻言沉默，心中在推测揣摩冥一的真实意图。

“冥王陛下要你去哪里？”天戈想了许久都想不到，于是直接问出口了。

“放逐之地。”北月殇晨道，“我要去取证据。”

天戈听完后点头，同时微皱眉头：“放逐之地？”

他当然知道放逐之地，更知道放逐之地的危险性，所以他不知道为什么冥王冥一要北月殇晨去，而不是让天弓城的强者们去。

如果让天弓城的强者们去的话，只要付出足够大的代价，不管要取什么证据，成功的概率是非常高的。如果是北月殇晨去则不然，他太弱了。

尽管心中有疑惑，但天戈还是执行了冥一的命令。

“走吧。”天戈起身跳下悬崖，带着北月殇晨回到天弓城，去了冥宫。

在此期间，天戈没有通知任何灵体，一直隐瞒着北月殇晨到来的消息。

冥廷的计划成功，给原灵会、天弓组织和其他许多反抗力量沉重的一击，因此每个组织内部都人心惶惶。

虽然天戈自认为背叛者绝不会太多，而且不涉及高层，但他不敢冒险。

很快，两人便来到了冥宫所处的地底深处，站在第一冥宫前。

开启冥宫的方法自然和上次一样，不过这次北月殇晨没有进去，只有天戈自己走入其中。因为第一冥宫内封存着大量秘宝，其中不少秘宝的副作用很大，北月殇晨难以承受。

约莫三分钟后，天戈从第一冥宫内取出了一件透明的长袍。

他双手捧着透明长袍，走到北月殇晨的面前，介绍道："这是神魂魅影，幽灵青海最知名的冥神器之一，曾是月神露娜的专属冥神器。她陨落后，冥王陛下便将它收藏在第一冥宫内。它的作用很简单，就是改变、影响灵体的感官，穿着它时，只要你愿意，十阶以下的灵体将会看到任何你想让他们看见的模样，也可以让他们看不到。就算十阶强者，也会认为你是一个纯粹的灵体，配合其他宝物的话，十一阶强者都会被蒙骗。"

北月殇晨闻言心中安定了不少。有神魂魅影、神隐法阵和幽冥珠，他可以把自己彻底伪装成一个灵体，可以在幽灵青海安然行动。

取完神魂魅影后，天戈又带着北月殇晨走向第二冥宫，独自从中取出了一枚纯黑色的戒指。

这枚戒指上镶嵌着一枚充满了精纯灵识之力的魂晶。在感受到它的那一瞬，幽冥珠差点就自己浮现出来，幸好被北月殇晨给压制住了。

"冥王守护。"天戈将戒指递给北月殇晨，示意北月殇晨戴在手上。

北月殇晨随之戴上。

"这是冥王陛下在全盛时期祝福过的戒指，可以抵挡十一阶强者的全力一击，无论是幽灵青海的十一阶强者还是外界的。"

取完戒指后，天戈又从第三冥宫和第四冥宫内取出大量的书籍。书籍上记载着诸多高等灵体召唤仪式，以及部分终极灵体召唤仪式的信息。

终极灵体召唤仪式是可以召唤出十至十二阶灵体的仪式，北月殇晨拿到这本仪式之书后，立刻激动地翻看起来，但很快又默然地合上。因为以他现在的实力，基本上用不到书上的内容。

接下来则是一张纯黑色、椅背上雕刻着无数灵体模样图案的座椅。

“这是冥座，冥王大人的神座。”天戈看着冥座，眼中满是敬畏，“它也是冥王陛下的王权象征，数百年来深深烙印在灵体们的灵脑，也是伪王最想夺取的器物之一。它可以带你去往幽灵青海的任何一处，前提是你去过那里，而且你的灵识之力足够催动它。”

“王权象征……”北月殇晨看着这张座椅，心情复杂地将其收入天圆中，继续跟在天戈的身后。

在之后的两小时时间里，天戈又取出不少堪称神物的东西给北月殇晨，基本上全都是保命之物，以及构建灵体召唤仪式的物品。

看得出来，无论是冥一还是天戈，都认为北月殇晨这次行动是九死一生。不过北月殇晨没有恐惧，无论前路有多艰险，他都必须得去。

最后，天戈开启了第十九冥宫。在这座冥宫被开启的一瞬间，幽冥珠浮现，然后消失在了北月殇晨眼前。

看到它的样子，北月殇晨惊了一下，旋即转头望向天戈。只见天戈一脸平静，似乎没看到幽冥珠一样，或是看到了装作没看到。

北月殇晨见状便也收回了目光，跟着幽冥珠走入了第十九冥宫。只见第十九冥宫内摆放着一堆堆的无色多边形晶体，正是鸦羽冥子曾用来引诱幽冥珠的魂晶！放眼望去，几乎看不到边界。这第十九冥宫中，至少有上千堆魂晶，每一堆少说也有数百颗，总量在数十万颗以上。

难怪幽冥珠激动成这样子！

“嗖嗖嗖！”

在北月殇晨的注视下，幽冥珠穿梭在一堆堆的魂晶堆中，飞快吸扯出磅礴、精纯的灵识之力，以至于整个冥宫内部都被无形的风暴所覆盖了。

幽冥珠渐渐不再虚弱。可是即便第十九冥宫内魂晶很多，对幽冥珠来说仍然是杯水车薪。作为法蓝星最顶尖的神器，幽冥珠需要的灵识之力实在是太多了。

感受到幽冥珠的状态后，北月殇晨忍不住叹了口气。就连冥王的收藏都满足不了幽冥珠，自己又要怎么才能满足它呢？要怎么才能让它恢复到巅峰状态？

只能之后再找机会问问冥一了，他肯定知道。

一千多堆魂晶非常多，说它少只是相对幽冥珠而言。按照幽冥珠目前的吸收速度，大概要二十分钟时间。北月殇晨当然不会浪费这些时间，他转过头和天戈聊起天来。他要快速了解一下目前幽灵青海的状态，以及他即将前往的放逐之地。

在天戈的介绍下，北月殇晨对放逐之地有了些了解。

幽灵青海大陆第十四层的放逐之地本是一片荒芜之地，没什么危险，也很少有灵体进入其中，可后来不知道从什么时候开始，有许多误入其中的灵体都神秘消失了。因此吸引了更多的探险者前往，但无一例外全部失踪了，以至于放逐之地一度成了可怕的禁地。可越是这样的地方，想要去找出真相的灵体也就越多。

直到后来太多灵体死亡，冥廷终于出面，将放逐之地划为了禁区，可即便如此，仍然有灵体偷入其中。

直到十几年前，大量灵造灵体失败品出现在禁区的边界区域，步入了灵体们的视线，灵体们才终于知道原来放逐之地是失败实验品的放逐地。

因为这些失败品过多且过于强大、危险，许多灵体都不解为什么不直接销毁他们。对此，冥廷一直没有给过答案。

外界的推测是销毁难度过高，不划算，同时那些研究人员也想看看这些失败品自身能不能产生变异然后蜕变，失败品也是他们的实验品。

时至今日，放逐之地的灵造灵体失败品数量已经极为庞大，让想要进入其中探秘的灵体寸步难行。

北月殇晨必须闯过去。

第85章

深入虎穴

二十分钟后，幽冥珠总算将第十九冥宫内所有的魂晶蕴含的灵识之力都给吸收完，这才心满意足地回到北月殇晨体内。

北月殇晨感受到幽冥珠的状态后，喜不自胜。

“现在就出发吗？”天戈问

“嗯，立刻出发。”北月殇晨点了点头。

“路上可以多熟悉一下三件秘宝的使用方法。”天戈顿了顿，“千万小心。”

“我会平安归来的！”北月殇晨说完后，天戈轻轻点头。

两人走出地下世界，相互道别。

天戈要去处理天弓城的政务，北月殇晨则是立即出发前往放逐之地。

在此期间，北月殇晨又拿出装有九阶冥皇墨衢的灵识罐，通过读取他的灵识碎片获得信息。墨衢知道的内容虽然不多，但蚊子腿再小也是肉。

出发后不久，北月殇晨便将神魂魅影披在身上，而后将灵识之力注入其中，神魂魅影顿时融化了似的融入北月殇晨的灵识。下一刻他发现自己有了捏造灵识的能力。于是他按照记忆中最寻常灵体的样貌，对自己进行了改造。

有了神魂魅影的帮助，北月殇晨不再需要隐藏行迹，小心翼翼，而是大摇大摆地走入了幽灵青海大陆第十八层的中央城。

作为幽灵青海大陆每一层的中心，中央城巨大而雄伟，每时每刻都有大量灵体从各地赶来，进入其中。最近因为灵造灵体的成功，中央城内到处都很热闹，北月殇晨入城后，汇入了众多灵体中，来到中央魂穿祭坛处。

这是一个巨大的广场，广场四周则是条条通道。

灵体们在这里排队等待，北月殇晨向相关工作人员出示天戈给予他的假身份证明后，成功站在队末，安心地排起队来。

约莫三小时后，北月殇晨成功地与众多灵体一起踏上魂穿法阵，在魂穿法阵的帮助下穿越到幽灵青海大陆第十七层。

又是漫长的排队时光，直到当天晚上深夜，北月殇晨才成功抵达第十四层，向放逐之地飞去。

放逐之地在幽灵青海大陆第十四层的最西边，其边界处有一堵无边无际的围墙。围墙由阻灵石特制而成，可以阻拦中低阶灵体，对高阶灵体一点威胁都没有，不过也不会有多少高阶灵体吃饱了撑的往里面钻。

北月殇晨花了半天时间才从魂穿法阵来到放逐之地。

看着那向两边蔓延到视野尽头的围墙，北月殇晨沉默了几分钟，这才开始寻找漏洞。没多久，他便在荒漠中找到了一处无人看守之地，翻身跃入墙中，正式进入了放逐之地。

放逐之地位于第十四层最西端，灵造灵体的研究场所则位于放逐之地的最西端。入内后，北月殇晨按计划朝西边高速飞行，才飞了五分钟，北月殇晨便看到了一个灵造灵体失败品。

那是一头有小山包那么高的巨大黑狼，说是狼，其实它只有狼头，其余部分则来源于各种生灵，比之前北月殇晨在污浊黄海看到的“四不像”更加四不像。

它的气息磅礴、厚重，竟相当于一名九阶冥皇，不过它的灵识状态紊乱，属于那种见谁杀谁的疯灵。对它来讲，没有自己人的说法，谁都是敌人，而且它的灵识结构非常不稳，随时都可能会溃散，说不定坚持不了一分钟的战斗。

因为距离放逐之地的边界太近，北月殇晨没有其他想法，而是选择绕过它。然后他又飞行了二十几分钟，才看到下一个灵造灵体失败品，然后是成群的、数十上百的失败品。这些灵造灵体失败品的实力都不强，因此可以和平相处。

刚开始的时候，北月殇晨都是绕过去的，可到后来深入放逐之地，没有被外界发现的后顾之忧，绕过去又太浪费时间，北月殇晨索性杀了过去。

对付这些没有什么灵智的疯灵，北月殇晨只需用伪灵格形成灵压，便能一路

“碾压”过去。

距离最西端研究所较远的这些灵造灵体失败品，大多数是研究初期的产物，不算很强，但越往里飞，北月殇晨遇到的灵造灵体失败品便越强大。于是他又开始了最初进入幽灵青海大陆时的躲藏状态，小心翼翼地行动。

按照目前的情况，要想抵达目的地，至少得耗费一周时间。

“要是我也可以穿梭元素就好了。”北月殇晨想起齐灵，忍不住感叹。

在深入放逐之地的过程中，北月殇晨看到了许许多多不同于异人的灵造灵体失败品，它们的灵识来自法蓝星四海五域，除了幽灵青海和污浊黄海之外，只有深渊紫海幸免于难。

这些失败品中，以无尽蓝海的海族数量为最，三域人族次之，岩浆赤海略高于妖域，生命绿海和神圣澄海因为离得较远，数量偏少。而让北月殇晨觉得有些奇怪的是，长相明显有魔域特征的灵造灵体失败品，竟然也不少！

北月殇晨暗自心惊，魔域距离幽灵青海很近，抓起魔族生物来的确很方便，但幽灵青海胆子有这么大吗？竟然敢向魔域动手，不怕魔域派兵灭了他们吗？还是说，这些魔族生物的灵体本就是他们主动提供的？

继续往前，北月殇晨见到的以魔族灵识为主导的失败品越来越多，这不禁让他心里直犯嘀咕，越发肯定了先前的想法。

在心中有了猜测的情况下，北月殇晨开始动手抓取魔族失败品，利用灵识之力赋予他的灵视能力，仔细地观察、研究。很快他就发现这些魔族失败品的灵识全都来自中高阶魔族生物，取出他们灵识的时候，这些魔族生物不仅健康，而且正处于魔生的巅峰状态。

这些魔族生物可不像是幽灵青海可以掳来的老弱病残，除非是正面交战的俘虏，或者魔域主动提供给他们。

北月殇晨更倾向于后一个可能。

到这里，北月殇晨几乎可以确定了。

如果是魔域主动提供的话，那魔域与幽灵青海的合作可能不只是表面看上去那么简单，而是更深层次的联盟。

不过魔族的目的是什么呢？就算用大量魔族生物的灵识制造出了灵造灵体，魔族也很难从中得到回报，毕竟新生的灵体的记忆会被抹去，灵造灵体会更倾向于幽灵青海这一方。

而且北月殇晨敢保证，魔域内部对这件事肯定有很大的争议，他相信有很多魔族生物都无法接受这样的异类。除非拿灵造灵体当死士、奴隶，否则自诩高贵的魔族生物不可能答应。

“还有哪种可能呢？”北月殇晨陷入了沉思。

放逐之地很大，堪称无边无垠。

北月殇晨渐渐深入放逐之地后，发现了许多最近才诞生的灵造灵体。他们已经趋近于完美，无论是灵识碎片的融合情况还是灵识体的稳定情况。他们只有最后一个缺点，那就是灵智较弱。

再继续向前，北月殇晨终于看到了幽灵青海最终的研制成果——利用诸域诸族带有恐惧、怨气、愤怒、悲伤、痛苦等负面情绪的灵识制造出来的灵体。

此时的他们已经拥有最基本的灵智，刚开始的时候遇到的灵造灵体的灵智还非常低，但北月殇晨只飞了半天，便看见了灵智相当于十来岁小孩的灵造灵体，只不过非常弱小。

因为灵造灵体具备灵智，北月殇晨再想绕过他们，就没那么简单了，他的行进速度不得不慢下来。

在这片区域，除了灵智较低的灵造灵体外，北月殇晨也看见了一些专门的研究人员。他们穿行在众多灵体中间，不时拿出研究工作记录册采集相关数据。

他们的实力未必强，但在研究方面的能力不弱。

他们在观察灵造灵体，北月殇晨也在记录他们的一举一动。他想了解这些灵造灵体有没有什么弱点或破绽，将来万一走到不可挽回那一步，也算有反击的手段。

北月殇晨来之前，从蓝域带来了一些水幕珠，还有蓝域珍藏的一些在大灾变时期，全法蓝星精诚合作时留下来的宝物，譬如神圣澄海的圣阳书、生命绿海的绿雾镜，以及岩浆赤海的焰光镜。

这些宝物都可以记录下当时的画面和声音，唯一的缺点是都需要离得近一些，否则的话会模糊不清。

到时候，他可是要将这些证据带给诸域诸族倾向于合作的生灵看的，绝不能模糊不清。

北月殇晨一边记录，一边缓缓前行。

三天后。

北月殇晨终于抵达了自己的目的地，一座建造在海边的雄伟城池。

来到这座城池近处的时候，北月殇晨是开着灵视的。在这座城池里面，有着数不清的低中高阶灵体，以及数不清的灵造灵体。灵造灵体的数量尤其多，大约是普通灵体的二十倍。除此之外，在城北的方向还有着一座巨型监狱，监狱里面是来自诸海诸域的灵体。

海洋上有密密麻麻的灵体船，正从海外运来更多的灵体。这些灵体中有许多以魔族生物的灵识形成的灵体，也有许多是因为受到攻击，前来报复但陨落在魔域结界外的生物的灵识形成的灵体。

幽灵青海虽然被诸域诸族围攻，但他们的目的本就是搅乱世界格局，引发战争，他们当然不会完全龟缩一隅。

北月殇晨的灵视可以看得很远很清楚，但那些记录画面和声音的宝物却不行，他必须要靠得足够近才行。

这是一件非常危险的事，即便他身上有多重法阵和结界、神魂魅影，可这座城池关系到幽灵青海的未来，必定是戒备森严。

事实上也是如此。北月殇晨离这座城还有二十公里的时候，就看见了一座座军营，连绵不绝地将城池给围了起来。这些军营里的灵体士兵最弱的是六阶冥尊，强的是九阶冥皇，甚至有十阶冥神坐镇。

不过二十公里范围太大，再怎么小心也会有疏漏之处，因此北月殇晨借助黑暗，从一处防备略有松懈的地方穿越，进入二十公里范围内。

远方，城池的城墙上，到处都是瞭望塔，瞭望塔上没有灵体，而是一只只山洞一样大的紫色眼睛。

这些眼睛注视着四面八方，北月殇晨远远地看到它们，有一种被窥视的感觉。

他站在一处阴影里，用灵识之力催动神魂魅影，“擦去”那些眼睛中的自己，又时时刻刻准备好冥座，以便在被发现的情况下逃跑。

之前在来的时候，他已经试验过冥座，简单、方便、好用。

在确保安全的情况下，北月殇晨又往前走了些距离，彻底暴露在那些眼睛的视线范围内，但它们没有一丝一毫反应。北月殇晨不由得松了口气，然后化作暗影，沿着地面的阴影到了城池下。

此时正是深夜，巍峨的城墙上到处都是阴影，北月殇晨飞快地向上移动，贴着一只紫色眼睛进入了城池。

虽然是夜晚，但道路上熙熙攘攘，到处都是往来的灵体，他们或运输着一车一车的完整灵识体，或是做着各种各样的实验。

这座城池代表着幽灵青海的未来，弥漫着蓬勃的气氛，一旦他们成功的话，就代表着其他诸域诸族的末日即将来临。

第86章

魔族月神

北月殇晨穿梭在这座罪恶之城里，记录着灵体研究人员们的疯狂举动，以及来自人族三域、魔域、妖域、兽域、无尽蓝海、岩浆赤海、生命绿海、神圣澄海等地生灵完整灵识的恐惧与痛苦，还记录着那些成功的灵造灵体的强大，他们的变化，在灵体研究员们的刻意引导和培育下，他们对诸域诸族的恨，他们的毕生愿望。

没错，幽灵青海研究灵造灵体，首要目的的确是想繁衍生息，但目前他们所要解决的第一要务可不是繁衍生息，而是引发规模更加庞大的战争，制造更多带有负面情绪的灵识，所以他们需要战士，需要死士。

北月殇晨怒火冲天，但暂时什么都不能做。他只能身披神魂魅影，穿行在放逐之地记录证据。

时间缓缓流逝，一小时过去，正潜藏于阴暗处的北月殇晨忽然浑身发冷，幽冥珠不由自主地浮现在身前，他的灵识忍不住战栗。

他强忍着没有转头向西北方向望去，也没有开启灵视，因为他已经通过幽冥珠察知那边有两名十一阶强者。他们突兀地出现，毫无征兆。

这两名十一阶强者中，有一名的灵识之力深不可测，像汪洋一样浩瀚，而另一名则给人一种邪恶之感，煞气冲霄。

如果北月殇晨没见过魔族生物，肯定不会知道那煞气意味着什么，但现在他很清楚那是魔气，魔族生物专有的能量。

两名十一阶强者，一名来自魔族，一名来自幽灵青海，他们在这座罪恶之城里见面，在谈什么？是跟魔族支持幽灵青海研究灵造灵体的事情有关吗？

不管是什么，北月殇晨相信，只要自己可以记录下他们见面时的情况，必然可以作为重要证据。

北月殇晨在沉思，在踌躇。

他细数自身的优势，有幽冥珠，有冥王守护，有冥座，有诸多的保命之物，如果行动不出错的话，他其实完全有能力记录下他们的见面画面然后遁逃。

可是，北月殇晨从未见过十一阶强者全力出手，他不知道对方究竟有多强，所以他不敢冒险。

可是，他又不甘心。

就在北月殇晨纠结的时候，那两名十一阶强者渐行渐远。

北月殇晨犹豫了几秒，决定去他们刚才见面的地方看看能不能有什么收获。

不过直到他们两人离去许久，北月殇晨仍然没有动。

经过之前在岩浆赤海被魔族强者发现的事，他对魔族生物的天赋和实力有了更深的了解，因此即便有神魂魅影，他也不敢过于放肆，甚至不敢远距离直视十一阶强者所在的方位，生怕暴露自己。

足足半小时过去，北月殇晨才敢转头望向先前十一阶强者所在位置，没有任何异样发生，他这才小心翼翼地挪动脚步，慢慢靠近那个位置。

那里是这座罪恶之城的西北角，以全城的布局来看并不起眼，但能让两名十一阶强者在那里齐聚交谈，定然不会简单。

小心潜行了约莫半小时后，北月殇晨来到了目的地附近。

这片区域建造在临海的悬崖上，入目全是不起眼的灰白色石屋，不过仅仅是看上去而已。

根据北月殇晨从墨衢他们那群灵体的灵识中读取到的记忆，他能辨识出这是狱石，产自幽灵青海。

之所以叫狱石，是因为它可以锁住一切气息，以及对方所能爆发的部分力量，包括灵识之力、生命气息、圣力和魔气。

简单来说，它无物不封。

按道理来说，这处位于放逐之地最深处的罪恶之城，已经是幽灵青海守备最为森严的地方，那眼前的狱石建筑群又是用来隐藏什么的呢？

在思考之时，北月殇晨用神阶灵识之力开启灵视，朝狱石建筑群望去。但眼前的画面非常模糊，只能隐约看见这狱石建筑群中似乎有路通向悬崖下的山腹，而山腹又有路通往远方的海洋中。

北月殇晨沉默了许久，心中思虑重重，他的猜测该不会成真了吧？

片刻后，北月殇晨咬了咬牙，准备冒险去记录证据。

这个决定并不突然，他已经深思熟虑了很久。

做出最后决定后，北月殇晨整理了一下自己所有的底牌，定了定神，这才披着神魂魅影向狱石建筑群走去。

这里没有守卫，也没有灵体往来穿梭，看似毫无防备，但幽冥珠时时刻刻给北月殇晨发出警示。

北月殇晨心神紧绷，确保自己下一秒就可以将冥座释放出来，然后传送到千里之外的地方去。

在狱石建筑群探索几十秒后，北月殇晨按照灵识的指引，选择了其中一座建筑，而后伸出手朝石门推去。

灵识之力自脑中牵引而出，作用在石门上，石门与地面摩擦，发出轻响声，缓缓被推开。

听着石门摩擦地面的响声，北月殇晨的心都差点要跳出来，整个人寒毛竖起。

此时此刻，任何一点风吹草动都能引爆他的内心紧张情绪。

不过，让北月殇晨庆幸的是，一直到他将石门推出一条足够通行的缝隙，也没有魔族生物或灵体发现他。

他当即借助夜色下的阴影潜入其中，环顾四周，发现这石屋内什么都没有，只有一条常亮着红色光芒的地下通道。

台阶倾斜向下，也不知道延伸到了什么地方。

北月殇晨在原地站了几秒钟后，深吸一口气，迈步向地下通道走去。

当北月殇晨的脚步落在台阶上那一瞬间，红色的光芒如潮水般涌来，将北月殇晨包裹了。他顿时有些慌乱，但下一秒，他便看见了一座城池。

一座由一根根巨大石柱支撑的城池，规模比地面上的罪恶之城有过之而无不及，甚至这还不是这座地下城的全貌。在石柱林立的北侧底部，有一个巨大的山洞通向海洋。

北月殇晨正要转动目光去观察这座城池，幽冥珠忽然飞快地震颤起来，给予了他最强的警示。

他的灵识像是爆发了十级地震一样轰隆隆震动，根本没有多余的时间思考，他下意识地将冥座从天圆中召了出来，使其浮现在他的身下。

与此同时，北月殇晨看见一个黑色的纤细身影出现在自己身前不远处，对方有一双遮天蔽日的羽翼，头上有一对弯曲狰狞的兽角，眼睛里充斥着血色。

这黑色身影望向了北月殇晨，一道黑色的波纹随之而至，快如闪电，瞬息便来到北月殇晨的面前。

黑色波纹所过之处，一切都化作灰白色，失去了生机。

北月殇晨心中大惊，但已经来不及反应，只能眼睁睁看着黑色波纹扩散而来。

黑色波纹最先波及他的脚掌，强大的吸扯之力将他体内的黑暗元素尽数扯出，即便是黑暗元素本源也没有留下，然后是小腿、大腿、腹部，黑色波纹所过之处，除了生机和灵识被幽冥珠强行护住之外，其他的一切都被吸扯走了。

北月殇晨心中一阵冰凉，他明明已经足够小心了，可没想到还是做得不够。按照他的计算，本不应该是这样。

天戈说冥王守护可以抵御十一阶强者的全力一击，可这黑色波纹波及他时，冥王守护却没有被激发，这是怎么回事？

他的思绪还在转动，但疲惫感和虚弱感突然袭上心头，他昏迷了过去。

在他失去意识前的瞬间，冥座终于启动，将他挪移走了。

他走后的下一秒，黑色波纹回到了那道黑色身影的体内。

对方静静地望向北月殇晨消失的地方，闭了会儿眼睛，好半晌才睁开眼，冷哼一声后转身离去了。

也不知道过去了多久，北月殇晨从昏迷中醒来，睁开眼睛，他看见的是木质的天花板。

“我在哪儿？”

北月殇晨依然虚弱，但能够记起自己昏迷前在罪恶之城的狱石建筑群下，被一个疑似魔族十一阶强者用黑色波纹重创，但他现在竟然躺在实物上，天花板应该也是实物。

幽灵青海的生灵都是灵体，所以他们不太依赖实物，只有大地与一些特殊的木质和矿石是实物，譬如狱石，其他全都是灵体状态。

如此说来，他现在极可能已经不在幽灵青海。可他昏迷前明明将传送坐标设在一个此前到过的地方，仍在幽灵青海才对。

“你醒了。”

正当北月殇晨疑惑之时，一个声音自灵识维度响起。

北月殇晨转过头去，发现一个看上去与人族少年几乎一模一样的灵体朝他走来了。

“你是谁？”

北月殇晨猛地坐了起来，却感觉腰部以下酸软无力。他神色微变，尝试着动了动脚，发现虽然挪动困难，但基本上没有大碍。

紧跟着他又引动了一下元素之力，却无论如何也汲取不了一丝。

这是他出生到现在，在修炼方面碰到的最大问题。但他神色不变，心中只是感慨，幸好不是完全瘫痪无力。

因为在昏迷前已经有所预料，所以北月殇晨早有心理准备，他没有自怨自艾，而是抱着希望。

他一边在检查自身，一边则在观察那名少年灵体，始终没有任何的放松。

他腹部以下的黑暗元素本源和元素之力虽然已经完全消失，整体实力从六阶跌到四阶，但这并不妨碍他是幽冥珠的主人，可以动用大量神阶灵识之力。

在灵识层面，北月殇晨仍然强大。

“我叫周复，是我救了你，你别对救命恩人有这么大的敌意行吗？”灵体少年没好气地道。

“你为什么要救我？你不知道我是人吗？”北月殇晨微微一愣，先感谢，却又觉得很疑惑，只是语气缓和了一些。

“我知道你是人啊，怎么，人就不能救吗？”周复白了北月殇晨一眼。

“呃……”

北月殇晨一时间不知道该怎么回答，他感觉周复对他没有恶意，于是渐渐放下戒备，仔细观察起周复来。

片刻后，北月殇晨得出结论：“你不是善灵吧？”

第87章

豫灵镇

幽灵青海自大灾变时期诞生，其中的灵体百分之九十九都由带有怨念、愤怒、恐惧、杀意等负面情绪的灵识凝聚而成。因此成为灵体的他们也大都比较邪恶，对除了灵体之外的其他生灵天生便抱有敌意。

只有极少数的灵体，由于构成他们的主要灵识生前具备纯粹的善良品质，所以即便成了灵体，也比较善良，这就是善灵。

不过，生性善良，不代表他们在成长的过程中不会被改变成恶灵。

北月殇晨见过一些善灵，他们被环境影响，被身边的其他灵体引导，导致内心的邪恶占了上风，成了恶灵。但据北月殇晨所知，整个幽灵青海如果真的存在善良的生灵，只可能是善灵。

“我当然不是善灵，我是魔灵！”周复转过身，露出一条带有鳞甲的尾巴。

北月殇晨看见他的尾巴，久久说不出话来。既然是魔灵，北月殇晨更想不通对方为什么要救他了。

因为按照北月殇晨对幽灵青海的了解，整个幽灵青海的灵体都非常狂热，即便是原灵会和天弓组织，也一样。

周复不一样，只是不知道这样的灵体是不是只有他一个。

“不管怎样，先谢谢你救了我。另外，你可以告诉我这是哪里吗？”北月殇晨强忍不适，缓缓坐起身。

“豫灵镇。”周复道。

“镇？”北月殇晨闻言心中一动，“这里的灵体全都像你一样吗？”

“像我哪样？一样帅气吗？”周复笑道。

“像你一样对我没有敌意。”北月殇晨道。

“当然，这里可是豫灵镇。”周复理所当然地道。

“听你的语气，似乎很厉害的样子？”北月殇晨问。

“那要看你认为的厉害是什么样的。”周复道。

“怎么说？”北月殇晨微怔，而后道。

“豫灵镇上的灵体族并不如何强大，但豫灵镇的存在就很厉害。”周复道。

“我不明白。”北月殇晨疑惑地道。

“这关系到新旧两名冥王的恩怨，你想知道吗？”周复看着北月殇晨的眼睛，笑道。

“我想。”北月殇晨回望周复，毫不犹豫地道，“但我更想知道你为什么想跟我讲？”

从周复的态度来看，他明明是主动透露。

“因为我知道你是谁，也知道你是幽冥珠的主人，知道你的另一个身份——北月冥子，知道你遭遇了些什么。”

周复的话让北月殇晨心一沉。“你究竟是谁？”北月殇晨沉声问道。

“跟你说了，我叫周复。”周复淡淡地道，“你不用这么警惕，我对幽冥珠不感兴趣。”

“你想跟我说什么，就说吧。”北月殇晨沉默了几秒钟，又躺回床上，一副洗耳恭听的模样。

“豫灵镇的创始者是前任冥王冥一陛下，本是现任冥王的老师。他们两个都是幽灵青海诞生之初的最强灵体，本可以精诚合作，带领幽灵青海走向繁荣未来，但后来由于理念上的不合而分道扬镳，最终演变成一个篡位夺权，一个远走的局面，以至于幽灵青海成了现在这副鬼样子。”周复沉沉地叹了口气。

北月殇晨听完后，沉默了几秒钟，这才想起什么似的问道：“现任冥王的理念我知道，无非是灵造灵体，借此繁衍生息和扩张幽灵青海，那冥一陛下的呢？”

“他是第一个意识到灵体族在久远的未来会彻底灭绝的灵体，也是第一个为此而奋斗的灵体。他在三百年前就确定了灵造灵体是一条可行之路，但他同时也发现这可能是一条会再度引发战争的危险之路，所以他没有选择这条路，更没有向冥廷公开过自己的发现。他选择了另外一条可行之路，即解决灵体的灵识不纯净这一问题，让他们自然而然地演化，直到最终可以繁衍后代。”周复道。

“什么叫灵识的不纯净？”北月殇晨问道。

“你应该知道灵体是由不同种群的灵识构成的吧？”周复道，“这就是不纯净的灵识。冥一陛下找到办法，可以慢慢消除或融合部分灵识，只留下一个主灵识，但这会永久地削弱融合灵识者的实力，因此受到许多灵体的抵制，但他仍然强行推行了这套政令。后来，当时的冥廷高层发现这个方法的确可以让灵体演化至可以繁衍生息，只是中间的过程可能会持续成千上万年。而在这期间，灵体族只会越来越弱，极大概率还没有演化成功就会消失在历史的长河中。最后冥廷高层爆发了一次声势浩大的抵制行动，领头人便是现任冥王。”

北月殇晨沉默着没有说话，等待周复继续讲述。

“现任冥王后来当面质问冥一陛下，在灵体族进入弱小阶段的那段时间，该怎么保证灵体族的安全。冥一陛下给了他一个答案，让他彻底失望了。”周复道。

“是什么答案？”北月殇晨极为好奇。

“冥一陛下说，寻求人族的庇护。”周复盯着北月殇晨的眼睛道。

北月殇晨听完，瞠目结舌。

“你现在在想什么？”周复看着北月殇晨，笑道。

“他疯了吗？”北月殇晨说的自然是冥一。

“对，现任冥王当时也是这么想的。寻求人族的庇护，冥一陛下是疯了吗？”周复笑道。

人族，无论是以前还是现在，都不算是强大的种群。尽管他们是三域的主人，可那是历史遗留的关系，跟他们本身的实力无关。

须知无尽蓝海有许多海洋种群都要比人族强大得多，完全有覆灭人族、抢夺三域的能力，但他们没有，那是因为妖域在庇护人族。这种庇护并非出于好心的庇护，而是为了法蓝星格局的稳定。

因为三百多年前，人族与妖域的约定和承诺，以及一些更重要的原因，人族能够在当前的世界格局中活下来，已经殊为不易，更遑论去庇护幽灵青海。

这绝不可能。换位思考，如果自己是现任冥王，当时听见冥一说出那句话，肯定也会失望透顶。

“没错，接下来发生的事你应该可以想象到了，现任冥王背叛了他的老师，并找到了灵造灵体这一途径，开始带领幽灵青海走向一个极端。豫灵镇正是冥一陛下实行纯净灵识计划的遗留产物。当然，豫灵镇只是其中之一，类似的地方还有许多，只是我们也不知道在哪里。另外，严格意义上来说，豫灵镇也不能说是遗留产物，因为冥一陛下自始至终就没有殒灭，不是吗？”周复笑道。

“这些年来，现任冥王已经达成了他的目的，那你们呢？你们的灵识纯净了吗？繁衍出下一代了吗？”北月殇晨问道。

“其实冥一陛下早就找到了纯净灵识而不需要削弱实力的方法，让我们可以繁衍生息的时间缩短了上千年，可是在现任冥王和冥廷的努力宣传、引导和运作下，幽灵青海已经进入狂热状态，没有任何灵体可以阻止他们。现在能够让幽灵青海冷静下来的，只有一场战争。”周复语气平静地道。

“的确是这样。”北月殇晨点了点头，这与他和冥一的想法不谋而合。

在肯定周复想法的同时，北月殇晨的心思也开始活泛起来。他认为想让幽灵青海刹住车，的确只有一场能够打痛他们的战争才行。可即便打痛了，残余的灵体也不会轻易改变自己的信仰和一生的执念，除非有另外的符合法蓝星需求，或者说符合人族目前需求的冥廷执政，然后通过从小培养和政策推行，潜移默化地改变他们。

前任冥王无疑是最好的选择，可他自己也说了，他正在死亡，如果他不行的话，能够代表他意志的纯净灵体们应该可以吧？

万一将来这些灵体真的如冥一所说的那样，寻求人族的庇护，那人族三域岂不是会获得一个强大的盟友？

是的，北月殇晨根本不敢将幽灵青海当作是一个庇护对象，而是一个合作对象或者说臂助。

不过北月殇晨依旧很疑惑，他转过头看着周复，认真地道：“但我还是很不理解你为什么要跟我说这些。”

“你快要发现真相了，总要有个灵体告诉你事情闹大后该怎么收场吧？其实这些本该由冥一陛下来告诉你，可你们不是很难联系吗？所以就由我来说。”周复笑眯眯地道。

北月殇晨听到周复提及自己和冥一的联系，心中没有一丝惊讶，他能够猜测到周复与冥一也有联系。

“发现是快发现了，可发现和记录下来是两码事。”说到这里，北月殇晨忍不住沉沉地叹了口气，看向自己腹部以下的身体。

“我完全不知道你有什么好担心的。”周复道，“你是天生的黑暗元素体，其实境界对你根本不重要，只要你领悟了元素之心，完全可以重聚黑暗元素本源，瞬间突破到七阶。”

“怎么可能？”北月殇晨摇了摇头，“元素本源哪里是元素之心可以重聚的？如果可以的话，蓝域也不会有那么多冲击境界失败，便再无寸进的裁决者了。”

“我说了，你是天生的黑暗元素体，跟那些后天的不一样，你修成的元素之心也和他们的不一样。”周复道。

“真的？”北月殇晨将信将疑。

第88章

计划的一环

天生元素体在蓝域的历史上屈指可数，至今也没有出现过元素本源完全消失的例子，因此北月殇晨不知道这些很正常。

“你不相信我，总要相信冥一陛下吧。”周复道。

“我到现在还是不清楚冥一陛下为什么这么相信我，这么相信人族。”北月殇晨想不通。

“要是谁都能想得通，幽灵青海也不至于是现在这副样子。”周复道。

“也是。”北月殇晨点了点头。

“所以，你是怎么救的我？”北月殇晨又提出了一个疑问。

“说到这里，我真的很佩服你的勇气。”周复直视着北月殇晨的眼睛，“在完全不了解魔族月神的实力的情况下，你就敢深入那座地下城。幸好冥座自动护主，将你传送到距离豫灵镇不远的地方，我又把你拉了过来，不然你以为几万里，魔族月神就追不上你了吗？”

“我以为冥王守护至少可以给我争取一点时间。”北月殇晨叹了口气，道。

“在正常情况下的确可以，但你这次遇到的魔族月神很不一般。他发现了冥王守护，提前规避了它的影响，他的到来出乎了冥一陛下的预料，不然的话，你应当是可以记录下那些画面的。这样说其实也不能全怪你，但也不是冥一陛下的错，你应该知道，即使是大天神也并非全知全能。”周复道。

“我当然不会怪他。”北月殇晨说完后话锋一转，“那我现在又有别的疑问了。既然冥一陛下有计划，为什么偏要我去记录那些画面？我虽然不清楚你们的实力，但我敢肯定，你们完全有能力办成这件事啊。”

"还不是为了让你成长。"周复道。

"为了让我成长？"北月殇晨挑了挑眉。

"你是冥一陛下计划中最重要的环节。"周复说这话的时候，看着北月殇晨的眼睛，然后跟了一句，"之一。"

"好吧。"北月殇晨点了点头，心头却沉甸甸的。被一个十二阶大天神如此看重，说没点骄傲和暗喜那是不可能的，但更多的还是压力。

周复似乎是看穿了北月殇晨的心，出言安慰道："你也别太过担心，按照你们人族的话来讲，船到桥头自然直。即便你不行，幽冥珠还可以认其他人为主嘛，而且也还有其他神珠的主人嘛。"

北月殇晨转头看了周复一眼，心头的压力尽去，只有对他的嫌弃，心想：这灵体可真会安慰人。

"走，我先带你到处转转，等你适应腿的状况了，我就送你走。"周复站起身，也不见他动手，房门便自动开启了，明媚的橙黄色光芒照入屋内。

"送我去哪儿？"北月殇晨双手撑床坐了起来，双脚落地，麻麻的，软软的，但不影响走路。

"我还没想好呢，能帮你尽快领悟黑暗元素之心的地方吧。"周复边走边道。

"那证据怎么办？"北月殇晨忙问道。

他先前在罪恶之城下的地下城暴露了身份，如果他是那两座城池的负责人，肯定会采取相关的行动。

"你以为搬空两座城是一件很简单的事情吗？而且是两座建成数十年，有无数重要设施的城池。"周复头也不回地道，"你放心吧，那两座城池还会在那里，不会搬走，但下次你再想去，难度恐怕不止增加了一两倍那么简单。"

北月殇晨闻言先是一喜，旋即心一沉。

如果那名魔族月神一直待在那里，他就算晋升九阶、十阶，再尝试一百次、一千次，恐怕也没办法记录下证据。

不过正如周复所说，船到桥头自然直，还是先把实力恢复了再说，否则的话，现在去了也是找死，只希望冥廷的研究进度不要太快。

北月殇晨跟在周复的身后，从木屋中踏出，温暖的阳光立刻照射在他身上。

突然被阳光照射，北月殇晨有些不适应，眯了眯眼睛，而后环顾四方，脸上露出惊讶之色。

此时此刻，他在一片苍翠的树林中。林中小河潺潺，虫鸣鸟叫，俨然是蓝域的某处，但北月殇晨清楚地知道自己的确在幽灵青海。

因为这树林的树木是由灵体构成的，无论是它的根茎、枝叶，还是表皮上的水珠，都是透明的，微微泛着蓝光。地面枯叶上的虫子是透明的蓝色，肆意翱翔在空中的鸟儿的尾羽也洒下丝丝缕缕的灵识之光。

树林外不远处有一座城镇，那座城镇实在是像极了蓝域的小镇，这不禁让北月殇晨越发感到惊愕，忍不住转头望向周复。

周复此时也在眺望远方的城镇，感受到北月殇晨的目光，他转头看向北月殇晨，笑道："你可别多想，我刚才跟你说了，类似豫灵镇的城镇还有不少。那些城镇有的全都是魔族灵识，有的全是精怪族和妖怪族灵识，岩浆赤海的、神圣澄海的、生命绿海的也都有，配套的城镇也和他们生前的环境一样。"

"这样啊。"北月殇晨点了点头。

"不过，冥一陛下的主灵识的确来自人族，不只如此，构成他的其他几块较大的灵识碎片也是人族的。"周复道。

"难怪……"北月殇晨听完这句话，陷入震惊，久久不能平复。

"别想多了，虽然构成冥一陛下的主要灵识是人族的，但他是一个灵体，并不会因为自己的灵识构成就对你们人族另眼相看。他之所以相信人族，完全是有别的原因，至于是什么，我真的不清楚。"周复道。

"好吧。"北月殇晨刚刚产生的复杂念头顿时就打消了。

顺着林间小道，北月殇晨很快便到了豫灵镇上。

镇上到处都是以人类灵识为主的灵体，经过上百年时光的改变，他们灵识深处的暴力和诸多负面情绪带来的影响几乎已经消弭。在平和、自由的环境下成长的他们，对北月殇晨这一人族也没有抱敌意，反而很是亲近，这让北月殇晨欣喜无比。

跟周复在豫灵镇逛了半天，北月殇晨忍不住感慨道："如果不是一切都是灵识体构成的，我真的要以为这里是蓝域了，真的太像了。”

“这本来就是一座以蓝域为蓝本建造的城市。”周复回过头，看了看北月殇晨的双脚，道，“适应得怎么样了？”

“还可以。”北月殇晨闻言，踢了两下腿，除了失去元素之力，双脚变得有些无力之外，倒也没什么差别。

“那现在就送你走吧。”周复在原地站定。

“去哪儿？”北月殇晨摩拳擦掌。

“第六层，深渊城。”周复道，“那里常年处于极夜，黑暗元素最浓郁，我只能帮你这么多了。”

“已经够了，谢谢。”北月殇晨认真地道。

“那你加油吧。”周复朝他点了点头，顿了顿，又道，“我再提醒你一次，下次不要那么憨，你要搞清楚，魔域的月神和其他种群的月神是不一样的。”

“明白了！”北月殇晨重重地点头。

北月殇晨话音落下，冥座忽然自动浮现在他身下，而后他眼前爆发一阵白光，整个人“嗖”的一下便消失在原地。

短短三秒钟后，眼前的白光便缓缓散去，黑暗顿时袭来。

当视线再度恢复清晰时，北月殇晨发现自己正身处一片青灰色的石质平原中。在视线尽头，有一座透明中泛着点黑色的城池巍然矗立，像极了一头黑色的钢铁巨兽。

这里的黑暗元素极其浓郁，比起黑暗之城境域内黑暗元素最浓郁的区域也丝毫不差，而且从黑暗元素的分布来看，这里尚不是深渊城范围内黑暗元素最为浓郁的区域。

北月殇晨在感知四方的同时，也惊讶于周复的惊人实力。周复居然可以不经他这个冥座主人的同意就将他传送走，也不知道周复跟前任冥王冥一到底有着什么样的关系。

北月殇晨仔细辨别了一下元素浓郁度后，转身走向那座透明黑色的深渊城的反方向。

没走多久，北月殇晨便看见一条宽数千米、向两端无限延长的巨大黑暗深渊。

他快步走到悬崖边，朝底下望去，下方是深不见底的黑暗，浓郁的黑暗元素凝聚成雾气，化作雨水倾盆落下，有的地方甚至有冰雹。

黑暗元素冰雹！

这里的黑暗元素浓郁得简直不像话，如果黑暗之城的元素修炼者们常年在这里修炼，其修炼速度必然会暴增。

“寻求人族庇护……”北月殇晨思索着前任冥王冥一的话，陷入深深的沉思。如果两域真的可以结为盟友，将会给人族带来多大的好处啊！

片刻，北月殇晨回过神来。不管冥一怎么想，也不管人族三域未来会如何，现在他没空想这些。他是天生的黑暗元素体，从出生到现在基本上没有遇到过修炼瓶颈。按道理来说，领悟黑暗元素之心不难，但人人嘴上都说不难，实际上落在北月殇晨身上呢？他也不知道。

他自从得到幽冥珠后，一直都处于奔波的状态，大多数时间都在处理事务和研究幽冥珠及其相关能力，感悟黑暗元素的时间少了许多，最多也就是吸收或增加一下元素之力的量。

他在原地站了会儿，猛地跃下深渊，用了大约一分钟，才将上半身转换成黑暗元素体，包裹住自己的下半身。

此时他沐浴在由黑暗元素构成的细碎冰雹中，闭上眼睛细细地感受。

他的内心其实很着急，因为有太多太多的事要去做；但他又不敢着急，因为着急会影响他对黑暗元素的感悟。

第89章

源灵石

初沉入黑暗深渊底部的一两天，北月殇晨心情浮躁，难以静心感悟，他不得不改变策略，强行静心。

他开始整理自己从小到大对黑暗元素的感悟，以及黑暗之城长辈们教导给他的知识，再结合前段时间齐灵带他进入火焰世界，细致观察元素的本质，还有从灵识层面去观察元素的收获。

诸多方面结合起来思考、推演，他逐渐静下心来，沉浸在对黑暗元素的解析中，对黑暗元素的感悟速度也开始缓缓加快。

与此同时，黑暗深渊中那一条条冒着黑色雾气的环带，宛如深夜天穹上的银河，将北月殇晨包裹了起来，很快便形成一个刻印着玄奥花纹的黑色巨茧。

在黑色巨茧形成后不久，幽冥珠无声浮现，渗出少量灵识之力，覆盖在茧的表面，蠕动间又形成了一些蕴含着隐秘意义的符文。

几乎在同一时刻，黑暗深渊的最深处，一束束亮光忽然出现，飞快靠近，终于被天上的月色照耀而显现出庞大的躯体。那是一只只纯黑色的诡异怪物，形态各异，无不浑身长满眼睛，恐怖至极。

伴随着它们的出现，黑暗深渊中的黑暗元素再度暴增，这也令北月殇晨的感悟速度有所提高，黑暗巨茧逐渐变大。

那些诡异怪物看着黑暗巨茧，纷纷产生强烈的心理冲动，但它们暂时没有任何异动。

时间一分一秒地流逝。

黑色巨茧悬浮在空中，开始像心脏一样跳动起来，丝丝缕缕的黑暗元素从中扩散而出，如同草木的根须，向着四面八方蔓延，很快便将根扎入黑暗深渊北端，靠近深渊城那边的山体中。

越来越深，越来越深……

也不知道过去了多久，黑暗石原的大地剧烈地震颤起来，地底下有更多巨兽开始上升撞击，这让深渊城中的灵体们纷纷警惕起来。

“轰隆隆！”

深渊城到黑暗深渊之间的黑色石原上，大地在龟裂，有黑暗元素混合灵识之力形成的火焰升腾而起。

火焰照亮了石原，龟裂的石缝渐渐化作沟壑，到最后成为巨大的地缝，有咆哮声从中传出。

“发生了什么？”

七海的疆域内虽然也有大陆，但都是因为不同的神异因素诞生，不存在六域经常会发生的地震，类似这种情况可以说是极其罕见。

别说是幽灵青海大陆第六层，即便是全幽灵青海，也没有发生过几次，而每一次都涉及大灾变遗留的东西，可能是灾难，也可能是宝藏。

眼看着石原上的诡异火焰越来越多，地缝越来越大，部分自认为实力强的灵体心思开始活泛起来，一些经不住诱惑且行动力强的灵体已经向石原冲去。

他们来到石原的时候，发现地缝中的世界正在爆发激烈的战斗。

三百多年前，魔兽星坠落，大灾变爆发，时空扭曲，元素混乱，后又因诸多复杂原因，催生出幽灵青海及灵体族、污浊黄海和尸骸族，除此之外，还有一些诞生原因更为特殊的诡异怪兽。

它们被称为深渊巨兽，常年生活在幽灵青海第六层的黑暗深渊中，是灵识与黑暗元素的组合体，介于灵体和实体之间，实力强大，但从未去过黑暗深渊之外的世界。

深渊巨兽们不来地面，但深渊城的灵体们会不时进入黑暗深渊狩猎它们，一是为了历练，二则是为了收获它们死亡的灵识，以及黑灵元核。

这么多年以来，深渊巨兽们始终尽职尽责，任劳任怨地为灵体们“服务”。

这还是深渊城的灵体们第一次看见深渊巨兽们闹出这么大动静。

它们在自相残杀。是因为什么呢?

这些灵体心中产生了强烈的好奇，向黑暗深渊中飘去。

很快，众多灵体便亲眼看见那一头头身躯庞大的深渊巨兽在互相厮杀，喷吐黑暗之息，掀起灵识风暴。

它们像是疯了一样，斗红了眼，从最低阶的深渊巨兽到七八阶的中高级深渊巨兽，全都你争我抢地向黑暗深渊下方的某个区域冲去。

众多灵体见状，纷纷辨识、判断出方位，然后先于灵智欠缺的深渊巨兽们前往那个区域。

只见在黑暗中，有一个巨大的雕刻着玄奥纹路的茧悬浮在那里。

此时那枚巨茧的四周已经围着数十头七八阶的深渊巨兽，甚至有几头九阶的深渊巨兽。这些深渊巨兽虽然围着黑色巨茧，却注视着下方的虚空。

只见一枚透明的菱形晶石缓缓升起，似乎要融入黑暗巨茧中去，却被那些怪物阻挠，因而爆发大战。

剧烈的灵识风暴席卷四面八方，本该让众多灵体知难而退，可他们的目光定格在那块透明的菱形晶石上挪不开。

“魂晶？”

要说幽灵青海最珍贵的东西是什么，魂晶肯定排在前列，因为它是冥神们唯一可以使用的辅助性修炼材料，对冥皇、冥尊更是有着巨大的作用。

不过流通在市面上的魂晶非常少，供不应求，每一枚都会引发轰动和争抢。

可在狂喜的同时，这些灵体也在疑惑：魂晶虽然很珍贵，但如果仅仅是一枚魂晶的话，应该不会让这些深渊巨兽如此疯狂吧?

而且黑暗深渊下面居然有魂晶，这件事他们不知道，在深渊下生活了三百多年的深渊巨兽们也不知道?

这不太可能吧，如果这些魂晶的来源不是深渊之底，那是从哪里来的呢？那枚黑色巨茧又是什么?

因为疑点太多，这些灵体忽略了一件显而易见的事，平常魂晶是透明的无色多边形晶石，而黑色巨茧下面的却是一枚透明中带了些细碎黑丝的菱形晶石。

当然，它之所以能让众多灵体误会，自然是这透明的菱形晶石中也含有丰沛的灵识之力，可以提纯为神阶灵识之力。

数十头深渊怪兽为了一枚晶石打得头破血流，体内的灵识本源和黑暗元素本源挥洒在黑暗深渊中，落在黑色巨茧那蔓延至岩壁中的黑色丝线里，再由它传入黑色巨茧中，让巨茧变得越发浑圆。

约莫三十秒后，又有一枚透明的菱形晶石升起。这次阻拦它进入黑色巨茧中的，不再是深渊巨兽，而是来自深渊城的众多灵体。

他们化作一道道灵识之光，向着透明的菱形晶石冲去，不消片刻，几名八阶冥皇便围绕着透明菱形晶石站定，互相警惕地注视，一如先前的深渊巨兽。

忽然间，一道灵识飓风席卷而起，将透明菱形晶石卷向其中一名八阶冥皇。

那名八阶冥皇原地不动，灵识之力凝聚成一张巨大的灵识之手朝它抓去，可其他冥皇怎么会如他的愿?

一时间，铺天盖地的灵识箭雨从天而降，靠近深渊城一边的岩壁上的岩石开始碎裂，被灵识之力裹挟着砸了过来。

黑色深渊中到处都是灵识尖啸声，一柄柄灵识短刃出现在彼此的脖颈后，大家互相入侵对方的灵脑，干扰对方的行动。

在灵体们激烈战斗期间，那群深渊巨兽倒是先分出了胜负，其中一头前身像鲸后身像蛇，全身透明，可以清晰看见其中狰狞脏器的深渊巨兽，带着重伤，来到了那枚透明菱形晶石的面前，张嘴一吸，便将它吞入了体内。

下一秒钟，透明菱形晶石融化成了丝丝缕缕至纯的灵识之力，渗透到深渊生物的全身。它的气息在飙升，它本来只是八阶中段而已，可短短十几秒后，它便打破了所有生灵奋斗一生都大概率无法打破的瓶颈，晋升九阶。

而且不只如此，那精纯的灵识之力潜伏在这头深渊巨兽的身体内外，并没有完全被消化，而是被其缓缓吸收，其实力仍在不断提升。

它附近的深渊巨兽和灵体们全都被这一幕惊呆了，久久回不过神来。

“刚才发生了什么？”

他们简直不敢相信自己的眼前，以为自己的灵脑坏掉了。那明明只是一枚魂晶而已，怎么可以让一头深渊巨兽从八阶直接突破至九阶？！

除非那不是魂晶！

原本正围绕着第二枚疑似魂晶的晶石竞争的灵体们在微怔之后，猛地爆发出最强战力，哪怕伤及灵识本源也要夺到这块晶石。

二十几秒钟后，一名八阶巅峰冥皇硬扛着三名冥皇的全力一击，将魂晶吞入腹中，紧跟着，浓郁的灵识之力修复了之前对战时带给他的伤害，而且他的灵识之力迅速地变得纯粹，实力飙升，只不过短短几秒钟便突破成为九阶冥皇。他的灵格晋升，对八阶冥皇有了强烈的压制，让四周的七八阶冥皇不敢动手。

如果说一枚魂晶让深渊生物晋升是巧合，那第二枚魂晶让八阶冥皇晋升到九阶呢？

在场的冥皇强者们先是低头看了看黑色巨茧，又看了看黑色巨茧的正下方，几乎没有经过考虑，他们便化作了璀璨的流光，深入黑暗深渊中去了。

而不出他们所料的是，在黑暗深渊的底部，他们发现了更多的魂晶，一场波及范围巨大的战争立刻开始了。

与此同时，深渊城内的九阶冥皇，甚至是十阶冥神强者也纷纷感受到了黑暗深渊中的异常，当即化作光而去。

当深渊城内的九阶冥皇和十阶冥神来到黑暗深渊时，成百上千名中低阶灵体为了魂晶，已经杀红了眼。

所有灵体都疯了，此时此刻在他们眼中没有了友情，没有了任何感情，有的只是魂晶。

伴随着一枚枚魂晶被幸运者吞噬，他们的实力也都得到了大幅提升。

看到这一幕，着急赶来的十几名九阶冥皇和两名十阶冥神也震惊了。

不过，十阶冥神在看到透明的菱形晶石那瞬间，就辨认出那根本不是什么魂晶，而是源灵石！

所谓源，即源头的意思，灵代表着灵识之力。

源灵石是幽灵青海最珍贵的宝物之一，比魂晶的珍贵程度高了千百倍，即便在冥神的眼中也是不可多得的宝物，因为它正是产出魂晶的关键。

如果说魂晶相当于果实，那么源灵石就是一株果树，它蕴含的灵识之力比魂晶精纯，比魂晶浓郁，比魂晶温和。正是因为它足够温和，所以才能被低阶灵体和深渊巨兽所吸收。如果换作是稍微狂暴一点的异宝，别说全部吸收，只是吸收一点点恐怕都会爆体而亡。

即便是十阶冥神，也可以利用一枚源灵石修炼半年时间，但让在场的两名十阶冥神感到不解的是，为什么源灵石会出现在黑暗深渊中？

不应该啊！

第90章

元素之心

源灵石是幽灵青海最宝贵的资源，而且是幽灵青海独占的宝物，如果拿到外界去置换其他宝物的话，必然会对所有生灵都产生无与伦比的吸引力，可以换来大量珍稀的宝物。

这样的一域重宝，自然是掌控在冥廷的手中。

早在三百多年前，冥廷成立后不久，便有一支由十一阶冥神率领的特殊部队从幽灵青海大陆的第一层开始，一直探测到第十八层。几乎每一寸土地都被他们翻了个底朝天，最终将所有的源灵石产地都纳入冥廷的严密监视范围。

深渊城的黑暗深渊由于其特殊性，被那支特殊部队反复搜查了许久，最终无功而返。

时至今日，那支特殊部队仍然在一次又一次地勘测幽灵青海大陆的土地，意图找出那些隐藏得较深的源灵石。

只不过因为三百多年来的研究和演变，那支特殊部队已经有了相应的勘测手段，不需要十一阶冥神领队。后来他们只要技术更新，就会前来黑暗深渊勘测一番，但每次都毫无收获。

有关这些事件的记载，深渊城的高层是非常清楚的。这也是他们在深渊底下看见源灵石那么惊讶的原因。但是惊讶归惊讶，这两名十阶冥神在对视一眼后，皆朝着黑暗深渊底部冲去。

幽灵青海有冥廷，自然有律法。

哪怕是源灵石这种重宝，只要是在冥廷使者来之前取走，那也是私人之物，冥廷无权将其夺走。

两名十阶冥神化作流光，瞬间便到了黑暗深渊底部。

他们根本不需要施展什么灵识秘术，直接一挥手，足以使天翻地覆的灵识飓风就将那些冥皇、冥尊甩得远远的，而后两名十阶冥神默契地收取着属于自己的那一份源灵石。

尽管说在冥廷到来前取走的源灵石就是属于他们自己的东西，但如果数量过于庞大，冥廷内部起了歪心思，如果只是一名冥神，哪里扛得住？如果是两名，再加上他们背后的势力和强者，就完全没有问题！

所以他们内心深处虽然非常贪婪，但还是强行抑制了那种疯狂的情绪。

黑暗深渊较上方的区域，众多冥尊、冥皇看见两名冥神消失在视野范围内，而黑暗深渊中也不再有源灵石上浮，纷纷露出失望的神色，恨得咬牙切齿。

那些在竞争中极为幸运、成功吞噬到一块源灵石的灵体此时都欢天喜地，但与此同时，他们也在小心警惕四面八方的其他灵体，包括自己的同伴。因为他们才吞下源灵石，还来不及完全消化，如果有灵体带头，强行束缚住他们，再将源灵石取出来，那他们哭都哭不出来。

很快，这群幸运儿纷纷度过了初期的消化阶段，实力大幅提升，但仍然不敢在原地停留，开始向深渊外的区域逃窜。

部分八阶巅峰的冥皇和九阶冥皇略微迟疑后，朝他们追去。

剩下的那些灵体则将目光转移到了那枚悬浮在黑暗深渊中的巨茧上。

所有灵体都知道，这枚巨茧有古怪，很可能就是它吸引来了那些源灵石。那如果将这枚巨茧夺走，然后吞噬，实力境界会提升到什么地步？

当然，这么大一个巨茧，光凭一名灵体是绝不可能夺走的，除非很多灵体一起联手，或者说将它打碎，一名灵体取走一块碎片。

诸多心思在现场灵体们心中浮现，他们知道动作必须得快，否则等黑暗深渊下的两名冥神回来，这枚巨茧的归属也就不需要再提。

可正当众多灵体准备向那枚黑色巨茧发起冲锋的时候，最先感受并发现源灵石的深渊巨兽们纷纷向黑色巨茧下方游去，众灵体的目光自然也向下望去，脸上迅速浮现灿烂的笑容。

他们又看见了源灵石，而且数量不少！

一、二、三、四、五……一名灵体细细数去，发现至少有十五枚源灵石！

刹那间，这些灵体都疯了！要知道刚才可是有两名十阶冥神冲着下方去了，这种情况下还能有源灵石出现，说明源灵石数量实在是太多，不止一两个那么简单。

不过这些灵体已经管不了那么多了，他们纷纷下潜，各种灵识秘术开始倾泻，惊扰了黑暗深渊的寂静。

战斗爆发后，不时有灵体和深渊巨兽死亡。他们死亡时的灵识之力和精纯黑暗元素没有像以前一样沉入黑暗深渊中去。那枚黑色巨茧就在战争中一点点地变大，而其内里也在蜕变。

北月殇晨从感悟中醒过来的时候，发现自己正身处一片温暖的黑暗中，外界有嘈杂的声音传来，有灵识维度的声音，也有现实世界的声音，似乎有灵体在争吵，有巨兽在搏斗。

“怎么回事？”北月殇晨记得自己分明在黑暗深渊的地下，黑暗冰雹中。

按照他的推算，这样的深度应该不会有灵体前来才对，而且这片区域黑暗元素极多，灵识之力被压缩得所剩无几，他们来干什么呢？另外，巨兽的搏斗声又是怎么回事？

北月殇晨搞不清楚，但有一点他非常明白，不能再继续修炼下去了。他想解除修炼状态，却发现自己此刻的状态有点诡异。

他没办法移动自己的身体，他像是镶嵌在了黑暗中一样。与此同时，四面八方的黑暗正不断朝他输送精纯的黑暗元素之力和灵识之力。

他仔细地感知过后，发现甚至有一些黑暗元素本源和灵识本源在帮助他增强灵识本源，修复不久前黑暗元素本源的损失，整个人的实力在缓步提升。

这种状态非常好，让北月殇晨不忍心打断，可他又时刻担心外界的情况，心里面有些纠结。

他想了想后，将幽冥珠呼唤了出来，发现幽冥珠的状态也很诡异。

它时时刻刻在给北月殇晨传递一种蠢蠢欲动的感觉，但碍于他现在的状态，它又不能立刻离去。

不过让北月殇晨略微安心的是，虽然外界有战斗爆发，但幽冥珠没有给予警示，说明他现在还算安全。

“暂时先这样吧。”北月殇晨做出了决定，反正万一真要有什么事情发生，大不了用冥座远离此地。

他才被周复传送到黑暗深渊，不相信这块区域中有十一阶魔神可以阻止他。

黑暗元素本源源源不断地输送而来，修复着他腹部以下失去了黑暗元素本源的部分。灵识本源则在增强他的灵识，由内而外地影响他的灵识。

按照这个趋势下去，等他破关而出，他的灵识境界怕是可以无限接近九阶。

不过这还不是重点，北月殇晨察觉到那些黑暗元素本源修复好腹部以下的部位后，没有停留，而是向自己的右胸凝聚而去。

他略一感知，就发现自己右胸处竟然有一颗黑色的心脏在轻轻跳动。

“黑暗元素之心！”北月殇晨长长呼出一口气，简直不敢相信。

他只是从头整理了一下近几年来对黑暗元素的感悟，想着想着就沉迷了，好像睡了一觉，再然后醒来就凝聚了黑暗元素之心。这要是让蓝域的元素修炼者们知道了，他们会不会嫉妒死？

北月殇晨内心有些欣喜，但仅此而已。他是天生的黑暗元素体，从小到大不知被多少人夸赞，可因为家庭的事情，他从来没有骄傲自满过，反而很自卑，到现在也是一样。

而且他对天生的元素体算是有些了解，知道它最多让自己修炼到六七阶没有瓶颈，可从凝聚元素之心到凝聚元魂，就没有任何的帮助了，甚至可能因为修炼过快而导致根基不稳。

他仔细察看了一下黑暗元素本源的输入情况，推断最多再过一小时就能完全修复腹部以下的部位，然后彻底凝聚元素之心，突破成为七阶黑暗裁决者。

不过，前提是这段时间外面的战争不要波及他。

必须要了解外界的情况才行。北月殇晨想了想，灵识出窍进入幽冥珠，想尝试着穿过这片黑暗，但失败了。倒不是因为这片黑暗很稳固，而是他怕打破了它就不能维持现在的状态。

无奈之下，北月殇晨只得通过幽冥珠内的灵识世界，推断外界的情况。

此时此刻，他的正下方有成百上千名最低是六阶的冥尊在互相厮杀，还有上百头体形巨大的灵识生物体在互相撞击、撕咬。

正是他们的厮杀，这才导致灵识本源和黑暗元素本源四散，再被他给吸收。

不过，他们是在为什么而厮杀？

北月殇晨只能看见灵识，却看不见源灵石，心里面痒痒的，恨不得立刻出去看看到底发生了什么。

他继续往下寻找，发现更下方的区域有两个耀眼如太阳的灵识光点，那是属于冥神级别的灵识。

第91章

黑暗冰河

北月殇晨顿时冷汗直冒。

“到底发生了什么？”

他强忍着直接打破黑暗束缚的冲动，静静地观察、等待。

与此同时，外界在激烈的厮杀中，不断有灵体将源灵石吞入腹中，晋升成为九阶冥皇。他们的蜕变使得其他灵体越发疯狂。深渊巨兽虽然没有灵智，但它们的感知要比冥皇们强得多，因此有越来越多的深渊巨兽从黑暗中钻出来，加入战斗，为北月殇晨提供着灵识本源和黑暗元素本源。

黑暗深渊底部似乎发生了激烈的战斗，战斗余波掀飞了更多的源灵石，进而使得上方的战场也逐渐扩大，参战者更为下方所发生的一切感到深深的震惊。

部分自恃实力强大的九阶冥皇思考片刻后，朝着下方冲去，希冀可以从冥神级别的战斗中分得一杯羹。也有一小部分灵体看出事情正逐渐失控，开始为自己谋取最大的利益。

于是乎，铺天盖地的灵识攻击向着那枚黑色巨茧席卷而去，然而无论攻势如何狂暴，这些灵识秘术落在黑色巨茧上时，像是泥牛入海，激不起丝毫涟漪。

在黑暗巨茧里面的北月殇晨可以感受到外部有人在攻击他，可那些攻击落在黑色巨茧上后，化作精纯的灵识之力汇入巨茧中，成为它的养料，更快地为北月殇晨吸收黑暗深渊底下的两种本源之力。

他心中不由得一喜，虽然不知道自己现在的状态究竟是怎么形成的，但外部的攻击无疑都是好事。之前他还担心被攻击，现在却希望更多的人攻击他。

他的希望很快成真了。

外界的一些灵体发现自己的攻击无效时，反而更加坚定地认为黑色巨茧里面有比源灵石更加珍贵的宝物。他们卖力的攻击自然吸引了其他灵体的注意，并影响了他们，导致攻击黑色巨茧成为和争夺源灵石一样重要的行动。在他们的奋勇攻击之下，很快，黑色巨茧开始缩小，那些扎根于黑色石原下的黑色丝线也收了回去。

眼见黑色巨茧有变化，众多冥尊、冥皇越发卖力。

黑暗巨茧中，北月殇晨此前被魔族月神吸扯出去的黑暗元素本源已经完全被修复，此时正聚集在他的右胸，形成一个完整的黑暗元素之心。

借助黑暗元素之心，北月殇晨可以更加直观地感受黑暗，以及利用黑暗元素作战。与此同时，元素之心也在由内而外地改变他的躯体。

不过这些自然都不是北月殇晨突破成为七阶裁决者之后最大的进步，最大进步是他的生命层次得到一次蜕变后，幽冥珠终于可以将更多的知识灌注到他的头脑中了。

几乎是在元素之心形成的那一刹那，北月殇晨便陷入了昏迷，因为幽冥珠灌输的知识实在是太多了。等他将来修成星神，凝出神体后，神体的每一个部位都可以承载大量的能量和知识。

在幽冥珠开始向他灌注知识的那一刻，黑色巨茧迅速萎缩，很快便消散在了空中。

北月殇晨原本处于昏迷状态，但强烈的危机感让他强行从那种状态中清醒过来。他迅速望向前方，发现数十道蕴含磅礴灵识之力的秘术正朝他冲来。他下意识地将幽冥珠握在手中。

“化灵！”

北月殇晨体内的灵识之力迅速涌动，在幽冥珠的增幅下，改变着构成他身体的每一粒微小的黑暗元素。下一秒，他的肉身完成灵识化。这是幽冥珠灌输给他的知识中记载的灵术。

这个灵术与神魂魅影有点相似，但又有着本质的不同。神魂魅影是改变敌方的观感，而灵识化则是肉身化为灵识体。

用了不到零点一秒的时间化灵后，北月殇晨望向不远处一名七阶冥皇。

与此同时，他体内的灵识之力倾泻到右手，并疾速构成一个七阶灵术——灵识之劫。灵识之劫形似闪电，无比精准地命中了那名七阶冥皇。紧跟着，北月殇晨动用了幽冥珠赋予他的另一个新能力——灵体转换。

在幽冥珠内引导出的灵识之力的覆盖范围内，哪怕只是一丝丝淡薄的灵识之力，北月殇晨也可以借此调换区域内所有灵体的位置，相当于一个小范围的瞬间移动。

只是瞬间，北月殇晨就与刚才那名七阶冥皇调换了位置。下一秒，对方出现在了北月殇晨先前所在的位置，然后被铺天盖地的灵术覆盖了。

不过四周的灵体也不是瞎子，知道北月殇晨调换了位置，当即又转过头锁定了他。

这些灵体看见北月殇晨的时候，都露出了失望的神色，他们万万没想到黑色巨茧里面居然只是一个七阶冥皇境界的灵体而已。虽然他看上去有些特殊，但依旧是一个灵体。

正当众多灵体失望之际，北月殇晨将目光转向下方——另一大群灵体聚集的区域。在他们中间，正有十几枚源灵石向上飘浮。

在看到那些源灵石的时候，始终在向北月殇晨灌输知识的幽冥珠忽然停下，继而爆发出强烈的渴望，那是比之前看到魂晶还要强上数百倍的渴望。

正巧有一头深渊巨兽和一名冥皇各自吞下了一枚源灵石，他们突破的样子让北月殇晨感到震惊。北月殇晨紧跟着毫不犹豫地向那边扑去。

与此同时，磅礴的灵识之力以他为中心，向着四面八方扩散。由于灵识之力级别过高，下方的灵体甚至没有感觉到灵识之力的扩张。

北月殇晨化灵后，速度快如闪电，已经达到了九阶冥皇的层次，原先想围杀北月殇晨的那些灵体只能眼睁睁地看着他消失在面前。有部分八阶、九阶冥皇想追上去，但陡然间感受到了沉重的压迫感！

灵压！

元素之心凝聚后，北月殇晨的身躯开始蜕变，继而也激活了幽冥珠更多的功能。加上他本身汲取的灵识之力已经让他站在八阶冥皇巅峰的层次，在形成伪灵格时，灵压更强，在灵体状态下效果更佳，即便是九阶冥皇也会被其压制。

表面上看去只有七阶冥皇实力，却能动用让九阶冥皇都感觉强烈的灵压，他究竟是一种什么存在？

原本要追杀他的灵体们都停下了脚步，陷入挣扎当中，他们不想空手而回，但更不想死。

在他们纠结的时候，北月殇晨已经进入下方争夺源灵石的战斗当中。

此时灵识之力已经覆盖了整个战场，北月殇晨可以做到在其中瞬息往来，没有灵体可以阻挡他，再加上幽冥珠对魂晶、源灵石这种蕴含精纯灵识之力的宝物有着极强的吸引力，几乎是在眨眼间，他便夺去了两枚源灵石。

源灵石被北月殇晨握在手中，其中蕴含的精纯灵识之力飞快涌入幽冥珠，不到一秒钟时间便被它吸收得干干净净。

北月殇晨感受了一下幽冥珠此时的状态，发现一枚源灵石的作用堪比之前墨衢手中水滴状的大天神精纯的灵识之力。

这改变了幽冥珠灵识之力枯竭的情况。

一枚、两枚、三枚、四枚……

北月殇晨利用伪灵格形成的灵压，再加上灵识之力覆盖范围内的灵体转换之能，飞快地夺取源灵石，补充幽冥珠的神阶灵识之力。

他的疯狂抢夺行为无疑让四周的灵体们癫狂，他们开始调转枪头围攻北月殇晨，可北月殇晨浑然无惧。

北月殇晨虽然才学会灵识之劫，但运用得出神入化，关键时刻他还可以利用冥座进行空间跳跃，根本没有灵体可以阻拦他。

很快，十几块源灵石尽数被幽冥珠吞噬，而后幽冥珠立刻又向北月殇晨传去强烈的冲动。

向下！向下！

北月殇晨之前就知道黑暗深渊下方有两名以上的十阶冥神，但在犹豫了片刻后，他还是决定向下！

吸收了十几枚源灵石的幽冥珠，灵识之力变得充盈起来，境界实力的提升给予了北月殇晨极大的自信。只要不再出现魔族的月神级强者，就算是幽灵青海的十一阶冥神来了，他也可以凭借冥座逃脱。

黑暗深渊不愧有深渊之名，北月殇晨全速向下，飞行了足足两分钟，才终于看到底部的模样。

深渊底部常年有黑暗元素凝结而成的冰雹落下，黑暗雨水倾盆而下，三百多年来已经成了一条黑暗冰河。

此时冰河下方正不断有源灵石升上来，被幽冥珠所吞噬，恢复它在过去损耗的灵识之力。

“轰！”

看见冰河，北月殇晨没有任何停下的意思，直接撞入其中。

冰河中是极致的黑暗，灵识之力大幅减少，黑暗元素却呈几何级数增加。

这种环境正是北月殇晨的主场，他睁开眼睛，望向源灵石上浮的方向，全身笼罩黑暗元素，似鱼入大海，虎奔高山。

没过多久，北月殇晨来到冰河的底部，发现一个深邃的黑洞。狂暴的战斗余波正从中爆发，源灵石也是从中浮出的。

北月殇晨精神紧绷，灵识之力笼罩四方，随时都可以召唤出来冥座，同时利用灵视和幽冥珠对灵识的特殊感知，确定里面没有魔族月神，这才一头扎入黑洞。

下一瞬间，黑暗冰河造成的些许阻滞感完全消失了。

第92章

源灵石矿藏

黑洞之中，宛如幽灵青海之外的世界，空气清新，阳光明亮，绿草如茵，隐约间有虫鸣鸟叫。如果没有爆炸声，这里本该是一个安宁祥和的地方。

北月殇晨第一时间看向西北方，在肉眼可见的范围内，有超过四名十阶冥神正在厮杀！

在与他们有些距离的区域，还有近二十名九阶中高段甚至巅峰冥皇处于混乱的互相攻击状态。

在看到这些冥神、冥皇的时候，北月殇晨有些羡慕。这还只是幽灵青海第六层的部分战力，如果全部十八层加起来呢？相比之下，人族三域真是孱弱不堪。

他们是从哪里来的？这是北月殇晨脑海中浮现的第二个念头。

这些冥神、冥皇不可能全来自深渊城，因为别说幽灵青海，哪怕魔域的城池，也绝不可能有四名十阶魔神和近二十名九阶魔皇。

“刚才那个黑洞，其他地方也有吗？”北月殇晨想。

这可能是唯一的解释了，毕竟只有空间传送类的手段才能让这么多十阶冥神和九阶冥皇齐聚一堂。

不过深渊城的黑洞又是怎么产生的？不会是因为他或者幽冥珠吧？哪里有这么巧的事情？

北月殇晨本能地想到了周复，觉得周复将自己传来深渊城没那么简单，可他是什么人呢？他跟冥一究竟是什么关系？

想了半天都想不通，北月殇晨索性将其抛诸脑后，利用神魂魅影和幽冥珠赋予的减弱灵识气息的能力，将自己在这片世界“抹除”了。

所谓鹬蚌相争，渔翁得利，那边的灵体们打得正酣，北月殇晨为什么要去干扰他们？

不过，大量九阶冥皇和十阶冥神的战斗倒是值得一看。不只如此，北月殇晨还用水幕珠、圣阳书、绿雾镜、焰光镜等物品将战斗的画面记录了下来，想着可以将这些带回蓝域作为宝贵的资料信息。

从那四名十阶冥神的神体凝实度来看，他们应该都是才入星神境界不久。但这里的“不久”是相对来说的，星神这一境界是许多天才的修炼终点，几年乃至十年也不算久。

这四名冥神晋升星神估计都不超过十年，神体凝实度很寻常，但他们全都具备场域，尽管只是最普通的灵识场域。

这四名冥神的场域不断地碰撞，产生灵识旋涡和风暴，让他们周围变得极其危险，如果北月殇晨不将灵识之力导入眼睛，恐怕都会迷失在那些灵识幻象迷宫中。

因为是同级别的场域对抗，所以这四名冥神的战斗没什么太大的看头，倒是那近二十名九阶冥皇，释放出一个又一个强大的灵识秘术，让北月殇晨大开眼界！

有灵识之力形成的锋利长矛、镰刀、锁链、锤子，也有灵识之风、灵识之火、灵识之水、灵识雷电等类似于元术的秘术，还有灵识幻象、灵识诅咒、灵识控制、灵识入侵等一系列精神攻击手段，魂灵召唤、灵识结界、夺魂、炼识等特殊秘术数不胜数。

当然最吸引北月殇晨眼球的，还是那些九阶巅峰冥皇，他们已经在感悟灵识法则，学会将场域的力量融入灵识秘术当中去。

融入了灵识场域之能的灵识秘术可以吸取一片区域的灵识之力，形成灵识真空地带，也可以无限凝实，在秘术的控制范围内，九阶巅峰冥皇可以做到一些只有身处场域才能做到的事。

相比起场域的直接对抗，他们看起来倒更强大一些。

当然了，精彩并不等于强大。北月殇晨换位思考，在十阶星神级强者看来，九阶巅峰冥皇的这些手段应该只能算是花里胡哨的吧，不过还是非常值得北月殇晨去学习。

北月殇晨一边观察与记录着冥神、冥皇的战斗，一边望向他们争夺的目标。他不用去寻找，因为幽冥珠几乎化作一个箭头，直直地指向正东方向。

北月殇晨转头望去，目光顿时定在那里。

那块绿色的草坪上，竟然整整齐齐地摆放着一堆堆的源灵石！

尽管北月殇晨现在还不知道源灵石的具体功效是什么，但他依旧认定这绝不是自然诞生的，而是人为摆放的。

谁有能力发现这样珍稀的矿藏？

北月殇晨相信以源灵石的珍稀程度，冥廷肯定早就把全幽灵青海里里外外翻了个遍，几乎不可能出现这么大的遗漏，除非是同级别的势力才能做到。而与冥廷同级别的势力只有一个，那就是前任冥王冥一统治下的冥廷。

这难道是前任冥王留下的一处藏宝地？周复送他来这里，不会是为了让他收取这些源灵石吧？是冥一的授意吗？那直接给他岂不是更好，干吗这么复杂？而且还让那些深渊巨兽和灵体捡了便宜。

北月殇晨搞不懂，不过没关系，因为他觉得自己可以收走那些源灵石。

许久之前，他发现幽冥珠内的灵识之力不多，就一直处于焦虑的状态，生怕所有灵识之力耗尽，他失去最大的依仗，后来他也一直在想办法补充幽冥珠的灵识之力，可没什么收获。

直到此时此刻，如果能将那些源灵石全部夺走的话，应该可以为幽冥珠补充至少全盛时期一成的灵识之力吧。北月殇晨推断。

片刻后，北月殇晨收回目光，转头望了望不远处的冥神和九阶冥皇。

此时他们仍然没有发现他，他心里面各种念头闪过，最后决定快刀斩乱麻，直接动手抢夺，然后立刻逃遁。

北月殇晨一点都没有犹豫，用灵识之力包裹全身，化作流光，瞬间便冲到绿色草坪区域。

幽冥珠霎时间化作一个吞噬一切的黑洞，疯狂地用灵识之力粉碎那些源灵石，再将它们吸收吞噬。

幽冥珠的位阶极高，吞噬速度过快，快到连四名冥神都来不及反应的地步，所有源灵石便消失了。

几乎是下一秒钟，四名冥神将目光转向北月殇晨，而后同时朝他冲来。

北月殇晨没有犹豫，立刻唤出冥座，可就在他准备利用冥座将自己传送走的时候，幽冥珠忽地剧烈震动起来，传给北月殇晨一个信息。

“还有更多。”

北月殇晨迟疑了。而正因为他的迟疑，四名冥神已经来到了不远处，他们的灵识场域覆盖而来，将北月殇晨笼罩在内。

北月殇晨这次不敢迟疑，再度使用冥座，但四名冥神的灵格灵压碾压向他，灵识场域疯狂挤压向他，让冥座进行空间跳跃的距离缩短了九成以上。

北月殇晨只能利用这片空间躲避四名冥神的攻击，而做不到第一时间逃离，但他没有惊慌，因为他来之前已经做好了准备，考虑到了这种情况，他还有底牌没有用出来。

既然四名冥神都没能第一时间将他杀死，那么找到那更多的源灵石矿藏，是有操作空间的！

北月殇晨准备冒险尝试一下！

在躲闪四名冥神围杀的过程中，北月殇晨不断向幽冥珠指引的方向进行空间跳跃，最终抵达了目的地，但北月殇晨没有看见也没有感知到任何事物。他不由得有些疑惑，可幽冥珠很明确目的地就在这片区域。

北月殇晨思绪万千，飞快地思考，最终有了一个推断，黑暗冰河底部的黑洞不是凭空形成的，而是类似于破碎的空间。这块空间也能被打破，然后通向其他区域。

以他的实力，显然是不可能打破空间的，但如果有四名冥神帮忙的话，那又是另一回事。

想通之后，北月殇晨第一时间向这四名冥神发去邀请。

境界提升后，他现在已经可以将幽冥珠当作一个扩音器，将灵识维度的声音同时传向许多灵体，而且范围更广。有必要的话，声音也可以更大，甚至形成声音类的灵识攻击。

“我知道哪里有更多的魂晶，要不要合作？”

北月殇晨的话音落下，根本没有任何灵体理他。

连源灵石都可以称作魂晶，一个没见识的土包子，肯定只是因为某种特殊原因才来到了这里，先抓住或者杀了再说！

这是四名冥神下意识的想法。

北月殇晨感受得到这四名冥神的果决，知道劝说大概率没用，索性换了一个危险但有效的方法，那就是利用冥座消耗灵识之力即可无限制进行空间跳跃的特性，不断调整方位，让四名冥神的场域撞击，形成爆炸和冲击，看看能不能炸碎空间。

不过这可不是一件易事，毕竟场域并非圆形的球体，可以是长方体也可以是正方体。这两种场域相撞，不会发生那种级别的爆炸，他需要让四个场域的四个角撞击在一起，方可爆发最强的威能。

虽然困难，北月殇晨还是要尝试。但在尝试的过程中，四名冥神很快就发现了他的目的。

第93章

三成威能

此时此刻，四名冥神心中是非常疑惑的。

北月殇晨是谁？他究竟是什么实力？他刚才是怎么隐藏的气息和踪迹？他是怎么在场域力量的影响下，连续进行空间跳跃的？另外，连他们都没感知到更多的源灵石，他怎么会知道？他说的话是真是假？

一个又一个的疑问从他们心中冒出来，但他们没有停下来，让自己的场域力量不断侵袭过去，意图活捉北月殇晨。

不过四名冥神都是独立的个体，他们思考的东西不一样。有两名十阶冥神认为北月殇晨是无耻的偷盗者，应该立刻杀死并取出源灵石；另外两名则认为其实可以相信他一下，反正也不会有什么损失。

四名灵体、一个人，三种不同的想法，导致场域撞碎空间一事变得有可能。

在四名冥神的场域的撞击下，空间开始出现裂纹，丝丝缕缕浓郁的源灵石气息从中传出，让另外两名十阶冥神瞬间改变了自己的想法。四名冥神默契地堵住北月殇晨的去路，同时又开始撞碎空间。

与此同时，那群九阶冥皇终于姗姗来迟。他们感受到破碎空间中传来的源灵石气息时，都露出了贪婪的神色，但他们不敢上前参与冥神之间的战斗。

场域一次次的撞击，可以轻易影响现实世界的十阶灵识之力，开始向破碎空间里渗透，其中包含着四名冥神的“视线”。

他们看见空间破碎的画面后，动作都停了，显然被震撼到了，紧跟着释放自己的十阶灵识之力，不到五秒钟便让空间破碎了。然后他们把北月殇晨抛在脑后，一头钻入破碎的空间里面。

不过，他们也没有完全无视北月殇晨。他们知道北月殇晨的空间穿梭能力很强，如果让他加入的话，会让他们少许多收获，于是他们直接用灵识场域把破碎的空间入口堵住，不让北月殇晨进入其中。至于他刚才夺走的那些源灵石，相比起破碎空间后的那些，根本算不得什么！

四名冥神的取舍顿时让在场的九阶冥皇强者明白了许多东西，他们虽然眼热心热，但知道自己有几斤几两，于是将目光放在了北月殇晨身上。他们可是清楚地看见北月殇晨都做了些什么。刚才那一堆堆摆放得整整齐齐的源灵石，可是在北月殇晨的身上！

杀了他！这是近二十名九阶冥皇共同的想法。

北月殇晨感知到了他们的杀意，但没有跟他们缠斗或玩捉迷藏的意思，他要尽快打破四名冥神的封锁，进入另一边的空间。那里有让幽冥珠感到疯狂的源灵石，如果去得晚了，所有源灵石都被四名冥神取走，那他哭都哭不出来。

北月殇晨虽然有能力在冥神的眼皮子底下抢夺无主的源灵石，但要让他从冥神身上抢，他还没嚣张到那种地步。

眼看着一众九阶冥皇杀来，北月殇晨只能利用冥座的瞬间移动能力，不断地跳跃，同时思考着打破灵识场域的方法。

众多九阶冥皇看见北月殇晨闪来闪去，那游刃有余的姿态气得他们脑子发麻，但他们偏偏一点办法都没有。

北月殇晨有冥座，便立于不败之地，除非有十一阶强者动用场域才能留住他。根据北月殇晨对场域的了解，想要击溃场域，其实办法有很多。

第一，用比对方更强的场域直接击溃，或者将其覆盖，隔断其灵识之力的注入，使其自行溃散。

第二，在场域级别相同的情况下，以强大的身体穿行其中，寻找该场域的薄弱处，将其击溃，但难度较高。

第三，耗尽施展场域者的灵识之力，让场域自行溃散。

第四，用高强度的灵识秘术切割分化，或者是同化、侵蚀场域。

北月殇晨只是一名七阶元素裁决者，虽然在灵识层面有接近九阶的实力，可也无法利用上述四种方法解决眼下的困境。

不过，在用排除法将一个个可能性排除的同时，北月殇晨想到一种可能性。

他现在可以将肉身化为灵体，因此不需要再担心肉身的存放问题。他完全可以进入幽冥珠的世界，用它穿越场域的阻隔。不过从幽冥珠内部催动它的话，会有动力不足的情况出现。

想着想着，北月殇晨将目光转向那些九阶冥皇，心中渐渐有了详细的计划。

因为时间紧迫，北月殇晨没有考虑太多，化作灵体后钻入幽冥珠当中。

独自存在于现实世界的幽冥珠没有显现出实体，而是透明的圆形球体状。

那近二十名九阶冥皇见北月殇晨忽然停下，然后钻入一个小圆球当中，在略微的迟疑后，决定击碎它。

于是乎，无数道九阶冥皇的灵识秘术呼啸着朝幽冥珠而去，眨眼即至。

然而让众多九阶冥皇感到惊讶的是，幽冥珠并没有如他们想象的一样被击碎，而是像皮球一样朝着空间破碎、场域封锁的区域而去。

由于近二十道九阶灵识秘术爆炸产生的冲击力极强，幽冥珠几乎没遇到什么阻碍便侵入灵识场域中，而后灵识之力疯狂涌出，抵御着来自四大场域的挤压。

那近二十名九阶冥皇看到这一幕，完全愣在原地，一时间不知道该作何表情。

硬生生承受了近二十道九阶灵识秘术，哪怕是十阶冥神的神体也不可能做到，刚才那个被击飞之物到底是什么材质？竟然如此坚硬。

他们在原地猜测，北月殇晨则借助他们的力量穿破四大灵识场域的封锁，到达了目的地。

这一空间同样不像幽灵青海，而是一块广袤的平原，平原上整齐地划分出一个个正方形的区域，上面草垛似的堆放着一方方源灵石。

北月殇晨放眼望去，竟然没有看到边际。

北月殇晨看见这一幕，大脑直接变得空白，然后陷入了长久的沉默。

他敢拿他的性命作保，无论是刚才那片世界还是眼前这块平原世界，都和前任冥王冥一有关系。

因为不是大天神以及冥廷级别的势力，绝对不可能收集到这么多的源灵石。他当场就想联系冥一问问到底是什么情况，但他转头就发现那四名冥神已经发现了他的到来，正移动场域朝他包围而来。

北月殇晨忙从幽冥珠中汲取出灵识之力，注入冥座中，跳跃到远方堆放着源灵石的尽头。也不需要他做什么，幽冥珠便开始吸扯四面八方的源灵石。

近处的源灵石直接被幽冥珠拉入自己的内部，提纯成为精纯的灵识之力，而远处的源灵石则直接在空中便转化为灵识之力，江河入海似的注入幽冥珠中。

幽冥珠是法蓝星品阶最高的神器，具备着一定程度的自我意识，吸收灵识之力的速度要比不远处的四名冥神快百倍不止。

他们收取一堆源灵石的时间，已经足够幽冥珠吸收一百堆，这一幕让四名冥神强者难以接受。

下一刻，这些冥神都默契地放下了各自的仇怨，不再进行场域间的碰撞，而是将他们各自的场域收缩凝实，化作一个只能容纳一名灵体的正方形囚牢向北月殇晨框去。可即便如此，他们依旧没办法抓住灵识之力充裕、可以使用冥座无限制跳跃的北月殇晨。

无论是幽冥珠也好，冥座也罢，搁在任何一个灵体身上都是神器，更何况两件神物现在在北月殇晨一人身上。

四名冥神很快就发现他们的行动全是无用功，有时间去阻止北月殇晨，不如抓紧时间赶在他的前面多收取一些源灵石。

与此同时，他们纷纷想办法通报了自己派别的十一阶强者，希冀他们能够来阻止北月殇晨，到时候哪怕只能获取十分之一的源灵石，也不算亏。

可他们终究还是小觑了幽冥珠，随着大量灵识之力注入幽冥珠内，沉寂了三百多年的它终于又恢复了些往日的荣光，吞噬、吸收源灵石的速度自然也远超之前。

只是短短三十多秒钟的时间，幽冥珠几乎要将这片世界百分之八十的源灵石矿藏吞噬干净！

北月殇晨可以清晰地感知到，此时的幽冥珠至少已经恢复了它全盛时期的三成威能。如果将剩下的百分之二十源灵石吞噬，应该可以恢复到四成威能！

北月殇晨不由为之振奋，但同时也感受到了来自幽冥珠的警告。

有十一阶强者正在赶来！

这一点并没有出乎北月殇晨的意料，如此多的源灵石，恐怕放在冥廷的库存中也是一个占比极大的量，不可能任由四名冥神独吞它们，更不可能让自己独吞。

察觉到警告后，北月殇晨进入幽冥珠中，立刻发现一个闪闪发亮的强大灵识每时每刻都在发生灵爆现象。根据现实世界和幽冥珠内世界的比例，这个灵识的主人最多十几秒钟便会到来。

北月殇晨打算再给幽冥珠五秒钟，到时候无论它恢复到什么层次，他都要第一时间逃离此地。

第94章

幽冥世界

大概是看出北月殇晨有逃离的想法，在场的四名冥神纷纷将场域化作一条条环带，想将北月殇晨给捆缚住，但并没有什么效果。

可冥神毕竟是冥神，他们身经百战，历经千险，即便是首次遇到特殊情况，也可以找到不少办法来应对，四名冥神甚至还稍微交流了一下，最后决定燃烧灵识本源增强场域。

他们当然不会燃烧自身的灵识本源，而是不远处另一个空间中的九阶巅峰冥皇的灵识本源。那些九阶冥皇已经在蜕变的边缘，但也有可能一辈子都无法突破。拿一两个九阶巅峰冥皇来换取方才那大量的源灵石，很值得！

其实如果是在一般情况下，四名冥神应该会放北月殇晨走，反正最终他们总能找到他。因为没有任何灵体可以消化这么多源灵石，总要拿出去售卖或者置换。但关键在于他们见多识广，已经推断出北月殇晨是在利用冥座穿梭空间，而冥座又是前任冥王冥一的神物，他来自何处自然不言而喻。数量如此庞大的源灵石，一旦被天弓或者冥一的其他势力得到，后果不堪设想。

心中有了决断后，他们立刻第一时间撤除空间碎片处的场域之能，给予了对面那些九阶冥皇进来的路。

而那些九阶冥皇进来后，第一时间被平原上的源灵石堆震撼，他们还不知道这只是剩下的极小一部分。

还没等他们的情绪平复，强大的灵压忽然覆盖而来。他们惊恐地转头望去，看到的不是北月殇晨，而是一名他们不熟悉的十阶冥神。

这名冥神用灵压压制了他们后，直接动用强大的场域力量将其中两名九阶巅峰冥皇摄来。他们没有取之不尽用之不竭的灵识之力，也没有来去自如的冥座，自然逃脱不了冥神的控制。

这两名九阶冥皇都来自深渊城，不知道发生了什么，但敏锐地察觉到不对劲，当即转头向深渊城的两名冥神看去。

两名冥神，一名是深渊城的城主渊穹，另一名则是临时来深渊城办事的冥廷冥神，与在场的冥皇们都不熟，自然直接无视了他们的眼神。

只有渊穹眼中流露出不忍，这两名冥皇是深渊城的最强战力，在城主府内供职，跟他相交莫逆，也代表着深渊城的一些势力，事后处理起来会很麻烦。可即便他再不忍，麻烦事再多，也无法做出任何改变，因为那批数目庞大的源灵石必须留下！

抱着这样的心思，冥神渊穹在两名九阶巅峰冥皇绝望的眼神中，冷酷地转过头去。下一刹那，惨叫声响起，再一眨眼，惨叫声戛然而止。

远方剩下那群冥皇见此一幕，全都惊恐到了极点，想也不想，直接作鸟兽散。

“这是冥廷机密，泄密者，杀！”四名冥神也没有阻止他们离去，只是在他们回到上一处空间前，给他们发去警告。

众多冥皇强者听了，噤若寒蝉。

四名冥神中的一名冥神轻松地从两名九阶冥皇体内提取出全部的灵识本源，将它们燃烧，洒落在他们的场域中，立刻激发了场域里涉及的灵识法则之能，直接使得场域威能暴增！

北月殇晨将冥神们的行动从头看到尾，忽然产生了强烈的危机感，当即将幽冥珠召回，幽冥珠依旧贪婪地吸收着源灵石。

收回幽冥珠后，北月殇晨立刻便要催动冥座，可四大场域再度袭来，虽然还没波及他，但是四处的空间已经被封锁了，让他的冥座空间跳跃变得困难起来。

不过也不是完全不能穿梭空间，只是距离很短。如果是在正常情况下，北月殇晨消耗一些时间倒也能够逃脱，可现在的关键在于，有一名十一阶强者正在急速赶来，一旦等对方到达，北月殇晨性命危矣。

北月殇晨心念一动，让恢复到全盛时期三成多威能的幽冥珠将更多的知识灌输到自己的脑海中。

此时此刻的幽冥珠，已经与先前大有不同。它内藏的器灵似乎更具智慧，灌输知识的时候不再是一股脑地倾泻，而是有条理、有规律，而且兼顾了北月殇晨的需求。只一瞬间，北月殇晨便从幽冥珠那里获取到了方法。

“幽冥世界！”

十阶强者之所以强大，一是因为他们对法则领悟度高，可以借助法则的力量形成场域，二则是利用场域修出神体。十一阶强者的修炼，是在法则、场域和神体上的进阶，北月殇晨推算十二阶也是如此。

幽冥珠是七神珠之一，而七神珠是在大灾变之前，由全法蓝星众多强者集体炼制而成，这里面不乏大天神和大量的十一阶强者。他们将各自的法则领悟，全都灌输到幽冥珠当中，这才使得它有诸多神异能力，其中便包括幽冥世界。它相当于加强版的场域，但每动用一次，都要消耗大量的灵识之力，以及器灵的精神。

在北月殇晨强大到可以从天地间吸收精纯的灵识之力，帮助幽冥珠恢复灵识之力之前，不可过多使用，但是当遇到真正危险的时候，北月殇晨自然也不会吝啬。

是的，在吸收大量灵识之力、恢复到全盛时期的三成威能后，幽冥珠的器灵总算苏醒。

北月殇晨发动幽冥世界很简单，只需要引动那浩瀚如海的灵识之力，再交由器灵引导即可。这是最基础、最低效的做法，一旦北月殇晨突破到十阶，凝聚出场域，将可以叠加使用，威能倍增。

此时的器灵还没有恢复太多的智慧，但随着灵识之力越来越多，器灵会逐渐恢复到巅峰状态，可以帮到北月殇晨很多。

通过幽冥珠灌注的知识，北月殇晨对幽冥珠的器灵已经有了些了解。七神珠中，只有幽冥珠有器灵，因为灵体的特殊性，即便幽冥珠恢复到全盛时期，器灵也不会有人那么聪明，只能帮执掌者处理一些较为简单的事务。

“嗡……”在低不可闻的嗡鸣声后，一股以灵识之力为基础、推动着幽冥珠内灵识法则的力量向着四面八方扩散而去。

在幽冥世界中，北月殇晨有种执掌一切的感觉。他可以粉碎任何物体，可以改变任何物体，但是他需要消耗大量的灵识之力，以及他自身的灵识本源。

他有充沛的灵识之力可以消耗，但是他的灵识本源太过弱小，以至于他什么都做不了，只能看着幽冥世界扩大再扩大，直到将四名十阶冥神的场域都笼罩进去。

仿佛海水上涨，吞没一切，原本应该强不可敌的四处场域就这样无声无息地消失了。北月殇晨见此一幕，当即催动冥座，消失在了原地。

四名十阶冥神见到这一幕，沉浸在震撼中久久不能自拔。直到一名长相寻常的灵体来到他们身旁，他们才悠然醒转，然后向这名来自冥廷的十一阶强者汇报情报。

北月殇晨知道身后可能有一名十一阶强者，所以连续使用了五次冥座，每次都是去往最远距离。等停下来的时候，他已经来到幽灵青海大陆第十八层一个不为人知的峡谷中。

来到隐秘峡谷后，北月殇晨终于可以稍作休息，然后利用幽冥珠联系冥一。

由于冥一是一名大天神，即便利用幽冥珠联系他，也需要耗费大量的灵识本源。幸好北月殇晨境界突破，实力提升了。

“冥一陛下，我刚才在黑暗深渊下去到两处世界，里面有大量的魂晶矿藏，那是您留下的吗？”北月殇晨开门见山问道。

“是我。不过你是怎么进去那里的？”冥一也很疑惑，另外他补充道，“那是源灵石，是产出魂晶的东西。”

“是您的下属周复送我去的黑暗深渊，后来似乎出现了意外。”北月殇晨简单地说了下情况。

冥一听完后，道：“我去看一下。”话音落下，冥一主动断掉了与北月殇晨的联系。

北月殇晨听了冥一的话，只能耐住性子等待，同时心里面也惊了一下。冥一曾经告诉过他，他已经在走向死亡，但即便是走向死亡的大天神，也拥有着跨越千万里去深渊城看看的能力。北月殇晨不得不感慨大天神的强大。

不多时，冥一主动联系北月殇晨，北月殇晨给出反应后，两人的灵识再度连接。

“情况有些复杂，我长话短说，我在幽灵青海留下了很多处类似的藏宝地，冥廷一直在搜寻，也有很多寻宝灵体耗费毕生之力在寻找。周复送你去黑暗深渊，只是想着帮你恢复黑暗元素本源，但幽冥珠的存在让那两处空间的气息出现波动，因此那里被其他灵体发现了，所以才发生了后来的事情。”冥一快速地道。

“原来如此。”北月殇晨松了口气。他之所以第一时间跑来问冥一，其实是很担心那么多的源灵石，价值太高了，他觉得自己有点承受不起。

命运给予的馈赠，早就暗中标注好了价码。

北月殇晨害怕冥一将来让他做一些违背自己本心的事情，而他又无法拒绝。在听完冥一的话后，北月殇晨不只松了口气，心里面还有些期待。他之前误打误撞的行为反而帮助冥一搅了冥廷的局，还算是立功了吧？当然，北月殇晨也没想着冥一奖励他，毕竟他收取了那么多的源灵石。

“其实我考虑过直接告诉你一些源灵石的放置地点，但后来想了想还是算了，拔苗助长的后果，我不想再承受一次了。”冥一沉默了两秒后，沉沉地叹了口气。

第95章

七道光芒

虽然冥一没有跟北月殇晨明说他拔苗助长的对象是谁，但北月殇晨不傻，可以猜出是现任冥王，但具体的内情他不好问。

“既然事已至此，那接下来的发展，就全看你自己如何选择。”冥一说完后，顿了顿，道，“魔族来自域外，他们所感悟的法则要略强于我们的法则，所以一定要小心魔族的神级强者。”

北月殇晨闻言认真地点了点头。

冥一也没想到北月殇晨之前敢冒险靠近一个魔族月神。不过这也正常，人族三域距离魔域实在太远，平时缺乏交流，不了解魔族很正常。

“明白。”北月殇晨说完，犹豫了一会儿，道，“冥一陛下，您这么帮我，究竟是为了什么呢？”

“我说过。”冥一言简意赅。

“可是……”北月殇晨欲言又止，他实在不知道冥一为什么会这么相信他，相信人族。

“我有我的理由，你放心，我知道你在担心什么，我不会让你做对人族不利的事。”冥一语气坚定，“我可以向你保证。”

一个大天神的承诺顿时让北月殇晨心里面轻松了不少。之后，他又向冥一了解了一下放逐之地，了解了一下魔域和魔族，直到灵识本源让他觉得极度疲惫，这才断掉与冥一的联系。

断去联系后，北月殇晨立刻昏沉地睡着了，直到两天后才悠悠醒转，但仍然觉得有些头痛，好在这并不妨碍他去研究恢复三成多威能的幽冥珠。

此时此刻的幽冥珠，已经不复从前模样。

北月殇晨刚刚得到幽冥珠时，幽冥珠只是一个像玻璃珠似的幽蓝色圆球，后来他不断使用幽冥珠的灵识之力后，幽冥珠更是变得黯淡不已，可是现在它变成了蓝黑色的宝石，宝石内镶嵌着漫天的“繁星”。

北月殇晨看了它一会儿，灵识出窍进入幽冥珠内的世界，眼前仍是一片片的璀璨星光，但与以往不同的是，北月殇晨有一种强烈的掌控感。他对幽冥珠的掌控能力已经大大提高了。

北月殇晨在原地停留了一会儿，仔细从记忆中翻找幽冥珠灌输给他的知识，渐渐明白了幽冥珠现在的诸多神异能力。

首先，在幽冥珠内的世界里，他可以关注的灵爆距离更远，其次，可以提取到的灵识神纹更多，灵识匹配的能力也得到了增强。

因为灵识境界的提升，在使用灵识寄生生灵的时候，不再需要伪灵格的压制，可以强行入侵。再有便是灵体转换和幽冥世界，这些能力的熟练和认识都还算简单。

在整理完幽冥珠的变化后，北月殇晨开始思索要怎么才能从放逐之地那座地下城里面记录到关键的信息。首先一点，无论要做什么，他都必须将地下城的情况摸清楚！放在以前，这几乎是一件不可能的事，但幽冥珠恢复了三成威能后，这件事便有了可能。因为灵识匹配的新功效。

以前的灵识匹配，北月殇晨只能靠随机和猜测，最多也就是利用灵爆去寻找层阶较高的灵识，但是现在不一样了。只要北月殇晨愿意，他可以通过幽冥珠内的灵识世界看见那些灵识体的外表。虽然只是外表，可也足以让北月殇晨获得许多情报，例如他们的身份、种群、地位等等。

除此之外，北月殇晨还可以借用被匹配者的视角，但前提是对方的实力不能太强。他还可以听见被匹配者接收到的声音，相当于获得了一种远程监控的能力。

很可惜的是，他暂时还不能远程入侵他们的灵识。

“先打探敌情，再做计划！”

北月殇晨有了决定后，又开始休息，等头脑不再昏沉的时候，他才驱动冥座，向着放逐之地而去。

只是短短几次跳跃，北月殇晨就回到了放逐之地中一个峡谷的岩壁山洞。

这本是他之前定下的回撤路线，但那名魔族月神太强大，没有给他机会用上，现在倒成了一个藏身之处。

他不敢去到离罪恶之城太近的地方，害怕会被魔族月神发现。虽然冥一告诉北月殇晨，那名魔族月神大概率已经不在罪恶之城，但他还是决定小心些。

幽冥珠内的灵识光点璀璨如星，但也有许多黯淡如灰石。这些光点星罗棋布在一片区域，代表的正是放逐之地那些由灵识拼凑而成的灵造灵体。

北月殇晨无视他们，将视线放远，没过多久，便找到了目标。

这块区域一直都在发生灵爆现象，北月殇晨猜测这是罪恶之城里面的研究人员正在做实验，只是不知道是城内强者还是灵造灵体引发的灵爆。

北月殇晨很想知道，但可惜的是，因为之前跟冥一的交流，他的灵识本源消耗过大，需要一段时间来恢复。

不过因为幽冥珠恢复了部分威能，他已经不需要再像以前一样，傻傻地等待灵识本源恢复。他可以聚集四面八方的灵识，从那些较为完整的灵识碎片中提取微量的灵识本源，数量虽少，但至少可以减少一点恢复时间，而且在此期间，他也可以锻炼自己聚灵和通灵的能力。

在缓慢的恢复过程中，三天时间过去了。

北月殇晨成功地将灵识本源恢复到可以匹配一个生灵的地步，而后他没有耽误时间，直接进入幽冥珠内的世界，去到灵识世界里与罪恶之城地下城对应的区域，开始寻找最佳匹配者。

对方的实力不能太强，但地位不能低。这样的灵体在罪恶之城的地下城中，必然是一个研究人员，研究人员的衣着、神态、气质都与战斗人员相差甚远，北月殇晨相信自己可以找到。

通过在灵识世界内的侦察，北月殇晨比上次亲自前往地下城，更加清楚地知晓了地下城内的情况。

在这里，灵体研究人员占了大多数，数量第二的竟不是幽灵青海的守卫，而是魔族生物。

不过北月殇晨没有吃惊，因为他早有预料。魔域与幽灵青海勾结的事，他在看到那名魔族月神的时候，就已经非常清楚了，但他没有确切的证据。

他继续观察，很快又发现了一些让他感到惊讶却又觉得是意料之中的事——罪恶之城的地下城中有魔族的研究人员。

越过地下城，进入海洋，魔族的研究人员更多，除此之外，还有一些类似于灵造灵体，但又跟灵造灵体有着本质区别的灵体。北月殇晨竟然看不出他们的灵识真面目。

他隐隐有种不祥的预感。

在一次次的寻找中，北月殇晨看中了一个魔族的研究员，他的实力只有八阶中段。

北月殇晨利用幽冥珠远程匹配他，他绝不会有任何的察觉。

其实如果是灵体，北月殇晨可以匹配一名九阶的研究人员，但对方毕竟是魔族，北月殇晨不愿冒险。

一如往常，北月殇晨接触了那名被他选中的魔族研究员的灵识光点。

下一秒，北月殇晨眼前璀璨的“星星”尽数消失，取而代之的是这名魔族生物最深刻的记忆画面。

这是北月殇晨首次灵识匹配到魔族生物，也有可能是人族第一次那么近距离地了解魔族，所以他看得非常认真。

第一幕画面渐渐显现。

这是一片满是黑色土地与淡黄色、淡绿色瘴气的世界，布满沟壑的黑地上，流淌着咕咕冒泡的紫色岩浆。一座座石城矗立在平原上，其中居住着大量面容惨苦、眼中尽是绝望的魔族生物。天空中共有九颗巨大的太阳，倾洒下炽热的光芒，炙烤着这片世界，剥夺着无穷的生命。

这视线的主人是其中一座城池的寻常魔族生物。忽然有一天，他接到所属魔族王朝的征召，要前往某处与众多魔族生物、兽人族生物强者合力推动魔兽星，前往他们唯一的希望之地。

画面一转，也不知道过去了多少年，第二幕画面缓缓呈现。

在一个巨大的平原上，数十上百万的魔族生物尽全力吸收着四面八方稀薄的魔气，将其引导给天空上一尊伟岸的身影。

那伟岸的身影像是一个推动器，推动着魔兽星向远方的星球撞去。

那是一个碧蓝色的美丽星球，也是魔兽星上的魔族和兽人族唯一的希望！

没过多久，魔兽星重重地撞击上了那个碧蓝色星球。七道光芒凭空出现，以一种奇妙的组合编织出一张巨网，将魔兽星稳稳地拦截了。

七道光芒自然代表着七神珠，法蓝星有史以来最强大的神器。它们的光芒最初是微弱的，可在魔兽星强大动力的压迫下，渐渐变得明亮，直至最终闪耀如日月。

在光芒的后面，是全法蓝星的强者们，有来自妖域的精怪族、妖怪族，来自无尽蓝海的海龙族、海鲸族、海鲨族，来自岩浆赤海的火黎族，来自生命绿海的树海族，来自神圣澄海的光明族，一直隐世不出的深渊紫海的紫金族，还有较为弱小的三域人族。

他们尽全力吸收四面八方的能量，再将各色能量注入七神珠中，给予它们坚强的后盾。无论是魔兽星还是法蓝星的大地上，都升起一道道璀璨的光柱。

两大世界在对抗！

这场对抗，旷日持久！

第96章

转世魔童

最终，七神珠在法蓝星所有生灵的支持下，成功地将魔兽星分解了，分散了它的攻击力，可仍旧有两块巨大的陆地坠入无尽蓝海，掀起了波及整个法蓝星的恐怖海啸。海啸几乎杀死了法蓝星百分之六十的生灵，将诸块大陆淹没。

因为一些特殊原因，三域人族在妖域的庇护下损伤较少，一些海洋种群也得以幸免。妖域作为当时法蓝星最强大的势力，倒是损伤最大的那一个。

在海啸扩散期间，魔兽星两块大陆上的生灵们纷纷腾空而起，开始相互征战。与此同时，他们也不忘记对法蓝星的生命发起攻击。

虽然法蓝星的生灵们被海啸杀死了绝大多数，可剩下的尽是强者。他们众志成城，一起向魔兽星的魔族以及兽人族发起反击。

这正是大灾变的开端！

一位位英雄因此闻名法蓝。

一个个小人物崛起为英雄。

一场场名传后世的战争打响。

一位位神级强者为了自己的种群，为了法蓝星前赴后继。

终于，魔族的诸圣、神因推动魔兽星后参与战争而沉睡或死亡，兽人族也回到兽域那一隅之地。

大灾变至此结束。

第二幕画面是被匹配者推动魔兽星抵达法蓝星，历经大灾变而幸存的故事，第三幕画面则是他经历百年沉睡后苏醒的故事。

经过百年的沉睡，一些实力较弱的魔族生物纷纷苏醒，但族中的强者要么在沉睡，要么在死亡线上沉沦、挣扎，要么在轮回转世，少数魔族强者趁机掌权。

他们全是魔兽星各王朝帝王、圣神的代理者，知晓族内大天神级别强者的理念，所以他们开始为诸圣、神复苏之后的将来布局。

与幽灵青海合作，正是其中的一部分。

苏醒的部分魔族强者在发现幽灵青海和污浊黄海因大灾变的影响而形成后，动了一些邪恶的念头。他们觉得既然生命是可以被创造的，那如果创造出一些具备魔族血统的强大“武器”，在将来必然可以发挥巨大的作用。

抱着这样的想法，魔族接触了幽灵青海的高层，派出了研究人员来支持他们的灵造灵体计划。

与此同时，魔族研究人员也在利用幽灵青海的研究成果，研究制造具备魔族血统的武器，这种魔物兵器被他们称为“类魔”。

随着幽灵青海的成功，魔族距离成功也不太远了吧。北月殇晨这样猜测。

看完这名八阶魔族研究人员记忆深刻的画面后，北月殇晨陷入了长久的沉默。那三幕画面的信息量实在是太庞大了，他一时间有点消化不了。

他终于知道为何魔兽星会坠落到法蓝星，也亲眼看见了大灾变时期的惨烈景象，不过那都不重要，毕竟是过去的事，可第三幕画面里的信息让北月殇晨感到浑身冰凉。

魔族要制造具有魔族血统的生灵武器!

要知道，魔族来自魔兽星，他们修炼的魔气有别于法蓝星的能量，所涉及的法则也超脱于法蓝星。简单来说，他们要比法蓝星的生灵强大一些。

北月殇晨听说越是强大的种群，生育就越困难，想必魔族也是如此。一旦魔族掌握了制造类魔的办法，必然会势如破竹地推平整个法蓝星。这可比幽灵青海带来的威胁更大。

可同样的，法蓝星的诸多生灵面对魔族的勇气也就更小，那毕竟是魔族。沉寂了三百多年的魔族，一旦醒来，谁知道会发生什么？第二次大灾变吗？抑或是对法蓝星的灭世之战。

无论哪个种群、哪个强者都承受不起这样的代价，所以北月殇晨必须拿到切实的证据才行。

带着这种想法，北月殇晨小心翼翼地融入这名魔族研究员的灵识中，获得了他的视野、听觉和触觉。

四周的画面渐渐鲜活起来，嘈杂的声音进入北月殇晨的耳中。

北月殇晨发现这名魔族研究员正身处一个暗无天日的地牢中。

当然了，那对北月殇晨来说是地牢，对这名研究员来说却是一个研究场地。那里到处摆放着各式各样的工具、布满血污的脏器，正前方不远处则有一头巨大的黑色怪兽，它被特殊矿石制作的银链束缚住了四肢。

这头巨兽身体表面布满了鳞片，头上有一对尖锐而弯曲的角，它被银链束缚着，四肢与眼皮无力地垂下，仿佛是没有生气的死物。

魔族生物是比灵体更高一等的生灵，为他们创造灵智，自然要比灵体更难一些。魔族研究员虽然找到了研究方向，但距离成功尚有一段距离。

在约莫五个小时的研究失败后，这名被属下称为摩月的魔族研究员叹了口气，退出了研究室，回到了地面。

地面是一块存在于海底的陆地，抬头往上看，深蓝色的海水宛如天空，有大量海洋生物在游动，四周的尽头也都是如此。

整块陆地上，密密麻麻矗立着无数专门为实验准备的建筑物，一个又一个魔族研究员来回穿梭。

摩月一边和他们打着招呼，一边回到自己的住处，有些心事重重。

他虽然只有八阶中段，但在魔域的地位要比很多九阶魔皇都高，因为像他这样出生在魔兽星，历经推动魔兽星的漫长年月，又在大灾变时存活下来的八阶魔族生物其实非常少，魔域内部对这样的魔族生物倒还算是比较尊敬。除此之外，他自身的研究能力也是他地位的保障之一。

正是因为他活得久、见得多，所以他对近段时间来，这座演魔城内突然出现的陌生魔族生物有不一样的看法。

其他研究员和驻守的魔族战斗员都以为他们是为了前段时间一个偷入狱石城的灵体而来，但摩月认为即便那名灵体没有闯入狱石城，他们也一样会来，因为这群魔族生物有着非同寻常的使命。

如果摩月没猜错的话，他们应该是在寻找转世魔童。

转世魔童是魔王的传承者。魔域一共有十二名魔王，最弱的一名也是十一阶月神，强的自然是大天神，即便是月神，转世魔王月神也比寻常魔族月神强许多。每一名魔王在魔域的地位都极高。

在魔域，魔王是通过传承来延续，而非生育。一名魔王临死前，会留下遗嘱，给出预言，指引其他魔族生物寻找自己的转世之身。即便一名魔王突然殒灭，来不及留下遗嘱、给出预言，其他魔族生物也有其他办法可以找出转世魔童，比如根据魔王死亡时的一些征兆和圣地异象，等等。

据摩月所知，目前魔族的十二魔王，有八名已经被找到，正在转世重修，努力坐回自己的神座，拿回自己的权柄。

其中北斗魔王已经修成十阶星神；恐惧魔王更是重回大天神之位；红月魔王实力较低，只有八阶，据说在魔兽战场经历了一次失利后，正在发愤图强修炼。

其他五名魔王的情况，摩月不是很清楚，另外四名魔王未找到转世魔童，他自然更不清楚，但根据他的经验和前来搜寻的种种迹象，他判断这座演魔城极有可能是一名转世魔童的转世地。

他们从遗嘱、预言、梦中征兆、圣地异象中得到线索，现在来到演魔城秘密寻访，只差最后两点就能找出转世魔童。

第一点，看出生时间；第二点，看出生者对转世魔王此前的神物有没有特殊反应。

如果是在正常情况下，摩月就算揣摩出了这些，也不会太放在心上，因为魔童转世在哪里，跟他没有任何关系。就算转世魔童真的在演魔城，他也不会因此得到什么好处，最多就是以后多点谈资，可以跟别的魔族生物炫耀说自己亲眼见证了魔王转世，再没有更多的意义。

可关键就在于他现在处于非正常状态。他的妻子，一名从魔域跟他来到演魔城生活了几十年的魔族生物，怀孕了。

不只是如此，她的妻子快生了！

这就让摩月心里面忍不住激动了。

转世魔童的出生的确不会给很多人带来好处，但唯独他的父母，绝对会一跃成为魔域的贵族！这可是摩月活了几百年才等到的一次可以彻底改变自己阶层的机会！

在住处思索了许久，摩月将自己所有的猜测尽数告知了他的妻子镰欢。

镰欢的身份地位比摩月略高，是当初魔兽星十七王朝中北阙王朝的一名十阶魔神贵族的直系后代。那名魔神在大灾变中受了重伤，至今仍在沉睡，镰欢的母族也因此衰落。否则的话，她也不会嫁给摩月——一个只有八阶中段的大龄魔族生物，更不会与他来到远离魔域的演魔城。

但此时此刻，听完摩月的这番话，镰欢觉得自己的忍耐是值得的，她的命运终于要迎来一次重大的转折了。

第97章

灵识入侵

“你确定你的猜测吗？”镰欢看着自己的丈夫摩月，本就泛红的眼睛显得越发红了。

“我只能说，可能性很大……”摩月有点被镰欢疯狂的样子吓到，因此有些迟疑，“演魔城这么大，肯定有人跟你的怀孕时间相同，转世魔王的秘密寻访队就是来寻访和区分……”

摩月的话音未落，他的正前方忽然传来“噌”的响声，长得与人极为相似的镰欢忽地从背后抽出两把巨大的弯曲利刃，笔直地指向摩月，煞气十足地道：“你最好保证是，否则的话，别怪我对你不客气。我可不想希望破碎！”

摩月见状只得苦笑，同时心中既期望又忐忑。

这一男一女两名魔族生物丝毫不知道他们之间的事情已经被远在数万里外的北月殇晨看见、听见了。

北月殇晨心里面已经是翻江倒海。

有转世魔童要在演魔城转世，而且极有可能是这对魔族夫妇的后代！

如果是在正常情况下，北月殇晨会和他们一样，对这件事抱着怀疑态度，但北月殇晨找上摩月可不仅仅是他自己的选择，还有幽冥珠的引导。

从幽冥珠认主以来，它每次引导北月殇晨做什么，总是有特殊原因，因为它内部存在着某种机制，也不知道当初炼制它时是被哪位大能添加进去的。北月殇晨坚信，这次幽冥珠就是要带他找到转世魔童。

镰欢肚子里怀的，就是某一名转世魔王，同时也是当初制造大灾变的罪魁祸首之一。

此时此刻，北月殇晨才终于明白为什么之前罪恶之城下的狱石城来了一名魔族月神，他压根就不是为了那里的研究事宜，而是为了转世魔童。

在搞清楚这点后，北月殇晨的脑子飞快地转动起来，他很快便根据这次特定事件想出了一个计划。

初步想清楚计划后，北月殇晨又继续思考，慢慢补充，思考失败后的退路和备用计划。一直到第二天下午，他才开始行动。

他做的第一步，便是切割自己的灵识。

早在很久之前，北月殇晨就有了修补灵识的能力，那时候他就考虑过如果将自己的灵识切割，再用灵识之力同化成灵识寄生碎片，注入游魂之内转生，会不会产生另外一个“他”，依旧属于他的“他”。

但由于害怕出现后遗症，北月殇晨没有做过相应的尝试。

不过随着自身实力的提升，幽冥珠恢复了三成威能，北月殇晨总算是有了尝试的资格。

他仍然不敢保证在切割掉自己一部分灵识后，不会出现严重的后遗症，但通过休养和修复，自己的灵识应该会缓缓恢复。不管怎么说，这都是一次巨大的冒险行动。如果不是特殊情况，他绝对不会这么冒险。

切割自己的灵识，需要在一个高度纯净且没有其他灵识碎片的区域，以防止伤口被飘浮在空气中的其他灵识碎片感染。

法蓝星诞生至今已经不知有多少亿年了，空气里充满了大量细小的灵识微粒，它们有的甚至来自数亿年前。

要保证一定区域内高度纯净，没有其他灵识碎片，北月殇晨有两个方案：第一个是动用幽冥珠开启幽冥世界，在幽冥世界内，他能小范围地掌控一切；其次则是直接进入幽冥珠内的世界，在里面，他也可以小范围地操控一切。相比之下，显然是第二种简单些。

切割自己的灵识，还是自己动手，心里面当然免不了有些发怵，但北月殇晨很快调整好了心态，将一道灵识之力凝聚成锋利的灵识之刃，缓缓朝自己灵识的边缘划下。

在灵识之刃切割到灵识的那一刹那，强烈的痛苦几乎要让他失去神志，但他早已料到这点，所以提前做了准备，让幽冥珠的器灵想办法提醒他。

器灵的做法很简单，直接用灵识之力包裹住他的灵识，从每一处安全的区域刺激他，让他保持清醒。

北月殇晨最终完成了自身灵识的切割，而后他将芝麻粒大小的灵识碎片抛入灵识之力中去。

他自己正沉浸在水一样的灵识之力中，利用灵识之力蕴养自己的伤口，同时命令器灵帮助自己修复伤口，恢复被切除的那一小块灵识。

在恢复过程中，北月殇晨陷入了最深层次的沉睡。

不知道过去了多久，北月殇晨终于苏醒过来，发现自己的伤口已经恢复大半，心中顿时大喜。他立刻调转视线去观察以自己灵识碎片创造的灵识寄生碎片，看见它已经完成同化，松了口气。

下一刻，他回到现实世界去，通过对周遭事物的观察得出结论：时间刚刚过去五天不到。

这是一个极好的消息，因为对此时的法蓝星来说，每分每秒都弥足珍贵。

北月殇晨利用自身灵识制作灵识寄生碎片，自然是想借助游魂转生的方法，夺舍转世魔童的身体，再利用他的地位和特殊性，获取演魔城诸多骇人听闻的实验的切实证据。

切割灵识、修复灵识、制作灵识寄生碎片，这些很难，而如何将灵识寄生碎片送入演魔城，成功寄生转世魔童，难度更大。但根据他对转世魔童的了解，还没出生的转世魔童灵识并不强，以他现在的实力，强行寄生一个七八阶的灵体不成问题，更何况一个未降生的转世魔童。

此前通过摩月的视野，北月殇晨已经看出演魔城的驻军比狱石城更多、更强，十阶魔神的数量恐怕就不少于三名，九阶魔皇更不消说。要想将灵识寄生碎片植入镰欢体内，不比直接闯入演魔城记录证据来得轻松，但显然前面的方法能带给北月殇晨、人族三域和法蓝星的好处要多得多。

要知道，那可是一名魔王的转世。

夺舍或杀死一名转世的魔王，绝对是一件惊天动地的大事，也是在为将来可能发生的“第二次大灾变”提前解决巨大的麻烦。

当然，北月殇晨不认为自己可以杀死一名转世的魔王。

因为据摩月的说法，转世魔童继承了逝去魔王的一切，他们会在成长中一步步拿回自己以前的权柄。也就是说，他们一开始就拥有十一阶甚至是大天神级别的实力，只是没有觉醒，无法掌控而已，但想要杀死他们，必须得是神级战力才行。

北月殇晨只想趁着这名转世魔童尚未觉醒，借用他的身体来获取一些利益，这已经是北月殇晨所能做到的全部。

北月殇晨太弱小了，即便有幽冥珠也发挥不了太大的作用。不过，只要配合得好，哪怕一些低级能力也可以有巨大的作用。

心念一动，北月殇晨将灵识沉入幽冥珠中，又拥有了摩月的视野。

摩月工作了七小时后，才回到自己家中。看到摩月回到家，北月殇晨对照现实世界的比例，记录下了摩月所在的具体位置后，这才回到现实世界，而后开始凌空用灵识之力勾勒起灵识神纹来。

随着幽冥珠威能的恢复，北月殇晨勾勒出的灵识神纹越来越多，其中包括一个灵识穿越神纹。

最开始的时候，北月殇晨想用冥座将自己传送到演魔城中去，但这种方式会导致空间波动，十阶及以上级别的强者可能会发现他。

而利用灵识穿越神纹，送一个芝麻粒大小的灵识寄生碎片过去，那情况就大不一样。那种微小的灵识空间波动，在许多种情况下都会出现，一般不会引起灵体或魔族生物的特别注意。

当然，以防万一，北月殇晨也做了相应的准备。

在即将把灵识穿越神纹勾勒好时，北月殇晨利用冥座将自己传送到距罪恶之城一百里远的地方，然后用幽冥珠将部分灵识之力恢复成一堆源灵石，并且将其拿出来，让其气息四处扩散。

短短几分钟后，那堆源灵石便引动了罪恶之城、狱石城甚至于更深处的演魔城中为数众多的灵体、魔族强者，他们闻风而动。

察知到他们的动态后，北月殇晨又利用冥座跳跃到别的区域，利用灵识穿越神纹将灵识寄生碎片送到了摩月所在的位置。

此时摩月和镰欢正在家中议论着演魔城内大量魔族生物的动向，猜测是不是有什么大事发生了，根本没注意到那一块微小的灵识寄生碎片。那块灵识寄生碎片像是有眼睛一样，“嗖”的一下就钻入了镰欢体内。

两名魔族生物都是八阶，根本察觉不到被灵识之力包裹的灵识寄生碎片。

在确定灵识寄生碎片进入了镰欢体内后，北月殇晨立刻控制着它，观察四周的情况。

在北月殇晨的视野中，有一个身上覆满黑色鳞甲的婴孩正蜷缩着身体，他背生一对骨翼，其上隐约可以看见丝丝缕缕的绒毛。但这些绒毛像是蜜蜂的蜂针，锋利而且带着倒刺。他还有一条半身长的尾巴，此时正缠在自己的腹部上。他的嘴巴咬着右手食指，正卖力地吸吮着。他的身体周围有黑红色的液体在涌动，散发着邪恶的气息。

第98章

魔童降世

北月殇晨在看到婴孩的第一眼便可以确定他绝对是一名转世魔童，因此对灵识寄生还未降生的婴孩这件事，心里面没有丝毫的负罪感。

在北月殇晨的眼中，这不是一个无辜的婴孩，而是一个曾屠杀过法蓝星成千上万生灵的魔鬼。更何况，北月殇晨即便灵识入侵他，也绝对无法彻底占据他的全部——身体和灵识，或者杀死他。

在转世魔童面前，北月殇晨迟疑了许久，最终猛地钻入他的身躯，紧跟着眼前的画面骤变。

这是一片纯黑色的世界，在世界的中央，有一个被锁链捆缚住四肢和头颅的巨大恶魔，他的模样与北月殇晨刚才看见的婴孩极其相似，应该就是那个婴孩长大后的样子。

那显然就是一名魔王，但不知道是十二名魔王中的哪一名，有过什么样罪恶的过去，以及令人恐惧的能力。此时，魔王的四肢无力地下垂着，眼睛也紧闭着，正处于沉睡的状态。

北月殇晨稍微观察了他一会儿，而后灵识寄生碎片自我破碎，将碎片散落在魔王的灵识之中。

正在此时，一个拳头大小的黑红色火球凭空出现，朝着北月殇晨呼啸而来。

北月殇晨发现那个黑红色火球中，有一个长着成年魔王模样但体形极小的婴孩。那个被黑红色火球包裹着的婴孩来到北月殇晨的一小块灵识碎片前，挥动自己的右拳想要将其打碎，却被灵识碎片表层的灵识之力阻拦着，无法再前进。

北月殇晨知道这个婴孩代表的就是转世魔童，只要控制住他，就等于控制住了转世魔童的身躯。

如果是寻常灵识碎片，肯定会被这个转世魔童打得粉碎，但北月殇晨的灵识寄生碎片不一样，那可是经过十二阶大天神级的灵识之力蕴养过的。

这转世魔童的灵识还不怎么强大，根本没能力反抗北月殇晨，因此很快就被寄生成功。

下一秒，北月殇晨眼前的画面再度变换，他看到四周是黑红色的液体。

这是转世魔童的视野。

北月殇晨已经寄生成功，并且获得了转世魔童身体的控制权，不过转世魔童的灵识一直都在反抗、咆哮，而且反抗力度在持续增强，也不知道什么时候就会挣脱北月殇晨的束缚。

不过按照转世魔童挣扎和成长的趋势来看，在达成目的之前，北月殇晨肯定能按原计划执行。

成功获取转世魔童的身体的控制权后，北月殇晨立马开始适应如何操控他的身体。尽管转世魔童只是一个婴孩，但身体的力量已经非常强大，而且体内充斥着黑红色的特殊魔气。

北月殇晨有预感，这婴孩出生的时候不会像岩浆赤海的火黎族人或者无尽蓝海的某些霸主海族成员一样，直接出生就是四阶，但可以在一段极短的时间内修成八九阶。

不愧是魔王转世，北月殇晨暗叹不已。

在适应的同时，北月殇晨也在听外部的声音，静静地等待最佳时机。

转眼已是三天过去了。

北月殇晨一边通过摩月的视角观察着外界，一边通过转世魔童的听觉听着镰欢的声音，判断出来自魔域的秘密寻访队已经在附近的区域默默地观察着。

又是两天过去了。

也不知道一天中的什么时候，北月殇晨对镰欢的身躯出现了强烈的排斥感，后者也因此而剧痛。

魔族不是人族，两族的生育方法不一样，人族的生育过程很艰难，但魔族生物可以直接控制自己的身体，从口部将魔婴排出体外。

北月殇晨被镰欢排出体外的时候，第一时间看见的不是镰欢，也不是焦急赶来的摩月，而是一队身披黑色长袍、脸上戴着黑色狰狞面具的魔族强者。

为首的一名魔族强者与众不同，散发着平淡的气息，但他的气势将他身边九阶魔皇的气势压了下去。这名魔族生物的身份不言而喻，是一名十阶魔神。

这名魔神看着摩月和镰欢，语气平静地道："我叫元牝，隶属于玄渊魔王麾下的秘密寻访队。我们认为你们的孩子很可能是魔王的转世，所以需要做一些验证，希望你们配合。"

镰欢和摩月看着元牝魔神，听完他的话，心里激动得一塌糊涂，当即也顾不得观察自己的孩子，立马将魔婴交给了元牝。

元牝接过魔婴，低头看着他，发现魔婴正睁大眼睛，好奇地看着自己。

两魔对视了好一会儿，元牝这才将魔婴放在一旁的床上，也不消他转头吩咐，自有一名九阶魔皇递给他五件东西。

第一件是一杆长枪，枪杆鲜红如血，枪尖是一根弯曲的长角。

第二件是一面生锈的铜镜，平平无奇。

第三件是一双寻常的黑色皮靴，材质有些凹凸不平。

第四件是一幅卷轴，上面绘制着魔兽星曾经的辉煌场景。

第五件是一枚戒指，上面镶嵌着一圈看上去便很珍稀的黑红色宝石。

元牝将五件东西一一摆放在魔婴面前，魔婴根本没有任何犹豫，挣扎着爬起来，伸出手抓住了那枚戒指，然后发出了"咯咯"的笑声。

元牝见状，神色立刻变得肃然。他身后的五名九阶魔皇齐齐下跪，口中大喊："恭迎魔王回归！"

"恭迎魔王回归！"元牝也缓缓下跪。

摩月和镰欢见此情形，顿时眉飞色舞，在略作犹豫后，与这群魔神、魔皇一起下跪，喊道："恭迎魔王回归！"

北月殇晨学着婴孩"咯咯"笑着，看着他们，像是在嘲笑一群傻子。

因为体质较强，魔族的婴孩生下来就会走路，然后短短五天内，便能学会说话以及修炼。又过两天，已经可以满城乱窜。

由于转世魔童身份特殊，全城没有任何魔敢拦他。只要他愿意，任何区域都可以去，也没有任何魔会怀疑他。

在这一周时间内，北月殇晨为了达成自己的目的，帮助转世魔童修炼，此时已经突破到三阶。

这样的速度对转世魔童来说也是一个值得炫耀的成绩，因为北月殇晨不只是在吸收和消化体内外的魔气，还在利用尸骸族的尸骸修炼法汲取外界的元素，然后燃烧转化成魔气。

北月殇晨也不想帮转世魔童修炼，但为了达成自己的目的，他必须这样做。

随着实力的提升，在北月殇晨控制下的转世魔童可以去的地方更多了。

渐渐地，北月殇晨知晓了演魔城大部分的秘密，但他暂时没有能力将转世魔童看到的画面记录下来，只能继续准备和等待。

这天一大早，北月殇晨匆匆出门，来到演魔城的主路上后，他被路上的魔看见了，当即引发了轰动。

这一周来，北月殇晨利用转世魔童的身份做了不少让他们厌恶的事，比如在路上用魔火肆意地焚烧木屋，乱进实验室打乱魔族研究员的研究，直接抢夺和吞噬其他魔族生物的宝物。可即便这样，也没有魔敢报复或者不满。至于元牝，则一直跟在他的身后给他“擦屁股”。

这样的日子一天天过去，转世魔童忽然又学乖了，开始整日整日地修炼。这让元牝松了口气，对他的照顾也稍微松懈了一些，不再紧紧跟随，而是让两名九阶魔皇时刻相伴。

“监视”力度少了大半后，北月殇晨按照前段时间侦察的路线，开始在一些研究员短期内不会发现的情况下，偷窃一些研究材料，再有规律地将它们摆放在城内的许多区域。

很快，演魔城内的魔们都习惯了有转世魔童的生活，也接受了他的胡闹和折磨，因为他们希望转世魔童能对演魔城产生点感情，将来重回魔王之位后，能够想着点演魔城，给演魔城带来一些好处。

转世魔童的天赋太好了，体内有精纯的魔气，外加上北月殇晨成熟的灵识、尸骸修炼法，诸多因素集合起来，让他前期的修炼速度远超其他转世魔童。

不过，没经过研究就用尸骸修炼法，北月殇晨也不知道将来会给这名玄渊魔王带来什么弊病，但这根本不关北月殇晨的事。

转世魔童出生二十天后，已经有了五阶实力，整座演魔城几乎没有他没去过的地方。他的步伐开始朝着狱石城迈进，仍然没有魔或者灵体拦他。

正如北月殇晨以前所设想的那样，根本没有任何魔会怀疑本族本土出生的生灵，更何况是一个转世魔童！

在狱石城侦察了几天，北月殇晨继续往外走去，来到全是灵体的罪恶之城。

同样侦察了几天后，他的脚步不停，终于踏足放逐之地。

正在此时，负责他安全的两名九阶魔皇齐齐现身，跪在他的面前："魔王大人，您不能到这外面去。"

第99章

怀疑

说话的是虫魔族的魔皇虫愈。

虫魔族成员在魔域为数众多，实力大都不强，可一旦修成九阶魔皇乃至十阶魔神，他们的实力便会远超同阶其他魔族生物。

因为他们对低等的虫魔有常人难以想象的控制力，而当数千万低阶虫魔汇聚到一起的时候，即便是高他一阶的强者也会感到头疼。

“你是在命令我吗？”北月殇晨眼神淡漠，语气冰冷，看虫愈的眼神像是在看一个死人。

近段时间，他扮演的转世魔童是一个喜怒无常、残暴不仁的疯魔，所以即便虫愈比他境界高，在听见他的声音时，虫愈也忍不住有些恐惧。因为北月殇晨现在是转世魔童，也是魔王，他想杀虫愈的话，元牝魔神都拦不住。

可虫愈仍然不让开，违抗转世魔童他会死，要是让转世魔童在罪恶之城外的地方殒灭或者被俘虏，他的整个家族都会被灭绝，他自己更会生不如死。

“魔王大人，外面太过危险，前段时间狱石城有一个闯入者，他用着前任冥王的冥座来去无踪，一旦出事，后果不堪设想……”另外一名九阶魔皇屠盛也忙跪在北月殇晨的面前。

“我要是出了事，那就是你们的问题，你们自己想办法。”北月殇晨冷冷地看了两名九阶魔皇一眼，喝道，“滚开！”

话音落下，北月殇晨便大踏步朝放逐之地的方向走去。他一边走一边环顾四周，似乎对这世界上的一切都抱有高度的好奇心。

魔皇虫愈和魔皇屠盛对视一眼后，均有些无奈，进退两难。

可眼看着北月殇晨越走越远，他们又不能什么都不做，于是快速商量了一下，最终决定让虫愈派出自己体内蕴养的虫魔回去给元牝通报消息，他们则紧跟在北月殇晨的身后，小心保护。

虫愈派回演魔城的是一个镰虫魔，长得很像一只螳螂，有两只硕大而锋利的钳。它飞快地用钳扎地，用后推力让自己飞快地向前移动。

没多久，镰虫魔便回到罪恶之城，回到狱石城，再回到演魔城，然后它又回到了罪恶之城，狱石城和演魔城，一次又一次。

镰虫魔是低阶虫魔，速度快，但智商很低，以至于它根本没办法发现自己已经陷入了灵识幻象迷宫中。

这是之前北月殇晨利用转世魔童的身体在罪恶之城侦察时布置的。北月殇晨的主灵识不在转世魔童体内，而且布置灵识幻象迷宫需要大量的灵识之力，按理来说，他是布置不出灵识幻象迷宫的，但是现在主导转世魔童的只是他的灵识寄生碎片，他要迷惑的也只是虫魔族的属魔，需要的并灵识之力不多，可以借用转世魔童本身的力量。

放逐之地的一切都让转世魔童感到新奇，两名九阶魔皇远远跟着他，皆是一副欲言又止的表情，最后又只能无奈叹气，只希望元牝魔神能早点来解救他们。

就这样，两名九阶魔皇跟着转世魔童深入了放逐之地。

忽然间，强烈的危险感出现在虫愈和屠盛的心中，眼前的画面骤然变换！

一片大陆出现在天空上，它燃烧着熊熊的黑红之火朝地面落下，强烈的冲击力掀起强风，向虫愈和屠盛吹来。他们下意识地挡住脸，要发起反击，但陡然意识到什么，立刻止住行动，闭上了眼睛。

这些都是假的，他们进入了一处灵识幻象迷宫。

魔族生物的灵识天生就很强，所以虫愈和屠盛判断出此时的境况后，第一时间灵识出窍，想要找到出口和敌人，却发现自己正处于一片连绵不绝的灵识幻象中。

两魔环顾四周，发现自己正处于灵识幻象的正中央，而且看不见转世魔童的时候，心里面同时产生了一个念头——完了！

一旦转世魔童出事，他们得死，他们全族都得死！

绝不能发生这样的事！两名九阶魔皇对视一眼，开始破除灵识幻象，可即便他们的速度再快，也至少需要十来分钟。

在他们陷入灵识幻象迷宫中的时候，转世魔童则站到了北月殇晨的本尊面前，被北月殇晨伸手抓住肩膀，利用冥座连续几个跳跃去了远方。

不多时，北月殇晨和转世魔童一起出现在一个黑黢黢的山洞中，前者长吁了一口气。

自从寄生转世魔童后，他就一直想着怎么利用转世魔童的特殊身份和地位出城，再来到放逐之地跟他的本尊会合。经过长时间的准备和努力，他现在终于成功了，心中非常激动，但因为时间很紧迫，他没空抒发自己的情绪。

北月殇晨从转世魔童的视野中看着自己，觉得有些古怪，但很快他就恢复正常，而后本尊的灵识出窍，钻入转世魔童的体内，看向被自己束缚住的婴孩。

此时的转世魔童相比起未出生时已经大了许多，但依然比较弱。

北月殇晨又转头望了望那处被束缚的魔王的灵识，切实地感受到了他的强大。

紧跟着，北月殇晨开始仔细观察魔王的灵识的构成，在他的灵识中留下了自己的气息，以及提前准备好的更多的灵识寄生碎片，不只是他的，也有用聚集的灵识碎片做出的寄生碎片。

他在魔王的灵识中刻下了一些特殊的灵识神纹，留下了相应的灵识印记、灵识之力构建的灵识幻象、大量灵识之力聚成的不稳定源灵石等等。

北月殇晨知道自己不可能长期控制住这名转世魔童，所以要尽可能多地给他留下修炼隐患。就算不能阻止他重新成为玄渊魔王，至少也要拖慢他的成长速度，为法蓝星为人族三域争取更多的时间。

北月殇晨计算着时间，不敢贪多。

在转世魔童的灵识世界待了五分钟后，北月殇晨灵识归体，从空间储物戒指中拿出大量的高阶尸骸和特定的冥器，装到转世魔童的玄渊神戒中。

玄渊神戒同样有储物功能，它里面的空间要比天圆的大得多，而且堆满了东西，只要将那些东西掩埋好，被发现的概率极低。

同时，转世魔童也从玄渊神戒中拿出了一些东西，有的是单纯的材料，有的则可以让北月殇晨拿去当证据。

北月殇晨控制着转世魔童在演魔城内肆意抢掠了许久，还是没能找到可以记录画面和声音的宝物。如果能找到的话，他也不用现在这么麻烦，甚至可以将转世魔童掳走，想办法杀死。

当一切都做完后，北月殇晨这才将转世魔童送回到灵识幻象迷宫区域。此时两名九阶魔皇虫愈和屠盛才破解了很少一部分的灵识幻象。

北月殇晨没有多待，下一秒便消失在原地，只留下转世魔童一脸冷漠地钻研着灵识幻象迷宫。

不多时，他从灵识幻象迷宫走了出去，静静地等待。

约莫三分钟后，虫愈和屠盛总算破解了所有灵识幻象，当他们看见转世魔童一脸冷漠地看着他们时，脸上却露出了惊喜的神色。

“魔王大人，您没事吧！”

“两个蠢货，就这些幻象，你们也要用十分钟才能出来？”北月殇晨看着他们，像是在看两个傻子。

“是属下愚钝！”虫愈和屠盛哪敢反驳，此时他们心中满是劫后余生的庆幸。

“回去吧！”转世魔童鄙夷地看了他们一眼，冷冷地道。

“是！”虫愈和屠盛闻言更是大喜。

在他们回程的途中，元牝匆匆赶来了。

北月殇晨让转世魔童在罪恶之城布置的灵识幻象是有时间限制的，时间一到，镰虫魔自然按照虫愈的命令前去通知元牝。

元牝赶到后，发现转世魔童、虫愈和屠盛的状态都有些不对劲，当即皱起眉头，望向虫愈和屠盛。

感受到元牝眼中的冰冷杀意，虫愈和屠盛打了个寒战，当即将刚才发生的事详细地说了一遍。

元牝听完什么也没说，只是带着他们回到了演魔城，也没盘问转世魔童。

可当转世魔童回到住处，晚上陷入沉睡时，元牝这才突兀地出现在他的面前，而后灵识出窍，钻入转世魔童的灵识世界中去，站在高空静静地俯瞰下方，眼神极为冷厉。

在转世魔童的灵识世界中，被锁链捆缚住四肢和头颅的巨大恶魔正在沉睡。缩小版的转世魔童，即转世魔童的灵识体，也蜷缩着身体在沉睡，呼吸均匀，与魔王灵识体的沉睡状态有着本质的区别。

元牝在高空俯瞰了好一会儿才缓缓下落，在转世魔童的灵识世界来回游走。

又过去了半晌，他忽然凑近转世魔童的灵识体开始仔细观察，然后又仔细观察起魔王的灵识体来，最终确定没事这才离去。

元牝魔神的灵识离去后，转世魔童的灵识世界仍然平静。也不知过去了多久，元牝的灵识又突兀地浮现，眼神冷酷地环顾了四周一圈，满意地点了点头，才真正离去。

第100章

记录

时间一分一秒地流逝，约莫两个小时后，转世魔童的灵识世界“咔咔”地浮现裂纹，旋即如玻璃镜一样寸寸破碎，露出了真实的模样。

转世魔童幼小灵识体的四肢和头颅尽皆陷入灵识之力所制造的“泥潭”中，无法自拔。

以自己留下的灵识之力的浓郁度和损耗速度，北月殇晨估算转世魔童的本体至少要达到九阶，其灵识体才能自破泥潭。

魔王的四肢和头颅上浮现一个个灵识之力所制的灵识印记，在他的四周，更有延缓他苏醒和恢复的灵识神纹。无论是印记还是灵识神纹，都像是正常皮肤上的狰狞伤疤。

整个转世魔童的灵识世界中，到处都是大天神级的灵识之力，可以任由北月殇晨的灵识寄生碎片调动。

这一切，元牝魔神都没能发现。

第二天清晨，当青色阳光穿透海洋，照射到演魔城中时，由北月殇晨控制的转世魔童悠悠醒转，修炼半天时间后，继续开始“作死之旅”。

因为灵识世界的灵识之力和灵识寄生碎片增多，同时有灵识神纹的增幅，北月殇晨灵识层面的能力提升了不少，所以无须仔细观察，他依然可以清晰感知到以他为中心的五里范围内，一共有十三名魔族生物在戒备，那是四名魔神和九阶魔皇占据着东、南、西、北四方。

这让他在演魔城中的行动越发困难和危险起来，但他不急，慢慢地找机会，将玄渊神戒中的冥器和高阶尸骸放置在一个个关键位置。

他不只是自己去放置，也会趁着和魔族生物、灵体相处的时候，用灵识之力入侵他们的灵识，再借由灵识寄生碎片操控他们，让他们帮忙放置冥器和高阶尸骸。

转眼间，一周过去了。

演魔城的研究在继续，狱石城的研究在继续，罪恶之城的研究也在继续，一切都是那么平静，魔族和灵体族没有意识到变局将近。

这天，转世魔童如往常一样勤奋修炼了半天，然后出门劫掠城民们的宝物。保护和监管他的八九阶魔皇都没发现，今天的转世魔童是有目的性地前往演魔城中央一个特定的位置。

那个位置不甚出奇，只是一片实验室房屋的边缘地带。当这些八九阶魔皇开始疑惑转世魔童为何要来这里时，他已经在指定位置站好，与此同时，他的灵识世界内正在酝酿着一场巨大的“洪水”。

之前北月殇晨留在转世魔童灵识世界内的源灵石的能量，此时正顺着转世魔童的世界涌向外界，就像是引线被点燃，瞬间便蔓延向诸多特定位置。

下一秒钟，明亮的光芒闪烁，一个个巨大的空间通道呈现，一个又一个英灵从那些空间通道中升腾而起。

从转世魔童开始倾泻灵识之力开始，负责保护他的八九阶魔皇们便已经发现了他的异常。他们当即想要阻止，但不知道该怎么阻止，也不敢伤害转世魔童。

他们只能灵识出窍，进入转世魔童的灵识世界，而后惊骇地发现，在转世魔童的灵识世界当中，一道道灵识神纹、一个个灵识印记、一块块源灵石正在散发着璀璨的光芒！

“轰！”爆炸瞬间产生。

由磅礴的灵识之力形成的风暴朝着四面八方席卷而去，部分八阶魔皇的灵识当场便被搅得粉碎，只有少数八阶魔皇和四名九阶魔皇才在略作抗衡后灵识归体，看着不远处的转世魔童，面露恐惧之色。

与此同时，元牝魔神突兀地出现在空中。

不只是他，驻守在城内的另外两名魔神，祝灵魔神和狼炎魔神也都匆匆赶来，甚至有灵体族的冥神要前来此处，但被祝灵、狼炎、元牝三名魔神阻止了。

此时他们仍不确定转世魔童的异变是怎么产生的，但是涉及灵识层面，难保和幽灵青海没有关系，他们不敢冒险。

三名魔神齐聚后，全都灵识出窍，进入转世魔童的灵识世界中。

看着那一场场好似不会停歇的灵识爆炸，他们震撼不已，而后焦急起来。

事到如今，他们已经猜测出来，制造这一切的罪魁祸首肯定是那幽冥珠的执掌者，但不知道他是如何做到的，现在他们又该如何做，才能保住转世魔童的灵识世界不被摧毁，而且不能留下严重后遗症。至于其他事，他们根本没空去管。

相比起北月殇晨，保护转世魔童才是要紧事。

在三名魔神被转世魔童的伤势牵制住的时候，足足三十多名英灵从虚空中走了出来。这三十多名英灵，每一名都有一块散发着强大气息的特殊骨骼，他们以这块骨骼为核心，爆发出了超强的战斗力。

在骨骼核心内，有北月殇晨封印其中的灵体，他们自然来自墨衢团队。

在漫长的时光里，他们早已臣服在北月殇晨的手段下，此时被迫操控着英灵，在演魔城内掀起了一场战争。

几乎所有九阶魔皇都出去迎战了，只有一小部分守卫着重要的研究室以及转世魔童。

而在混乱的战争中，北月殇晨的身影突兀地出现在演魔城中一个不被注意的角落。借用转世魔童的身份在演魔城内生活了那么长一段时间，北月殇晨对演魔城可以称得上是了如指掌。

他身披神魂魅影，坐在冥座上，来回穿梭在一处处场景，用水幕珠、圣阳书、绿雾镜、焰光镜将这些画面和声音记录了下来。

在此期间，有魔发现了北月殇晨，但没什么用处。

三名魔神强者都在一心一意地想着拯救转世魔童，绝大多数九阶魔皇也被英灵所牵制，剩下的那些九阶魔皇和八阶魔皇根本不足为虑。

在利用冥座穿梭各处的时候，北月殇晨不敢放松警惕。

冥一跟他讲过，由于他之前闯入了狱石城，演魔城的守备力量增加了好几倍，而北月殇晨亲眼所见的那些守备人员，显然没有到几倍那么夸张，说明他们还有隐藏的力量，说不准此时就在想办法对北月殇晨发动致命一击。

不过，北月殇晨既然知道有危险，自然不可能打无准备之仗。

让北月殇晨感到意外的是，直到他记录完所有画面，仍然没有遇到危险。他有点不解，但隐约间又有所猜测，他们的最强隐藏力量可能不是十阶魔神，而是魔神级别强者才能动用的能力。可现在三名魔神都在想着怎么救转世魔童，根本没空来管他。

达成了自己的目的后，北月殇晨连续跳跃，又在狱石城和罪恶之城记录了一会儿，这才多次跳跃，远离放逐之地，回到幽灵青海大陆的第十八层。

在幽灵青海大陆第十八层的一个峡谷山洞中，北月殇晨大口大口地呼吸，久久不能平复自己激动的情绪。

他仅仅只是一名七阶裁决者，却在三名魔神和数十名九阶魔皇守护的演魔城中，成功记录下了种种证据，这简直是不可思议的壮举！

过了好一会儿，北月殇晨的心情逐渐平复下来，而后灵识出窍沉入幽冥珠中，联系到前任冥王冥一。

“冥一陛下，我记录到证据了。”北月殇晨努力让自己的语气偏向平静。

“我看见了，你做得很好！”冥一毫不吝啬自己的夸赞。

北月殇晨闻言很想点头。

完成这一连串的操作，已经是他能力的巅峰了。不过他的运气也着实很好，如果不是因为转世魔童恰好在演魔城中降世的话，他根本不可能完成这次计划，想要记录到证据，不知道要等到猴年马月，又要付出怎样的代价。

“你今后一定要小心，你暴露了幽冥珠太多的能力，你现在应该已经在魔域高层那里挂上名了。”冥一道。

“我会小心的。”北月殇晨闻言立刻严肃起来。

以他的所作所为，成为魔域的眼中钉肉中刺，毫不意外。

“之后的每一步仍然很难，你加油吧。”冥一道，“另外，你去第十六层西北部的平海城，那里是结界的薄弱点之一，从那里用冥座跳跃，你就可以出去。”

“谢谢冥一陛下，您的大恩，我北月殇晨绝不会忘。”北月殇晨郑重地道。

“那再好不过。”冥一的声音淡去。

北月殇晨回到现实世界，冥座连续破开空间，带着他去到幽灵青海大陆第十六层，但他没去过平海城，只能慢慢飞过去。

两天后，北月殇晨来到了平海城。

当灵识之力注入冥座中时，他眼前的画面陡然变换，广袤无际的空间化作一个个正方形的黑色格子。在不远处的斜上方，有一块黑中带了些火红色的格子。

北月殇晨这段时间经常使用冥座，所以轻易就判断出了那便是前任冥王冥一口中的魔域布下的结界的薄弱点。

他当即将灵识之力注入冥座中，使之化为一道淡青色的流光，“嗖”的一声破空而出，撞破那处结界薄弱点。

下一秒，北月殇晨已然出现在幽灵青海的近海。

第101章

妖域见闻

北月殇晨环视四周，天空辽阔，海洋无际，但似乎暗藏着某种危险。他不敢多停留，于是再度催动冥座，向岩浆赤海的方向穿梭而去。

不过北月殇晨的目的地并不是岩浆赤海，而是位于岩浆赤海东方的妖域大陆。

法蓝星七海六域，魔域、幽灵青海和污浊黄海是人族的敌对方，不可能说动。深渊紫海无人知晓其位置，自无法寻求他们的帮助。剩下的无尽蓝海、神圣澄海、生命绿海、岩浆赤海、兽域、妖域、蓝域、法域和圣域中，又以兽域、妖域的势力最为强大。

北月殇晨的计划是说服兽域和妖域，再去说服神圣澄海、无尽蓝海、生命绿海和岩浆赤海。

这两域里，妖域离得近，所以北月殇晨决定先去妖域。

在不计消耗的情况下，北月殇晨很快便抵达了岩浆赤海，然后向着东方的大海飞去。

冥座只能带他前往他去过的地方，而妖域的东西南北海域，皆是人族的禁区，他从未去过。

从岩浆赤海跨越无尽蓝海到妖域大陆，必须经历一段漫长的时光，北月殇晨正好趁此机会整理这段时间的所得收获。

此次幽灵青海之行，北月殇晨最大的收获当然是大量的源灵石。它们让幽冥珠恢复了三成多威能，也让北月殇晨的整体实力提升了不少。

其次则是对转世魔童造成的伤害。据他的估算，至少可以让其成长速度减缓三成，将来魔族少一个月神甚至大天神级别的强者，那法蓝星诸族与魔族之间的胜算便会增加一些。

再有便是他从演魔城中众多魔族生物口中得知的魔族秘密。等回到蓝域将其整理出来，必然会让蓝域更加了解魔族，以后面对魔族生物时也不至于慌神，甚至还可以利用魔族的修炼方法、魔域秘术去反制魔族生物。

时间飞快地流逝。

一周后，在熹微的晨光中，北月殇晨终于看见了一条匍匐似巨兽的绵长海岸线，一座座狰狞的悬崖矗立在视线的尽头。越过那些悬崖山峰，则是一望无际的绿色平原，平原上密集地坐落着城池与村镇。

还未靠近这片大陆，北月殇晨就已经感受到了丰沛的各系元素，包括灵识之力、生命气息、神圣气息，甚至于魔气。

这里便是妖域，现如今法蓝星最中央也是最广袤的一片大陆。在这里，各系元素丰沛得不像话。虽然此时是白天，但空气中弥漫的黑暗元素比深渊城区域也不遑多让，这让北月殇晨心中感叹不已。

尽管妖怪族和精怪族的势力已经大不如前，可依旧是法蓝星毫无争议的霸主级种群。人族何时才能赶上？

在感慨中，北月殇晨飞跃海岸线，飞向那块沃野平原中的一座大型城池。

飞近后，北月殇晨俯瞰下方，发现这座城池完全是由粗大的藤蔓建成的，城中的建筑物则都由绿色的树干打造而成。显然，这里是日辰帝国境内。

在遥远的冰河时代，人族曾是妖怪族和精怪族的附庸，即便到了现在，圣域人族与妖域之间的关系也有点像是被统治者和统治者的关系，而人族三域高层又经常互通有无，所以北月殇晨自然知道很多关于妖域大陆的信息。

除了大长老给予的书籍，北月殇晨还从灵识匹配到的妖怪和精怪那里问出了许多信息。

广阔的妖域大陆并非铁板一块，而是分为由妖怪族统治的天宇帝国和由精怪族统治的日辰帝国。

天宇帝国的面积稍大一些，但精怪族掌控着妖域南方数量庞大的岛屿，因此两族整体控制的范围差不多大。

妖怪族多是兽类模样，比如象妖、狐妖、牛妖、猫妖、独眼巨妖、鼠妖等等，而精怪族则是从植物、石头以及各种死物中诞生出来的，成员数量比妖怪族的少很多。他们无论是诞生还是修炼，都比妖怪族难一些，所以个体实力要强于妖怪族，因此两族的整体实力相仿。

两族虽然在控制范围和整体实力上差不多，但从来没有爆发过大型战斗，最多只有局部的摩擦。因为两大帝国虽然都有各自的领袖帝王，但同时听命于妖族祖庭，那里才是妖域制定最高决策的地方。

北月殇晨的目的地正是妖族祖庭。但他来自人族，想要到妖族祖庭基本不可能，所以他准备先去见两名妖族帝王中的一名，再由他们引见去祖庭。

这虽然也很困难，但相比起他一个人去祖庭，终归还是简单许多。

日辰帝国有八座主城，其中位于妖域中南部的青天城是他们的帝城，精怪族的领袖青天妖君便常年待在城中。

北月殇晨继续向前飞，渐渐地感受到沉重的压力自天空而来。他顿时明白这座城池上空限飞，于是缓缓降落在一条长满藤蔓的路上。

这条路呈绿色，完全由藤蔓编织而成，此时上面正行走着众多的精怪族生物。他们大都是由花草树木修炼成精，也有一些是灵石成精，甚至是火焰、河水、风修炼成精。

他们每一个都有自己的特点，唯独从天而降的北月殇晨没有，因此北月殇晨的到来立刻吸引了无数目光。这些目光不是对人族的鄙夷和漠视，而是带着强烈的尊敬，因为这些精怪没有一个将北月殇晨当成是人族。

虽然不知道为什么，但妖怪族和精怪族到最后都是朝着脱去原本形态、修成人形而去的。

在妖域，不能修炼的人形生物基本都是冰河时代遗留在妖域的人族，而拥有超凡实力的人形生物，基本都是高阶的妖族生物。一般能修炼到只有微小的妖族特征，那就是九阶圣妖，完全脱去妖族特征的话，则是十阶妖神。

当然，也有许多妖怪族和精怪族不喜欢人形，他们只有修炼时才用，平常和战斗时则用本体。

现场的妖族生物显然是将北月殇晨当成了圣妖。

北月殇晨看出了这一点，自然不会去点破，因为他现在很赶时间，能利用特殊身份节省时间再好不过。

沿着绿色藤蔓大道入城后，北月殇晨的眉头立刻皱了起来。

城里面有很多人族。

北月殇晨知道妖域有很多人族，都是冰河时代遗留下来的幸存者、难民，繁衍至今怕是有上亿，但他们在妖域的地位很低，甚至都是被当作奴隶和牲口。

譬如此时此刻北月殇晨看到的一幕。

几十名身穿皮衣的人族正在给一名地位明显不低的精怪族生物拉车，他们喘着粗气流着汗，已经累得双脚颤抖，却丝毫不敢松懈。

北月殇晨的眉头皱了许久，最终还是强行舒展开了。

妖域大陆有上亿人，都是妖族的奴隶，他救得了一个或者几十个，却救不了所有人。想要拯救所有人，三域人族必须强大。

“暂时委屈你们了。”北月殇晨沉沉地叹了口气，大步走出城，腾空而起，朝着青天城的方向飞去。

一路上，北月殇晨越过了许多妖族城池，见识了他们的风土人情，也看到了许多人族的居住地。严格来说，算不上什么居住地，而是避难所、贫民窟。

妖域人族的生活比蓝域、法域、圣域过得最凄惨的人族还要惨淡许多倍，而且不是一两个人是这样，而是成千上万人全是这样。

在妖域的人族大都做着那些最低等的妖族生物甚至半妖都不会去做的脏活、累活，年轻漂亮的女性人族则会被妖怪们掳走，年轻力壮的男性人族则可以去拉车，去伺候妖族生物。

这让北月殇晨想起了历史书上很多有关冰河时代人族的记载。他知道那时候的人族过得比现在还惨，幸好人族的先祖们日夜奋斗，不惜牺牲自己，这才让人族的命运有了一定的改变。

“希望我也可以带着你们改变。”北月殇晨俯瞰着下方的一座座人族居住地，心中暗下决心。

连续不停朝南飞了三天后，一株比焚天木看上去更高大、更壮观的巨树渐渐出现在北月殇晨的视野中。

这里就是日辰帝国的帝都，精怪族的圣地——青天城！

青天城以青天古树为城址，是精怪族最初的发祥地，也是现任日辰帝国君主青天妖君的本体。

是的，青天妖君是一个灵体，但他的状态又有别于其他灵体，是具备某种肉身特质的灵体。但具体是什么样的一种情况，北月殇晨不甚了解。

虽然只是一个灵体，但青天妖君是法蓝星公认的最强大的十一阶巅峰月神，没有之一。只差一步他便可以踏过月神与大天神之间的门槛，可就这么一步，他耗去上千年时光也没能办到。

在堪称世界树的青天古树上，是一处处精怪族生物的聚集地。青天古树实在是太大了，大到一片叶子便是一座村镇，一根树干便是一座城池。

北月殇晨飞到青天古树近处的时候，立刻感受到了强烈的压力，显然这里也是禁飞区。他当即缓缓下落，最终停在距青天古树尚有百里的区域。

这里到处都是凸起的“山脉”，“山脉”上是苍翠欲滴的巨树，无数精怪族生物生活在这片区域。

第102章

升木轮

北月殇晨仔细观察了一下那些“山脉”，判断出它们应该是青天古树的根茎，心中越发感叹生命的神奇，同时也艳羡妖域的丰饶。类似焚天木和青天古树这种神物灵种，不可能诞生在贫瘠的圣、法、蓝三域。

顺着根茎向青天古树走去，北月殇晨不时便能看见一些形态各异的精怪，他们同样也看见了北月殇晨，而后慌里慌张地向他行礼。

这里，没有精怪以为北月殇晨是人族，因为他们不认为有哪个人族会不开眼地跑来青天城。

妖域两族是法蓝星曾经的主人，他们极度排斥兽域和魔域两个外来者，特别是魔域，因此他们愿意联合一切可以联合的力量去对付魔域和兽域，即便是弱小的圣、法、蓝人族三域。但联手归联手，四域之间的关系还没好到各自的帝都互通有无的地步。

主要还是圣、法、蓝三域人族过于弱小，但凡人族三域有一名月神级强者，妖域也不会那么瞧不起人族，生存在妖域的人族的地位也会有所提高，哪怕只是一丁点儿。

在前行的过程中，除了精怪之外，北月殇晨依然可以看见人族。

这里的人族的生存状态要比之前那些地方都好，无论是吃食或是穿着。不过北月殇晨也看得出来，这不过是精怪族为了维持日辰帝国的体面，他们让人族吃得好穿得好，只是为了让他们更好地为精怪族服务。

北月殇晨沉沉地叹了口气，不忍地转回头，硬着心肠，顺着主干道走向青天城的城门。

青天城的城门由两片芭蕉叶似的树叶组成，它们白天打开，晚上闭合。此时正是白天，人流如织，北月殇晨混在其中，没有引起任何其他生物的注意。

北月殇晨入城后便来到青天古树底部。这里盘根错节，一村又一村，一城又一城，即便是从小生活在这里的妖族生物都会迷路。

北月殇晨跟着熙熙攘攘的妖族生物往前走，左看右看。这里的一切都让他感到新奇。无论是数量庞大的妖怪、精怪种类，还是他们的语言、交易物品、建筑物，以及他们交流时的神态、动作、气味，他们的一切一切，都让北月殇晨忍不住去感受、研究。

不过很快他就想起来自己有正事要做，忙在路上找到一个指示木牌，然后朝升木轮的方向走去。

青天古树高不可攀，而且限飞，此地的生物想要上到高处去，只有利用升木轮这一个方法。

升木轮是镶嵌在青天古树主干上一个木质的圆盘，圆盘上可以站立几十个到几百个不等的精怪族生物。

青天古树的主干无比粗大，升木轮也很多，可即便再多，也有点承受不了整日往返的众多精怪族生物，而且因为主干上方有无数延伸出去的枝干，升木轮需要避开枝干，避开其他升木轮，所以等待时间也很长。

北月殇晨来到升木轮区域的时候，这里正排着长队。他看见后顿时瞠目结舌，但很快便融入进去，也跟着排队。

队伍缓慢挪动，四周的精怪族生物或在交谈，或在沉默，也有一些站在原地修炼，吸收四面八方充沛的天地元素。

北月殇晨也进入修炼状态，同时竖起耳朵，专心听这些精、怪的交谈内容，尽可能多地储备知识。

一个多小时后，北月殇晨终于踏上了一个升木轮。

升木轮的质感一如其他树木，轮上有一圈圈的圆环，跟树木的年轮很像，但北月殇晨知道这不是，而是独属于精怪族生物用来沟通天地元素法则的玄奥纹路。

它圆盘的一面在外，由一根嵌入青天古树主干的青色圆柱支撑着，而后猛地向上空移动而去。下方的景象开始慢慢变小，一座座由枝干延伸而形成的城池和村镇在北月殇晨的眼前晃过。

上升的过程漫长而无趣，周围的精怪族生物依旧在聊天，或沉默修炼。

妖域的热门话题也跟幽灵青海有关。作为法蓝星曾经的主人，霸主级种群，即便经过大灾变衰落了不少，妖族生物仍然很强大，而且他们有着辉煌的过去，内心是十分骄傲的。他们当然知道新崛起的势力，诸如魔域、兽域、幽灵青海、污浊黄海，但他们从来没有想到过有朝一日幽冥青海竟然会来袭击他们的沿海城市。虽然没有造成太大的伤害，但是这种挑衅行为是妖族所不能忍受的。

在经过三百多年的隐忍发展后，妖族迫切需要一个宣泄口，近期对幽灵青海的战争便是他们的宣泄口。

不过他们显然还没意识到幽灵青海即将带来的危险，也不知道幽灵青海和魔域的合作关系，不然的话，他们绝对不可能如此轻松地在这里闲聊，而是会疯狂地加入一线部队参战。

一个小时后，北月殇晨终于抵达目的地，青天城的城主府所在。

因为青天城过于巨大，城主府要兼顾下方的精怪，也要兼顾上方的精怪，所以城主府的地点设在青天古树中段一根巨大的枝干上。

这里最初只有城主府，后来逐渐演变成了一座小型城池。生活在这里的妖族生物和竖立在这里的建筑，都是为了城主府而存在。

北月殇晨下了升木轮，径直朝城主府的方向走去。

他作为一个人族七阶裁决者，自然没资格直接面见日辰帝国的君主，所以他打算去城主府向青天城的城主亮明身份，说明情况，再由他把自己引见给青天妖君。

不过，即便是去见青天城的城主，他也没多大信心，毕竟根据他对精怪族的了解，如此重要的城池，青天城城主大概率是一名月神级强者。

从升木轮走到城主府，又花去了一个小时。

青天城的城主府造型奇特，是一座由藤蔓树枝编织而成的金字塔，东、南、西、北方向共有四扇大门，还有数十扇小门，通向金字塔内各个办公的部门。

北月殇晨顺着通向南门的主干道才走了不到三分钟，不远处花坛中忽然绽放出一朵巨大的淡紫色花朵来。它的花瓣合拢，形成了一个炮管似的东西，其中有磅礴的能量在凝聚，北月殇晨立刻感受到了强烈的威胁。

在第一朵花锁定他时，远处数量更多的鲜花也从花丛里探出头来，将他锁定。

主路上的妖族生物见此一幕，全都一哄而散，躲得远远的，望向北月殇晨，眼中满是疑惑。

“这名圣妖大人是通缉犯吗？”

这是在场所有妖族生物的第一想法，依旧没妖认为他是人族。毕竟，哪个人族敢在没和高层联系的情况下跑来青天城的城主府？

在他们心生疑惑的同时，驻扎在城主府四周的妖族执法者们已经将北月殇晨团团包围住了。

为首者是一名九阶圣妖，她身材修长，长相几乎和人族一模一样，她的双耳耳垂上有一对四叶草耳环。

北月殇晨敏锐地察觉到耳环里面有能量存在，判断那不是装饰品或者宝物，而是她的本体。

“蓝域的人族，你来青天城做什么？”这名九阶圣妖身穿鲜花编织而成的长裙，声音却很英气，眼中更是充满杀意。

她话音未落，四周已是一片哗然。

人族！来自蓝域的人族！

蓝域的人族怎么会跑到青天城来？

众多妖族生物在疑惑不解的同时，又都好奇地望向北月殇晨，想要看看他和妖域的人族有什么不同。

妖域广阔丰饶，而圣、法、蓝三域是贫瘠之地，远离妖域本土，大部分妖族生物一辈子都不会去到圣、法、蓝三域，但偏偏圣、法、蓝三域是妖域人族的故土，对于他们终其一生都想修成的形态，他们有极大的好奇。不过他们很快就都失望地收回了目光，因为北月殇晨和妖域的人族没什么两样。

“我是来拜见青天城主大人的，我有事关幽灵青海、污浊黄海和魔域的大事要与他商讨。”

北月殇晨利用黑暗元素，将自己的声音压缩成一支箭，射向那名女性九阶圣妖。后者闻言脸色顿时一变。

在她右手边不远处，另一名男性九阶圣妖神色平静，但眼神变了！

“幽灵青海，污浊黄海。”九阶圣妖花语然一字一顿地道，“魔域？”

“我有他们一域两海合作的证据。”

北月殇晨的话音落下，不远处那名男性九阶圣妖的瞳孔骤然一缩，旋即往前站出一步，看向花语然，道：“队长，魔域、幽灵青海、污浊黄海相隔甚远，即便以我的修为，想要往返这一域两海也要数月时间，更何况他？而且幽灵青海现在被魔域布置的结界封禁守护，区区七阶人族怎么可能进入其中？他肯定是在撒谎，图谋不轨！”

他话音落下，原本被北月殇晨的话语唬住的花语然立刻陷入了思考。

那名男性九阶圣妖则用森冷的目光看向北月殇晨，凶狠地道：“说，你来青天城意欲何为？敢说谎言，我就拿你当肥料！”

第103章

杀妖

这名男性九阶圣妖说话之时，他脑袋上的头发忽然飘了起来，化作一根根带着毒刺的粗大藤蔓，在空中荡来荡去。

北月殇晨皱了皱眉头，感觉这名九阶圣妖有些不对劲，忙向花语然道：“我真的有证据，我现在就可以展示给你看，然后你再考虑要不要带我去见青天城主。”

“队长，我怀疑他意图借进献证据对你行不轨之事！人族奸猾，不得不防，待我先把他擒下来，你再来细细审问！”那名九阶圣妖处处针对北月殇晨，言辞犀利，话音未落，已朝北月殇晨发动攻势。

“轰！”

北月殇晨脚下的地面寸寸崩裂，一根根粗大的藤蔓腾空而起，铺天盖地地朝北月殇晨席卷而去。

那名九阶圣妖架势骇人，一点儿也没有抓住北月殇晨的意思，而是想直接杀死他!

北月殇晨清楚地知道，如果只动用七阶黑暗元素裁决者的实力，肯定不是这名九阶圣妖的对手，也逃脱不了对方的杀手，于是他毫不犹豫地化灵!

北月殇晨化作灵识体，根本不需要闪躲，那些藤蔓自然而然地穿过他，没有对他造成丝毫伤害。

这名九阶圣妖见状，眼中流露贪婪之色，转头望向花语然，道：“队长！你看，他有古怪！”

花语然看见北月殇晨化作灵识体，警惕之心大增，受她影响，其他的妖族执法者也有了向北月殇晨动手的迹象。

那名对北月殇晨抱有强烈敌意的九阶圣妖更是不加掩饰地露出了杀意。

下一刻，一根根巨大的木柱从地底升起，形成了一座没有缝隙且坚不可摧的牢狱，要将北月殇晨困锁其中。

这根根木柱里有明显的灵识气息，显然，作为法蓝星最顶尖的种群，九阶圣妖级别的妖族生物早已涉及灵识方面的修行，但相比起北月殇晨，他的灵识境界实在是有点不够。

北月殇晨使用灵识之力护身，直接粗暴地撞碎木柱中的灵识之力，远远地看向花语然，道："我没有任何恶意，我是带着诚意来的。我就算再古怪、再厉害，在青天城又有什么用呢？法蓝星谁不知道青天古树是青天妖君的本体，他只要心念一动，我就死无葬身之地，我不想跟任何妖打斗，我要跟青天城主说正事！"

花语然闻言，觉得有些道理。

在青天古树找事，跟自杀没有任何区别，反倒是她的下属木磬的反应有点反常，不太符合他平时的表现。联想到近期高层传来的风声，花语然心中有了些不好的想法。

她看向北月殇晨："你现在束手就擒，我可以给你一个机会。"

她话音落下，又转头望向她的下属木磬："木磬，你退下！"她的语气有些严厉，从一开始，木磬就在冒犯她，不等她下命令便动手，等同于挑战她的威严。

她说话的时候，木磬似乎已经料到她内心的想法，因此直接动用全力，数千根藤蔓从北月殇晨的脚下交叉编织而来。

北月殇晨眯了眯眼睛，不再闪避，而是伸手凝聚出一柄灵识之刃。

手执利刃，北月殇晨转身撞入那拧成一股绳的藤蔓中去，挥手斩向那些藤蔓。

在众妖的眼中，那些藤蔓也没有被北月殇晨斩到，但莫名地枯萎死亡，从天空坠落，令他们匪夷所思。

也只有木磬，以及像花语然一样的九阶圣妖才能看出来，北月殇晨是在用利刃绞碎那些藤蔓中所蕴含的属于木磬的灵识之力。

北月殇晨像是一颗流星，从天而降，撞入那数千根藤蔓中，将木磬的灵识之力绞得稀碎。

木磬的脸色渐渐苍白起来，他完全没有料到表面上看去只有七阶实力的北月殇晨，竟然会强到这种地步。在灵识层面，他堪称是毫无还手之力。

在北月殇晨如流星坠落的同时，木磬的灵识世界中响起了如流星坠落一般的呼啸声，感受到了一种强大的威压，让他忍不住想要下跪。

他的灵识开始恐惧、沉沦，猛然间，他意识到什么，强撑着不适抬起头来，却发现北月殇晨已经站在他的面前，手中的灵识利刃搭在他的脖子上，强烈的吸力从北月殇晨体内爆发出来。

此时此刻，木磬恨不得北月殇晨直接杀了自己，因为以自己现在这种情况，必然会被城主府调查，到时候会死得更惨。

北月殇晨执刃站在木磬的身旁，转头望着花语然。

花语然感受到他的目光，心中没来由地一紧，浑身的妖力已经凝聚在一起，下一秒便会爆发出去。

“我没有恶意。”北月殇晨看出了花语然的紧张，“除非你束缚住他，否则我不会放了他。另外，我建议你可以找人调查和审问他一下，我相信魔域或者幽灵青海不可能不在妖域安插间谍。”

“符绿，你去，绑了他！”花语然闻言略作沉默，然后下令。

妖族执法队里面有一个女性八阶圣妖听令，当即有些紧张地走到北月殇晨和木磬身边。在木磬咬牙切齿的表情中，她用一根碧绿色的绳子将木磬的双手双脚捆缚住了。

北月殇晨这才化为人形，向花语然摊了摊手，朝她走去。

不远处，围观的妖们见此一幕，都忍不住感到震惊。

“他真的是人族吗？”

“他才七阶，是如何能够击败木磬大人的？”

“简直不可思议，我一直不知道原来人族也能这么厉害。”

“他肯定有一些损伤性命的秘法，或是用了宝物，我不信人族会这么厉害。”

人族之中的确有九阶乃至十阶的强者，妖族生物们都知道，可北月殇晨表面上明明只有七阶，却轻易击败了九阶的圣妖，这就让他们难以接受了。毕竟妖族唯我独尊也不是一两年了。

“我现在相信你可以往返魔域、幽灵青海、污浊黄海了，但是为了安全起见，我需要束缚住你。”

花语然走到北月殇晨的面前，直直地看着他。

“可以。”北月殇晨毫不在意，他认为花语然不可能随身携带束缚灵识体的宝物，即便有也不会很强，他随时都可以挣脱开。

花语然显然也知道这个，但规矩就是规矩。

“我知道你很强，也很自信，但我可以很明确地告诉你，在没有防备的情况下，你不是木磬的对手。”

花语然看了一眼北月殇晨，说道。她的言下之意——你不是我的对手。

北月殇晨也承认这一点，木磬是青天城城主府的守卫军，不会随身携带对付灵识体的宝物，也不会随时想着对付灵识体。

木磬虽然知道北月殇晨，但不算特别了解，所以有些轻敌，如果有充足的时间做准备，北月殇晨绝不是他的对手，不过输了就是输了，轻敌或是缺乏准备都不是借口。

花语然说这些逞强的话，无非还是出于妖族的自尊罢了，北月殇晨理解她。

说话间，花语然不知道从哪里取出一根碧绿色的藤蔓，将北月殇晨的双手给束缚住了。

北月殇晨体内的黑暗元素顿时被压缩在元素之心里面，无法调动，他的灵识之力也受到了些许压制，但因为幽冥珠，所以效果不明显。

“这是什么？”北月殇晨有些好奇。

“这是青天古树春天抽芽时的一根枝条。”花语然解释道。

北月殇晨更加清楚地感受到了青天妖君的强大。

正当他因为青天妖君的强大而震撼的时候，不远处同样被捆缚住的木磬不知怎的，忽然挣脱了枝条的束缚，而后化作一道流光向着北月殇晨冲来。

事发突然，谁都没有料到，但北月殇晨的灵识强大，在木磬挣脱束缚前就提醒他有危险，所以当木磬猛冲来时，他已经做好了防御和反击准备。

当木磬冲到他面前，燃烧自己所有的灵识力量，向他爆发全力一击时，北月殇晨下意识地反击。

灵识之力催动了幽冥珠形成庞大灵压，同时在北月殇晨面前构成一堵有着锋利刀刃的墙壁，木磬撞过来后，没有任何阻碍便被切割成了碎块。

一名九阶圣妖当场身死。

北月殇晨见状，愣在了原地，他有些不敢相信。一名九阶圣妖燃烧灵识的攻击，按道理来讲绝不可能这么轻易地被自己截住。

联想到木磬死前决然的眼神，北月殇晨总觉得要有不好的事情发生。

木磬不顾一切地燃烧灵识，却被北月殇晨斩于刀下，原本略显淡绿的躯体渐渐失去了色彩，转而变成了灰白。

木磬死时，一片树叶从青天古树的枝丫上脱落，在飘落的过程中，化作一片绿色的光点，仿佛是在下雨，又像是在为九阶圣妖木磬的死而哭泣。

现场一片寂静，所有妖都用不可思议的眼神望向北月殇晨。

第104章

妖公子

北月殇晨感受到他们的目光，差一点竖起手中的灵识利刃。他几乎能清晰地感知到周围妖族生物的敌意正在飞快增强。基于对妖族生物的了解，他隐约猜测到这是为什么。

妖族生物作为法蓝星最古老的种群，认为自己是法蓝星的主人，他们也的确统治了法蓝星许多年。无论是岩浆赤海的火黎族、神圣澄海的光明族、深渊紫海的紫金族、生命绿海的树海族还是无尽蓝海的海龙、海鲸、海鲨等族，都没能撼动他们的统治地位，人族一度被他们奴役，被他们当作附庸。甚至直到现在，圣域人族都坚定地认为人族是由妖怪和精怪两族的始祖娲皇、羲皇所创造。

圣域整座域境都有着对妖族的崇拜，他们的天赋能力也传承自妖族，域内不知道有多少人向往妖域，想要激发自己体内的妖族血脉，成为妖族。

历史上也的确有成功的圣域人，他们强大而且心向妖域，但妖族认为他们玷污了妖族高贵的血脉，于是派出更强大的妖族生物去杀死了他们，而圣域人前赴后继，悍不畏死。

妖族生物认为本族生物高贵、完美，对外来的事物、思想秉持开放的态度，愿意朝人形修炼，但他们非常排斥外来者，尤其是人族。

妖族内部规矩意识很强，所有妖族生物都遵守着祖庭订立的规矩，不敢轻易违背。其中有一条针对外来者的规矩极其严格，那就是外族人绝对不能在妖域境内杀死妖族生物。无论这名妖族生物犯了什么错，即便已经屠刀加身，依旧不能杀死他。妖族生物只能被妖族生物审判，只能被妖族生物杀死。

在这一点上，几乎所有妖族生物都有着坚定的共识，所以当青天城城主府四周的妖们看见北月殇晨杀死九阶圣妖木磬时，全都陷入了沉默，怒火自他们心中升腾而起。

九阶圣妖花语然也怒火中烧，但她几乎立刻就意识到这是木磬的计谋。

花语然敢肯定木磬绝对跟魔域、幽灵青海或者污浊黄海其中之一有染，他知道北月殇晨手中真的握有相关证据，所以才当面顶撞她，向北月殇晨发起攻击，在被束缚住后，又以生命为代价去伤害北月殇晨，但那其实只是表象。

木磬并不想伤害北月殇晨，而是想被北月殇晨杀死，因为那样的话，北月殇晨就会犯下妖域对待外来者最严苛的一项律法——杀伤妖族生物罪。

这是在任何情况下，任何一个外族都不能违背的律法。一旦违背，将会被立刻送往妖族为外来者准备的囚牢等待死亡。可北月殇晨不能死，他手中有与魔域、幽灵青海、污浊黄海相关的关键性证据。

就在花语然想明白这些的时候，四道身影无声无息地出现在他的身体周围。她转头望去，发现这四道身影身披黑袍，只露出一双冷酷的眼睛，全身气息内收，隐隐让她感到有些恐惧。

“天狱军。”花语然深深地叹了口气，心中有些无奈。

天狱军是专门负责抓捕杀死妖族生物的外来者的军队，他们遍布妖域大城小城，而青天城恰好是他们的总部所在，因此才能在这么短的时间内便到齐四名九阶巅峰圣妖。

北月殇晨在看到这四名圣妖的时候，心中“咯噔”了一下。他下意识就要化作灵体逃跑，否则的话，不知道会发生些什么，但他又没时间走别的途径去见青天妖君，所以他决定以不变应万变。

他当然不会什么都不做，在被四名圣妖强者禁锢之前，北月殇晨向花语然道：“刚才木磬的举动你也看见了，他是故意让我杀死的，我的证据可能会颠覆整个法蓝星的格局，请你一定转告青天城城主！”

话音落下，四名黑衣圣妖走到北月殇晨面前，从四个方向朝他探出手。他们全身的妖力、灵识之力都凝聚在手上，北月殇晨没有任何反抗便被他们擒获，而后飞向上空。

风声呼啸，景象变换，北月殇晨心中没有丝毫恐惧，有的只是平静。

如果到时候真的有事，他自会动用所有手段逃出生天，抑或是执行他最初的疯狂念头，用攻击青天古树的方法唤出青天妖君。

但这无疑是最冒险的办法，攻击青天古树本体，古往今来怕只有他一个人想过。这念头要是被其他妖族生物知道，怕是会疯狂暴起。

青天古树是精怪族圣地，谁侮辱圣地，谁死，而且他的所属种群也要遭殃，不到万不得已，北月殇晨绝不敢这么做。

北月殇晨见过许多九阶强者，但此时他身边的四名九阶圣妖几乎可以称得上是一个完整的整体。他们聚在一起，形成了一个正方形的结界，将北月殇晨封禁其中，让他动弹不得。

向上飞行的速度越来越快，似乎穿越了一个空间，突然，眼前的画面变成了黑色，但没有黑暗元素的气息，紧跟着，北月殇晨看见了一片褐色的世界。

在这个褐色的世界里，悬着一个又一个木质的囚牢，像是从天花板垂下来的蜘蛛。

这些囚牢里面囚禁了一个又一个的妖族生物，最低也是七阶圣妖，高的有八九阶，北月殇晨估计这里也有十阶生物，只是不在这块区域。

这里只有他一个人族。在他观察四周的时候，四名圣妖将他丢入一个囚牢中，而后离去。

这时，无数道目光几乎要将他穿透。

“人族？”

“人族怎么会来这里？”

“人族怎么会被关到神狱来？他怎么配！滚，给我滚！”

“人族，滚出去，你不配来这里！”

在这个褐色监牢的世界里，到处都是妖族生物们的嘶吼声，强烈的杀意朝北月殇晨席卷而来，却没有影响他分毫。

北月殇晨有些无语，被关在监牢里还这么歧视人族，真不知道他们脑子里在想些什么。

他摇了摇头，不理会那些注定伤害不到他的妖族生物，思考着自己如果出了事，该怎么逃跑。

正在此时，一个清亮的声音忽然在他不远处响起。

“你做了什么？居然会被关进神狱。”

北月殇晨转头望去，只见一个身穿白色长袍，长发翠绿，皮肤白皙的男性妖族生物正朝他露出一口大白牙：“你好。”

对方的态度谦和友好，北月殇晨也回了他一句：“你好。”

紧跟着北月殇晨顿了顿，犹豫了两秒钟，还是告诉了他实情：“我杀了一个妖族生物。”

话音落下，北月殇晨继续自己的思考，因为他觉得这名妖族生物肯定不会再用先前的态度理会他。可让北月殇晨有些意外的是，对方的态度并没有突然转变，只是有些疑惑。

“就算你杀了个妖族生物，也应该去天狱才对，那里才是关杀伤妖族生物的外来者的地方，等等……”

这名妖族生物用奇怪的眼神望了眼北月殇晨，道：“你杀死的妖族生物是什么位阶？”

“九阶。”北月殇晨边思考边不在意地回道。

“可你明明才七阶。”这名妖族生物吃惊地道，“不过也只有这样才能说得通，天狱只能关押一般的九阶，你能在妖域杀死九阶圣妖，肯定有独到之处，快快快，跟我讲讲你是怎么办到的。”

“我没空。”北月殇晨见他兴奋的样子，心里面觉得很是古怪，这妖族生物好像跟其他妖族生物不太像，脑子有点不大正常。

“你是在想怎么逃出去吗？”这妖族生物像是知道北月殇晨的内心想法，他表情扬扬得意。

“只要你告诉我你是怎么办到的，也许我有办法带你出去。”

“你？”北月殇晨转头看了他一眼，半信半疑地道，“你凭什么？”

“凭我是妖公子咯。”这名白衣妖族生物朝他笑了笑。

北月殇晨看也不看他："没听过，不认识。"

"你是外来的人族，不认识很正常。"妖公子道。

"你怎么知道我是外来人族？"北月殇晨警惕地道。

"相信我，妖域不可能诞生你这样的人。"妖公子认真地道。

"也是。"北月殇晨沉默了两秒，点了点头。

正当他点头的时候，他眼前一花，妖公子忽然出现在他的监牢中，吓得他差点喊出声，但他强忍住了。

"你是怎么过来的？"北月殇晨双手上依旧缠着青天古树的枝条，黑暗元素被封禁，但灵识直觉告诉他，这监牢坚不可摧，对灵识也有束缚之效，需要消耗庞大的灵识之力才能撞破，那这妖公子是怎么过来的？

"我说了，我有办法带你出去。好了，现在跟我讲讲你是怎么办到的吧。"妖公子兴冲冲地看着北月殇晨。

"问你个问题。"北月殇晨沉默了会儿，忽然看向妖公子道，"你仇妖吗？"

"当然不。"妖公子摇了摇头。

"那你听到我杀了一个九阶圣妖，为什么没有恨意或杀意，而是现在这种反应？"北月殇晨感到疑惑。

第105章

逃离神狱

“你又没杀了我，我为什么要恨你？”妖公子看了北月殇晨一眼，“怎么，你们人族里面就没有冷血的人吗？”

北月殇晨想也没想，点点头，道：“肯定有。”

“那你可以把我看作冷血的妖。”妖公子笑嘻嘻地说道。

“好吧。”虽然有点儿戏，但北月殇晨接受了妖公子的解释，于是他又道，“告诉你可以，但你要帮我个忙，帮了这个忙，你不帮我逃出去也可以。”

“什么忙对你这么重要？”妖公子惊讶道，“等等，我看你一直都挺平静的，你是有办法逃离这里吧？厉害厉害！行，你说吧，能帮我一定帮。”

“他自己上来送死的。”北月殇晨道。

“什么？”妖公子挑了挑眉。

“我说那个九阶圣妖是故意让我杀死他的。他想送我到这里来，是为了拖延时间，好让妖域的其他背叛者有时间反应，同时想找其他妖来这里杀死我。”这是北月殇晨推测出来的、木磬自杀的唯一合理解释。

“是什么秘密，居然可以让一个九阶圣妖自杀？”妖公子摸了摸下巴。

北月殇晨刚要开口，妖公子忽然朝北月殇晨伸出了手，阻止了他：“你别说，让我猜！”

北月殇晨有点无语。

“背叛者……杀死你……你的秘密是不是和魔域有关？”妖公子没想多久，便猛地一拍手，抬起头盯着北月殇晨。

北月殇晨闻言有些惊讶地点了点头。

“我就知道。”妖公子欣喜地笑了笑，“好了，你现在可以跟我讲了，其他的我就猜不到了。”

“你在妖族地位应该很高吧？”北月殇晨笃定地道。

“你怎么知道？”妖公子虽然是反问，但一点也不惊讶。

“我相信一般的家庭养不出你这样的性格来。”北月殇晨道。

“我就当你是在夸我了吧。”妖公子喜滋滋地道。

北月殇晨顿了顿，决定跟妖公子讲述一下幽灵青海与魔域合作的事，兴许对方真的可以帮上忙。现在他身处神狱，与外界断了联系，他不能把所有的希望都寄托在花语然身上。

“一切的起因源自蓝域沿海地区的异人事件……”

北月殇晨从头跟妖公子讲起，自蓝域异人事件起，再到他在幽灵青海罪恶之城、狱石城、演魔城发现的秘密结束。

北月殇晨略去了许多细节，但妖公子总能发现，当他意识到北月殇晨不愿意分享给他后，便不再多问，而是静静地聆听，一直到最后。

听完所有的一切，即便是以妖公子跳脱的性格，也忍不住板起一张脸，长长出了口气。

“如果一切真像你所说的话，那你的确有必要去见君主。”

“你有什么办法吗？”北月殇晨问道。

“有倒是有……”妖公子迟疑了一下，“不过可能要再违背一些妖族律法。因为以你所犯下的罪，是不可能得到赦免也不能见到青天城城主的。他的种群观念比较严重，向来看不起人族，在妖域联合人族三域的事情上，也一直抱着反对的想法，我不觉得他会见你或帮你。”

“所以？”北月殇晨看着妖公子的眼睛，语调略微提高了。

“我认识一个妖，他可以带你去见君主。”妖公子眼睛里放着光，“但要去见他，我们得先越狱！”

“越狱？”北月殇晨看了他一眼，语气平静地道，“这就是你的办法？跟我的有什么区别吗？”

“那肯定还是有区别的，我进神狱也不是一两次了，我对这里熟。”妖公子笑着道。

“好吧。”

北月殇晨越发好奇妖公子的身份了，能多次进神狱然后又出去，显然不是一般地位的妖族生物能办到的，他的近亲里必然有星神级别或月神级别的强者。

“那我们现在要怎么做？”北月殇晨问道。

“先出这座木牢吧。”妖公子道。

“好。”

话音落下，北月殇晨化作灵识体，一手拿着一柄由灵识之力凝聚而成的利刃，朝面前组成木牢的根根木桩劈去。

几刀下去，木桩中蕴含的灵识之力便消失殆尽，于是北月殇晨轻易地穿过木牢，飘浮在褐色的神狱里面。

妖公子看到北月殇晨的粗暴动作，啧啧称奇，也不见他有任何动作，瞬间便闪身来到北月殇晨身旁，看着他道：“我现在知道你是怎么杀死一名九阶圣妖的了。”

北月殇晨回过头望他，没说话，等了好一会儿才疑惑地问道：“现在呢？”

“跟我来。”

妖公子说完，向下方飞去，北月殇晨紧跟其后。

四面八方到处都是被木牢封禁的妖族生物，可他们竟然好像没看到北月殇晨和妖公子一样，这让北月殇晨心里面有些疑惑惊讶，他忍不住又认真打量了妖公子一番。

过了会儿，北月殇晨还是没忍住，飞到妖公子身旁，问道：“你为什么要帮我？”

妖公子头也不回地道：“好玩儿。”

“好吧，我信了。”北月殇晨道。

妖公子带着北月殇晨飞落到褐色世界的地面。地面踩在脚下很硬，像是实木，可下一秒，他忽然坠入地底，眼前仍是一片褐色。

北月殇晨已经看不见妖公子，但能感知到他的灵识，北月殇晨就这样跟在妖公子的身后。

飞了约莫半小时后，眼前豁然开朗，北月殇晨身处一望无际的蔚蓝天空，俯瞰下方。

“这就出来了？”北月殇晨转头惊讶地看着妖公子。

“就这么简单。”妖公子得意地看着北月殇晨。

“我严重怀疑神狱是你家开的。”北月殇晨认真地道。

“你想太多了。”妖公子笑了笑，然后看着北月殇晨道，“我只能送你到这里了，你之后去九百七十六枝的一千二百三十八叶找我跟你说的朋友吧。我出来了，他们全都来抓我，找你的妖会比正常情况下少很多。但如果你的猜测正确，你杀死的九阶圣妖和魔域有勾结的话，会有很多其他妖族生物去抓捕你，不对，应该是杀死你。”

“虽然不知道为什么，但还是谢谢了！”北月殇晨看着妖公子，郑重地道。

“没什么，虽然我嘴上说是好玩，但你又不傻，肯定会猜我有其他目的，事实也是这样。”妖公子道，“不过你放心，不是什么难事。”

“希望吧。”

北月殇晨总觉得妖公子哪里不对劲，但他能感觉出来，妖公子是真的想帮他，即便有一部分原因是为了妖公子自己。

“祝好运。”

妖公子最后朝北月殇晨笑了笑，然后消失在原地。

北月殇晨不敢在此处多停留，辨识了一下方向后，披着神魂魅影向远方飞去。才飞出几十米远，天上忽然落下一座山，沉沉地砸在北月殇晨的头上、肩上，他立刻毫无反抗之力地坠落下去。

坠落的时候，北月殇晨用尽一切方法想要止住下坠，可都没有任何作用。他这才意识到不对劲的地方。青天古树范围内是禁飞的，刚才妖公子在的时候他还可以飞行，妖公子一走，他立刻失去了飞行的资格。这一现象不禁让他越发惊讶好奇于妖公子的身份了。

知道挣扎无用，北月殇晨索性不再挣扎。他时刻关注着下方，灵识之力弥散到全身，戒备起来。

在下坠的过程中，北月殇晨掠过了一根又一根枝干。

十分钟后，正下方终于出现了一根枝干，他运气很好，坠落的地方没什么建筑物和妖族生物。

眼看着马上要砸在枝干上，北月殇晨燃烧全身的灵识之力，尽全力阻碍了一下禁空的压力，但仍然“轰”的一声砸入枝干中。

看到木屑飞散，北月殇晨心中有点恐惧，心想：这应该不会被青天妖君视作挑衅或攻击吧？

好半晌，北月殇晨终于停止下坠，立刻手脚并用，从木坑中爬了出去，在四面八方的妖族生物围过来之前，消失在原地。

一个小时后，北月殇晨来到这根枝干的升木轮停靠处，准备上到第九百七十六根延伸出的枝干，再去第一千二百三十八片树叶所在的区域寻找妖公子口中的朋友。

因为先前“杀死”木磬和被天狱军抓捕的经历，北月殇晨不得不身披神魂魅影，改变四周所有妖族生物看待他的灵识观感，让他们真的将他当作是一个妖。

约莫五分钟后，升木轮抵达，北月殇晨顺着人流站了上去，静静地等待到达目的地的同时，他又在听四周妖族生物的聊天内容。

依旧有很多妖族生物在聊幽灵青海的战事，但此时还有一部分妖族生物在聊北月殇晨，聊他在青天城城主府外杀死了一名九阶圣妖的事。

不得不说，以讹传讹的事情在哪里都会出现。此时距离北月殇晨杀死木磬才过去不到三小时，当时的情形已经演变成他无缘无故地杀死木磬，而不是木磬率先出手，燃烧灵识冲向他。

妖族生物具有强烈的种群性和排外性，在这件事上，北月殇晨很难洗白。他只得在心里叹气。这种谣言不加遏制地传播，将会很大程度上影响妖族对人族的看法，如果有机会的话，他还是要解释清楚，这就需要妖族高层帮忙了。

片刻后，北月殇晨抵达目标枝干，顺着人流从升木轮上走下。

这根枝干非常粗壮，分叉的枝丫也比较多，在叶片与叶片、枝丫与枝丫之间，到处都是木屋与精怪。

不知怎的，北月殇晨总感觉这根枝干上的精怪们的气息与其他枝干的精怪气息不太一样，他们从灵识层面给北月殇晨一种冷酷和凶狠的感觉。

北月殇晨敢肯定，这里的精怪绝对经历过战争。

第106章

诱饵

北月殇晨本就谨慎的心越发警惕起来。

青天古树枝干众多，即便是本地妖也会迷路。好在树上到处都是指示牌，顺着指示牌，北月殇晨朝着正确的方向走去。

天色渐渐地暗了下来，四周的精怪开始变少，脚下的木质也有腐化的迹象，叶片更是呈凋零的迹象，在风中摇来晃去。这里的木屋大都被荆棘缠绕着，明摆着告诉来者，生人勿进。

北月殇晨的到来吸引了这处地域绝大多数妖族生物的注意力，他们盯着北月殇晨，直到他神色如常地消失在他们的视线尽头。

北月殇晨一路上看着指示牌，数着叶片，终于来到了第一千二百三十八叶。

这是一片悬在孤零零的半腐枝丫尽头处的树叶，树叶上到处都是虫子啃噬过的孔洞。在叶片的边缘处，有一座荆棘环绕的木屋，木屋左、右、后三侧都没有去路，只有一望无际的天空。

北月殇晨保持警惕地走向那座木屋。可当他距离那座木屋还有一百米远的时候，他脚下腐烂的木隙里忽然冒出了一条条荆棘，瞬间便将他的双脚缠绕住了。

北月殇晨感受到荆棘中蕴藏的磅礴妖力和木元素，脸色顿时一变。他没有显现出黑暗元素体，而是第一时间化灵，而后摆脱荆棘的束缚。

“咦？”

一声轻咦从远处的木屋传来，北月殇晨忙朝那方向喊道：“我是妖公子介绍来的，我没有恶意！”

他的话音落下，那本来继续向他缠绕而来的荆棘立刻停滞在空中。

一道身披黑袍的苍老身影从木屋中走了出来，远远地望着北月殇晨。约莫两三秒后，他转身走入屋内，声音沙哑地说了一句话。

“进来吧。”

北月殇晨听见这句话，松了口气，但并没有放松警惕。因为这道苍老身影刚才朝他释放的荆棘中，竟蕴含着神级的妖力和木元素之力，由此，北月殇晨可以判断出他的实力。

十阶星神！

一名十阶星神为什么会住在这种地方？他跟妖公子又是什么关系？一名十阶星神听到妖公子的名字，立刻就收敛了所有的敌意，这可不是一个“妖中贵族”可以办到的事。

说起来，北月殇晨还不知道妖公子的实力呢，现在想想，妖公子的实力恐怕深不可测。

北月殇晨一边思考一边行动，几秒钟后，他已经落在木屋前，推门而入。

屋内空空荡荡，只有那道佝偻的苍老身影。

“他让你来做什么？”沙哑的声音从对方的黑袍下传出。

“他让你带我去见青天妖君。”北月殇晨开门见山地道。

苍老身影沉默了好半晌才道：“去见君主做什么？”

“跟他说一些很重要的事。”北月殇晨道。

“我当然知道是很重要的事。”苍老身影忽然抬起头，露出一张由枯萎的树皮组成的褐色脸庞，那些下垂的纹路似在宣告着他的年龄，“你要告诉我具体是什么事，我才能决定要不要带你去见他。”

“我有魔域和幽灵青海合作的证据。”北月殇晨迟疑了一下，道。

“魔域布置的结界覆盖整个幽灵青海，谁不知道他们在合作？”这名苍老树精冷漠地道。

“我指的是更深层次的合作。魔域在利用幽灵青海研究灵造灵体的经验，制造魔族生物。”

北月殇晨的话音落下，苍老树精猛地站了起来，显得很是震惊。

他眼睛微微睁大，看着北月殇晨，有些不解。他沉默着看了北月殇晨几秒后，重新坐下去，道："我可以带你去见君主，但需要等一等。"

"等什么？"北月殇晨皱了皱眉头。

"已经来了。"苍老树精话音落下，北月殇晨忽然察觉到四周的天地元素在剧烈地波动。

下一刹那，铺天盖地的藤蔓、荆棘席卷而来，漫天的花瓣如雨射落，苍老树精的木屋轰然炸成碎片，朝着四面八方飞去。

北月殇晨的灵识辐射向四方，发现不知何时，在荆棘木屋的四周竟然出现了数十名妖族生物。这些妖族生物最低也是八阶圣妖，九阶圣妖有七名，甚至还有两名十阶妖神！

"他们是怎么发现我的？"

北月殇晨不敢相信。他从神狱中出来后，立刻用神魂魅影改变了其他妖看待自己的形态，以他的灵识境界和神魂魅影的层阶，即便是十阶妖神也不可能看穿。那只有一个解释，这些圣妖和妖神是在监视苍老树精。

一个可以联系上青天妖君的妖，为什么会被监视？

北月殇晨脑海中冒出了许多的念头，但无法组成一个完整而合理的解释。最终，他不得不先将这些想法抛诸脑后，去应付眼前的危机。

苍老树精虽然也是十阶妖神，但肯定不是两名十阶妖神和多名九阶圣妖的对手，他需要有人来帮他分担一部分压力。显然，这些压力全都落在了北月殇晨的身上。

"你不用害怕，我可以对付他们。"苍老树精的声音忽然传来，"你的灵识很强，我需要你帮我辨认他们的身份。"

北月殇晨听见这句话，脑海中闪过一个念头，但情况比较紧急，他来不及多想，回道："我又不认识他们。"

"无妨。"苍老树精话音落下，一根翠绿色的枝条忽然从他背后探出，朝着北月殇晨呼啸而来。

北月殇晨站在原地没有动，因为这根枝条对他没有任何恶意，轻轻地落在了他的头上。下一秒钟，他的灵识有所触动。

他心念一动，放开灵识层面的大多数防御，紧跟着大量的信息从翠绿色枝条传导入他的灵识内。这些知识极其丰富，几乎涉及了日辰帝国精怪族中所有的九阶圣妖和十阶妖神，其数量之庞大、所属势力之多，让他瞠目结舌。

“告诉我他们的所属势力、名字即可。”在苍老树精说话的时候，一根根巨大的荆棘藤从四面八方探出，一个碧绿色的光环朝着四面八方扩散而去。

北月殇晨身处光环中，感觉自己的灵识之力和黑暗元素之力都被压制了，但很快就恢复了正常。他立刻知道这是苍老树精的场域，只是不知道具体的名称和能力。

精怪族大多都是由花、草、树木、灵石修炼而成，较为亲近木元素，但不只是擅长控制木元素。

荆棘、藤蔓枝条遍布苍老树精场域的每一个区域，笼罩了所有八阶、九阶圣妖，十阶妖神。

对面那两名十阶妖神身披黑袍，看不清模样，他们同样动用了自己的场域。一个的场域呈纯黑色，但没有一丁点黑暗元素的气息，另外一个则呈墨绿色，在他的场域出现的瞬间，空气中出现了刺鼻的腥味。

毒气！

北月殇晨眉头一皱，但没有做出防御姿态，因为苍老树精的场域力量明显要强大一些，他抵挡住了两名妖神的场域冲撞，开始向敌人爆发最强战力。他原本苍老的模样渐渐变化，扭曲、陈腐的树皮变成绿色，他的气势无限地提升，让对面敌人的灵识开始剧烈地波动起来。

北月殇晨感受到了他们的恐惧，当即将灵识沉入幽冥珠，在幽冥珠增幅的情况下，将自己的灵识之力散向四面八方，同时开启灵视，仔细观察对面那些妖族生物。不仅如此，他还在那些妖族生物身边聚灵，产生一场场小型的灵识爆炸，不会对他们造成太大伤害，但可以干扰他们。

此时此刻，北月殇晨大概已经明白怎么回事了，他极有可能被当作了诱饵！他身份敏感，是重要信息的传递人，在身份暴露的情况下，肯定会遭受到来自背叛者的追杀。他自己不可能抵抗这样的追杀，所以妖公子将他介绍来苍老树精这里。

苍老树精一直以来都被监视着，但他的实力显然不是那些背叛者所知的那样，而是更加强大。妖公子利用他钓出背叛者，再由苍老树精解决战斗。

“妖公子，你究竟是什么妖？”北月殇晨开始揣摩起妖公子的身份来。

北月殇晨的灵识之力覆盖在苍老树精场域范围内的每一个角落，脑海中的伪灵格被灵识之力激发，灵压被他压缩成一条直线，笔直地向一名九阶圣妖冲去。

“轰！”

那名圣妖只觉得灵识里有一座山峰落下，根本没有反抗的力量。

北月殇晨趁势打破他的灵识防御，从灵识层面看清楚了他的模样。

“精怪族九阶圣妖，来自境央城洛央族的洛央絮。”

北月殇晨的话音落下，对面众多圣妖、妖神隐藏在黑袍之后的脸色骤变！

无论是监视苍老树精还是袭击北月殇晨，都摆明自己已经背叛妖域，成为魔域和幽灵青海的间谍。如果身份没有被发现，他们尚能继续隐匿下去，好好活着，可一旦被发现，等待他们的必将是妖域雷霆万钧的怒火。

第107章

收网

那些圣妖、妖神来之前并不知道苍老树精一直在隐藏实力，也不知道北月殇晨具备看穿他们的能力，还喊出了他们的名字和来历。可是，事已至此，他们只能用尽全力，将北月殇晨和苍老树精埋葬在这片区域，这样他们才能活下去。

北月殇晨在苍老树精的庇护下，尽情地释放自己的灵识之力。

看着苍老树精与两名十阶妖神进行场域碰撞，北月殇晨心中不免产生了一些疑惑，他忍不住问出声。

“青天古树是青天妖君的本体，那为什么发生在他身上的事，他却没办法全部知道？”

苍老树精实力超凡，在力敌两名十阶妖神的情况下仍有余力，语气冷漠地回答道：“你可以感受到蚊蝇落在你的皮肤上，但你可以看见组成你身体的细微粒子在碰撞吗？君主的躯体是神物，大到不可思议。即便是他，也无法完全掌控一切，正因如此，他才无法突破成为十二阶大天神。”

北月殇晨这才恍然大悟，紧跟着觉得有些震撼。在青天妖君的眼中，十阶星神强者间的碰撞只相当于身体细微粒子的碰撞吗？那他的实力该有多么强大，不愧为十二阶大天神下第一妖！

在北月殇晨心生感叹之时，一个又一个圣妖的身份被他识破。

被识破身份后，这些圣妖无一例外都更加卖力、更加不顾一切地对苍老树精发起攻击。可无论他们怎么努力，都无法撼动苍老树精的场域一分。

“妖君究竟布了多久的局？”

眼看时间在飞快流逝，对面的两名十阶妖神心里有些发慌，其中一名的神色非常难看。

自从知道苍老树精朴黄是青天妖君的秘密联络人，他们便一直利用特殊人才和神物监视着朴黄，至今已经有四十多年。在这漫长的岁月里，他们一直都认为朴黄是一名十阶初段的妖神，而且因为年轻时候的一些经历，无法继续突破。可现在来看，事实根本不是他们认为的那样，朴黄分明已经具备十阶巅峰的实力。

朴黄一直隐藏着实力，为的就是找机会，将魔域和其他域境安插在精怪族的间谍连根拔除。北月殇晨的出现就是最佳的机会。

“他距离突破成十一阶月神应该已经不远了，我们不是他的对手。”另外一名十阶妖神眼中也流露出恐惧。

忽然间，他像是做出某种困难的决定一般，说道：“你我都清楚这次行动有多重要，不只是为了防止他说动妖君，也是为了幽冥珠，我们必须放手一搏！”

之前那名十阶妖神神色变了变，最终沉默着点了点头。

得到回应后，另一名十阶妖神忽然升空，挥手撒下一把蒲公英似的白色种子，那些白色种子散落在空中消失不见。

北月殇晨看见后，顿生警惕，转头望向苍老树精朴黄。

朴黄却不以为意，道：“让他们来。”

北月殇晨注意到朴黄战意昂然，似乎对此战已经期待了许久，于是定下心来。这场埋伏想来是筹备已久，朴黄给他的感觉完全是胜券在握。

战斗在继续，双方势均力敌，你来我往，北月殇晨基本上揭穿了每一个九阶圣妖的身份，开始朝着十阶妖神发动攻势。

虽然从灵识层面看清了对方的模样，但神阶强者毕竟是神阶强者，北月殇晨受到的阻力极大。他并不慌，在朴黄的保护下，索性放开手脚去锻炼自己的感知能力和灵识攻击能力。

片刻后，四面八方又冒出了许多身穿黑袍的妖族生物。这其中大部分都是七阶圣妖，八阶圣妖也有不少，九阶圣妖七名，十阶妖神两名。

此次魔域、幽灵青海策反的精怪族生物可以说是倾巢而出，目的自然是北月殇晨手中的幽冥珠。

这些妖族生物现身后，二话不说便对朴黄发起攻击。那些七阶圣妖更加干脆直接，燃烧了自己的灵识和妖力，化作一团团蕴藏着磅礴能量的火球，朝着北月殇晨冲来。

这些火球撞入朴黄的场域后，飞快地熄灭，却也消耗了他的部分神力，而且由于燃烧的火球全都顺着一条直线冲来，密集而迅捷，朴黄来不及用神力去构建场域。完整而强大的场域就这样被生生地撕裂了一个口子。

见此一幕，朴黄忍不住惊讶地看了北月殇晨一眼，问道："你对他们到底有什么吸引力？"

北月殇晨朝他摊了摊手，什么都没说。

"我现在可以拦住他们，但如果他们继续这样下去，我也护不住你。"朴黄沉重地道。

北月殇晨闻言却没有慌张，而是沉稳地道："按照他们这种趋势，你最多能阻止他们多久？"

"二十分钟。"朴黄本想说十五分钟，但最后还是说了二十分钟。

他话音落下，北月殇晨点了点头，从天圆戒指中取出一根根骨头来。

看见他拿出骨头，朴黄忍不住诧异地望了他一眼，道："这些都是你们人族先祖的骸骨吧，你从哪里得来的？"

北月殇晨回看了朴黄一眼，很想跟他说让他全身心地战斗，对面可是有着大量九阶圣妖和四名星神级强者，但北月殇晨转念一想，这场战斗对朴黄来说意义重大，根本不需要自己去提醒，于是回道："从污浊黄海得来的。"

说话的时候，他继续往外拿骨头，将其摆在场域里的许多特定位置。与此同时，一个又一个灵识幻象像拒马一样布置在他的身前，为他拦截即将到来的攻击。他开始利用幽冥珠聚集四周的细碎灵识，将其凝成不稳定的灵识球状体。

等英灵仪式布置完毕后，北月殇晨又在空中勾勒起灵识神纹来。

时间一分一秒地过去，那些燃烧着的火球终于来到了北月殇晨的近前。下一秒，不稳定的灵识球体轰然爆炸，将那些燃烧火球中蕴含的灵识力量摧毁殆尽，剩下的妖力威能大减，继而被北月殇晨的黑暗元素所吞噬。

“元素之心？”

察觉出黑暗元素之力的浓郁度和精纯度，朴黄有些吃惊，这时他才意识到北月殇晨展露于外的身份首先是一名黑暗元素裁决者。

一名七阶的元素裁决者，或是其他元素修炼者，基本上是不可能掌握元素之心的，那是八九阶裁决者才具备的能力。换言之，北月殇晨不仅在灵识层面上天赋异禀，在元素修炼上也远超常人，这让朴黄都有点不敢相信北月殇晨是一个人族。在他的印象里，自从大灾变之后，人族便人才凋零，连月神都没有诞生过，而像北月殇晨这样的天才，注定有冲击月神的能力。

“难怪。”朴黄收回目光，继续抵御四名妖神和多名九阶圣妖的攻势。他虽然隐忍多年，实力极强，但在面对四名妖神时，也有些力不从心之感。不过他本身也没想击败对方，只是拖延。

须知这里毕竟是青天古树的躯体，即便这些背叛者再有能力，也不可能长时间解除禁空，影响青天妖君的感知。

“轰！轰！轰！”

爆炸声接二连三地响起，所有灵识球体都被触发。这些燃烧的火球和后续跟进的三名九阶圣妖齐齐闯入灵识幻象迷宫。

在幻象迷宫里，他们不仅仅消耗了时间，也会触碰到灵识神纹，继而引发不可预测的灵识攻击，一时间损失惨重，难以攻击到北月殇晨。

对面的四名妖神深感凄惨。此时此刻，即便他们再傻，也知道此次恐怕是在劫难逃。

不过他们不是败在了北月殇晨手里，而是败在了青天妖君的计策上。让一名十阶巅峰星神数十年如一日地被他们监视，释放出诸多重要信息，这种牺牲可不是谁都能舍得的。北月殇晨只不过是一个导火索，点燃了他们脚下的炸药桶。

潜逃的念头在他们心中出现，但他们转眼又打消了这个念头。他们清楚地知道现在青天妖君及其手下心腹，应该已经在查验目前日辰帝国境内的九阶圣妖、十阶妖神的所在位置。他们这些人已经被列为重点怀疑对象，一旦确定，全族都要遭受毁灭性的打击。他们必须杀死北月殇晨和朴黄，才能有一线生机。

片刻后，北月殇晨用灵识之力激发英灵仪式，召唤出三名九阶英灵拦在他的面前，辅以灵识神纹阻挡来势汹汹的敌人。

随着时间的流逝，这些圣妖和妖神越发疯狂，但北月殇晨和朴黄稳扎稳打，一点都不着急。与此同时，在不远处的空中，一身白袍的妖公子正用平静的目光望向下方。

无论是朴黄也好，北月殇晨也罢，还是对面的四名妖神，都没能发现妖公子的存在，仿佛他根本不在那里。

四名妖神已经在燃烧自身的妖力本源，用来侵蚀朴黄的场域。

朴黄的场域不断缩小，受了不轻的伤，但硬生生撑了下来。

“咚！”

忽然间，一个八阶圣妖从天而落，砸在腐朽的树干上，紧跟着是连绵不绝的坠地声。

望着那密密麻麻下雨似的八阶圣妖，北月殇晨知道禁空效果再度恢复了。

第108章

青天妖君

在八阶圣妖坠落的时候，九阶圣妖们也受到些许影响，十阶妖神则彻底放弃挣扎，准备撤离。

正在此时，一道白色的身影突兀地出现在朴黄的场域中，也不见他有任何动作，对面四名妖神的场域便无声消散了，空中冒出根根荆棘将他们捆绑了起来。

他们看见白衣飘飘的妖公子，感受到荆棘藤中蕴含的能量，面如死灰。

“真是舍得，真是胆小。”妖公子看着那四名妖神，语气平静。

北月殇晨闻言有些纳闷，不知道妖公子在说些什么，但看他展露出来的实力，已经猜测到了他的身份。

妖公子极有可能就是青天妖君。

即便不是，那妖公子也跟青天妖君有着非同寻常的关系，否则的话，根本无法解释现在发生的一切。

妖公子出现后，战斗几乎在瞬间就结束了。八阶、九阶圣妖束手就擒，十阶妖神心如死灰。妖公子缓缓飘落在北月殇晨面前，带着歉意地道：“辛苦。”

“没事没事。”北月殇晨摇了摇头，他来妖域虽然不算有所求，但青天妖君的地位摆在那里，他必须保持敬畏和尊重之心。

“对不住，没征求你的同意就拿你当诱饵。”妖公子紧跟着道。

“没事没事。”北月殇晨又摇了摇头。

“我知道你表面上说没事没事，心里指不定在怎么骂我呢。”妖公子笑眯眯地道，“不过，我不会白拿你当诱饵的，我们换一个地方说吧。”

他话音落下，北月殇晨眼前的景象陡然间变换。

他回过神来的时候，发现自己正处于一片璀璨星空下的奇幻森林中，四面八方荧光点点，地上的花草也都摇曳着星光，潺潺溪水里的鱼儿们全都睁大眼睛望向北月殇晨。

北月殇晨环视了一圈，最后才将目光落在妖公子的身上。“这里是？”北月殇晨感受了一下空气中浓郁到极致的各系元素，心头有些震惊。

“这里是青天古树的内部。”妖公子一边向远方一片平静的湖泊走去，一边转头向北月殇晨道。

“您是青天妖君吗？”北月殇晨语气恭敬地问道。

“是，也不是。”妖公子顿了顿，道，“我算是他的分身之一吧。青天古树是天地神物，他并不是青天古树的全部灵体，而我和其他分身都是他寻求突破的一个尝试。”

北月殇晨恍然大悟。

“另外我要提醒你，不是每一个妖君分身都像我一样好说话。”妖公子回过头看了看北月殇晨，笑道，“你应该庆幸最先碰到的是我，不然你现在的境况指不定有多糟呢。”

“多谢妖君。”北月殇晨相信他的话。人族以前是妖族的附庸，没有几个妖族生物是看得起人族的，特别是妖族两大帝国的高层。

“自三百多年前魔兽星坠落法蓝星，魔域企图统治法蓝星的野心就开始蔓延。这些年，他们族中大部分的月神、大天神都在沉睡，但剩下的那部分开始筹划、布局，安插在各族的间谍只是其一。”妖公子说话的时候，看着北月殇晨的眼睛，“不只是日辰帝国、天宇帝国，六海六域基本上都有他们的间谍，你可千万要小心。”

“多谢妖君。”北月殇晨道。

“多亏了你，为我族消除了一个大患。你看到的那些只是表面，根据他们的关系网，我挖出了不少潜伏极深的被策反的妖。”妖公子的语气轻快，心情很好，“如果不是这次行动会让其他间谍心生警惕，我真想把你送到天宇帝国故技重施一次。不得不说，幽冥珠真是太好用了。”

妖公子前面一句话还让北月殇晨有些高兴，毕竟是魔族受到了损失，但紧跟着他就紧张了起来。

“放轻松。”妖公子瞥了他一眼，“七神珠的主要炼制者全是我们妖族的天精、天妖，你觉得我会发现不了吗？不过没关系，我又不会强夺它。要知道神物认主，非神力不可逆，我夺走它，得不偿失。你们人族稍微厉害点也好，未来魔域的攻势会很可怕，希望你们顶得住。”

北月殇晨闻言陷入沉默。他算是听懂了妖公子的意思，妖公子是想让人族在将来的战争中充当炮灰，为此，他们不介意付出点代价去提升炮灰的实力。

“刚才你跟朴黄说的话，我都听见了，你把证据给我吧。”说话间，妖公子已经走到那片湖上，踏湖而行，脚面激起波纹，扩散四方。

北月殇晨当即取出一面焰光镜。

妖公子伸手接过焰光镜，稍微辨识了一下后，往里面注入一丝妖力。

“轰！”汹涌的火焰升腾而起，在妖公子和北月殇晨的面前织成了一张巨大的幕布。幕布上用火焰呈现着之前北月殇晨在放逐之地、罪恶之城、狱石城和演魔城记录的一切。

画面缓缓变换，妖公子不时转头看看北月殇晨，神情诧异。他作为日辰帝国君主的分身，具备着其部分意识，能够动用青天古树的部分力量，出生在大灾变时，至今数百年，可谓是见多识广。

他知道幽冥珠有着怎样的威能，也知道幽冥珠目前大概是一个什么样的情况，而北月殇晨能利用这种状态的幽冥珠，在演魔城记录下这些画面，不可谓不冒险，不可谓不强大。

“这样很好。”妖公子满意地点了点头。北月殇晨越是强大，人族便也越强大，将来才能成为妖族的坚实“肉盾”。

静静地看完焰光镜记录的所有画面后，妖公子沉默了半晌，这才转头对北月殇晨道：“这件事关系到七海六域目前的平衡以及未来我们四海五域的安危，的确应该上报祖庭，商议联盟之事，只不过……”

“只不过什么？”听到妖公子的话锋一转，北月殇晨忙问道。